海棠花未眠

烟罗 ——著

YAN LUO
WORKS

上

贵州出版集团
贵州人民出版社

图书在版编目（CIP）数据

海棠花未眠 / 烟罗著. -- 贵阳：贵州人民出版社，
2019.6
ISBN 978-7-221-15297-8

Ⅰ.①海… Ⅱ.①烟… Ⅲ.①长篇小说－中国－当代
Ⅳ.①I247.5

中国版本图书馆CIP数据核字(2019)第092457号

海棠花未眠

烟罗 著

出版统筹：陈继光

选题策划：大鱼文化

责任编辑：胡　洋

特约编辑：杜莉萍　伍　利

装帧设计：Insect

封面绘制：鹿夕子

内页插画：高梦雪　Tsuyu鱼猫

出版发行：贵州人民出版社（贵阳市观山湖区会展东路SOHO办公区A座
　　　　　邮编：550081）

印　　刷：长沙鸿发印务实业有限公司（长沙黄花工业园三号 邮编410137）

开　　本：880×1230毫米 1/32

字　　数：324千字

印　　张：15

版　　次：2019年6月第1版

印　　次：2019年6月第1次印刷

书　　号：ISBN 978-7-221-15297-8

定　　价：65.00元（全二册）

Chapter

— 1 —

Hai Tang Hua
Wei Mian

路以宁写给秦桑的第一封信

(摘录)

嗨！秦桑。

今天我第一次知道了失眠的滋味。

四周都很静，静得似乎能够听见自己的心跳声，还有窗外空气流过树梢的轻响声。

全世界好像只剩下自己还醒着。

有一点奇妙，有一点害怕。

担心明天上课会打瞌睡。

墙上的钟指向了四点，再过一个小时，天就该微微亮起来了吧。

想起了喜欢的作家的句子：凌晨四点钟，看到海棠花未眠。

我的理解，是在偶然的时间里，见证到生命的奇迹，奇妙的相遇，以至于让人感觉到活着的美好与力量。

我的窗外应该没有种着海棠花，这真是遗憾。

我也很期待在凌晨四点钟的时候，看到属于我的海棠花。

那样，失眠的夜晚也会变得可爱和温暖，会感恩这个世界上有这样美好的奇迹吧。

但是我想，白天的时候，我已经见到我的海棠花未眠了。

那样的心情，就像春天万物复苏和勃发，一下子充满了生机和力量。

秦桑，你不知道我是谁，可是今天，你唱的歌，给了我喜悦与感动。

谢谢你看我的信。

——小七

三月，燕子回时，草木蔓发。

昨日一场春雨悄然潜入夜中，淅淅沥沥下了半宿，今早才停歇。地面湿漉漉的，积水处像一面面平整的小镜子，倒映着一角湛蓝的天色。

过了晌午，太阳从云层后露出脸，校园里成排的香樟树，叶尖上悬着将掉未掉的水滴，恍惚间像碧色的珠玉。

灰麻雀唧啾着在树梢上一落脚，透明的雨珠子扑簌着直坠向土中。

一片春光明媚的景象。

正逢徽阳一中校庆，学校大礼堂内，学生们在为演出布置场地，四处人声喧哗。所以，当易千树接通电话之后，并没有完全听清对方具体说了什么，只大约能分辨出来，是个陌生女人的声音。

他又看了一眼手机屏幕，显示的来电号码尾数为"778"。

有点眼熟，分明像在哪里看见过。

易千树坐在观众席最高一层台阶的座位上，挨着过道，侧边有扇门，台阶向上通往小天台。他一只手搭在膝盖上，弯着的脊背线条流畅好似一张弓。

他突然站起，握着手机没挂电话，从侧门跑向小天台。

礼堂大厅里拖拽桌椅的声响和嘈杂的说话声犹如浪潮从海滩上退去，被远远甩在身后。

他的耳边终于清静了。

手机那头的声音也无比清晰地传来，暗哑的嗓音骤然间扩大了分贝，暧昧的女声中携着分明的嚣张与挑衅："小帅哥，你不是说你爸答应你，甩了我吗？可是……我现在在你家哦。"

低低的笑声响起来了，依稀似乎还能听到未关门的浴室里传来的水声。也许是幻觉。

"小帅哥，骂我的时候不是挺横吗？小孩子要横，有用吗？所以啊，好好学习天天向上，别管大人的事，知道了吗？

"哪，你爸洗澡要出来了，我要去伺候他了，不聊了哦。

"对了，你妈选的这床挺高档，我挺喜欢的。"

意犹未尽的笑声伴着恶毒的心思，不甘地消失在电话挂掉的声响里。

乍暖还寒的春风迎面吹来，陡然变得锋利尖锐，像细沙擦过易千树的眼角，激起一片猩红。

他的手捏在天台栏杆上。

他知道对方说的是真的。

"我去你大爷的——"

舞台后方，人来人往，演出服和各式各样的道具散乱在桌面上和角落里。表演小品要用的简易吊床上，王昆霸占着位置窝在里头补觉，安放不下的两条腿憋屈地悬着。

易千树猛地掀开深红色的幕布，走过去踢了他一脚："拿上东西，再叫上个人，跟我出去。"

王昆闭眼假寐，压根儿没睡着，听见易千树的声音，一个鲤鱼打挺坐起来。

一看易千树的脸色就知道不对劲，这哥们儿是个暴脾气，眼下分明山雨欲来风满楼。

"怎……怎么了？"王昆胆战心惊地问。

他本想一跃而起翻身出来，躺久了腿有点儿麻，没能成功，反倒重重跌回吊床内，左右晃荡不止。

对面一个对着镜子在贴假睫毛的女生手一抖，急脸呵斥道："王昆，你弄坏了道具要赔的！"

"没坏，没坏。"王昆朝女生嬉皮笑脸。

"哎？千树，你刚才说拿什么东西啊？"

说着，他一路小跑跟上易千树。

出了礼堂，左侧紧挨着的就是体育器材室，大门虚掩。

易千树进去扫视一圈，抄起墙角积满灰尘的特大号麻布袋，将覆盖在上面的泥沙抖落。窗台的挂钩上吊着几根破损的废弃跳绳，他顺手拿走两根。

"就这些，够了。"易千树说。

王昆默契地没有再多问，从操场经过时喊上篮球队的梁祝，三人一道翻墙出了校门。

兰桂别墅区离徽阳一中距离非常近，十分钟左右的车程。易千树拦下一辆出租车，说有急事，让司机快点开。

王昆和梁祝两个不明情况，却心领神会，心里大约明白这是要去干架。

车窗外掠过细金色的暖阳倾洒的街道和斑驳浅灰的树影，明明是紧张的气氛，却有了一种岁月静好的错觉。

真滑稽。

易千树沉默着，攥紧了掌心，指甲掐在肉里，有点疼。

十分钟后抵达目的地。

很快，他们在一栋欧式别墅前站定。这与梁祝预想中的不同，不是去干架，这是登堂入室进别人家做贼？

梁祝开始犹豫不决。

王昆扯着他衣袖往前："尿什么，这是千树他自己家。"

"啊？"梁祝蒙了。

易千树利索地输入大门密码，脸色阴沉，回头跟他们说："轻声进去，听我命令，直接绑人。"

他们跟着易千树摸去二楼的一间卧室。

旋转楼梯上铺就着厚厚一层地毯，安静地吸纳了几个少年的脚步声。走廊尽头隐约浮动着暗香，桃花枝条在微风中轻颤，悄然探入室内。

卧室门敞开，传来淋浴的哗啦水声，男人又在里间的浴室洗澡。

这老东西有洁癖，当儿子的是知道的，一天前前后后不洗几个澡就全身不舒服的那种。

空气里隐隐飘浮着一种特殊的甜腻的味道，一想到前几分钟在这间房里发生的事，易千树就有了一种想吐的感觉。

完事挺快的嘛。

他心里冷笑。

明明已经是身体亏空的虚货，却还喜欢在年轻的身体上寻找青春。

宽敞的大床上果然趴着一个穿真丝睡裙的女人。

他和那女人交过几次锋，知道那正是开始给他打电话挑衅的人没错。

自以为多得了几次宠爱，就有机会登堂入室做他后妈，脑子大约也就只有桃仁那么大。

想到他琴棋书画皆通、知书达理温柔优雅的母亲，简直是良心会痛的对比。

女人双脚向上跷起，一截白莹莹的小腿在空气中晃动，内侧布着几点可疑的红痕。她把下巴搁枕头上，心情舒适地刷着手机。

女人得意时会哼的小曲儿，悠悠荡荡地飘满房间。

突然，不知道从哪里伸出的一只手狠厉地捂住她的口鼻，布条塞嘴里，她来不及发出任何声音。腕间一疼，就被一条粘着蛛丝网的泥浆色旧绳索绑住无法动弹。

王昆头一次干绑人这么出格的事，虽然面上不显，实则心跳如雷慌成了狗，后背冷汗涔涔的。

再瞥一眼易千树，这哥们儿竟然面色淡定得仿佛只是去趟超市买瓶水。

只见他手一扬，将麻布袋往女人身上一套，兜头罩下，紧接着扛人上肩一气呵成，漫步出房间，离开了别墅。

总算没辜负他那一米八五的大个子。

整个过程利落果决，快得不可思议。

别墅区后有条小街，过往行人不多，书店的老板在门口挂上"全场七五折"的小黑板，一间小小的面包烘焙坊里，飘出了浓郁的奶香。

沿着熟悉的墙角穿过小街，就到达了别墅区所属的垃圾处理场。

一只午后出来觅食的黄色流浪猫在铁栅栏前的灌木丛里徘徊踱步。

易千树把肩上的麻布袋扔在垃圾场边，手上力道特意没托着，任麻袋自由落体，不出意外，从里边传出无法被布条堵严实的痛苦闷哼。

流浪猫警惕地盯着他们仨，睁着圆溜溜的琥珀色眼珠。

"走！"易千树做了个手势。

不再看麻袋里挣扎的曲线，三人迅速撤离了现场，瞬间又跑没了影。

易千树长长地舒了口气，堵在心里的那团沉甸甸的乌云总算被微微拨开。只不过虽然报复了女人，但他情绪依然不高。

毕竟，这些孩子气的举动，并不能改变那个给予他血脉的父亲的荒淫、堕落、无情，也不能改变他柔弱美丽、日渐老去的母亲的悲伤处境。

一切都只会朝着命运安排好的方向缓缓前进。

如同河里的流水，自有它的方向。

并无凡人可以阻挡。

这些，十六七岁的少年能懂，然而并不能心甘。

易千树抬脚狠狠踹向路边的一块石头，发泄似的，把梁祝吓了一跳。王昆捧着几听可乐从对面小商店出来，人还未到眼前，就抛给他们。

拉开易拉环，刺啦的气泡争先恐后冒出来，少年们蹲在路边沉默，身后是穿城而过的徽阳河，水面在日光的照耀下泛着粼粼波光。

"千树……刚才那女的就是上次你说的……"王昆先开的口，他看易千树这样子，心里不太好受。

"嗯，就是她。"易千树五指捏着罐身，喝得太急，可乐也呛喉，"这些年老头子养小情人也不是一个两个了，这一个特别嚣张。"

嚣张到什么程度呢？

嚣张到他一个月前在妈妈程瑾的手机里，偶然看见过一次对方发过来的一张挑衅的大尺度的艳照。

易千树当时怒火中烧正要回拨过去把人揪出来，被程瑾拦住，她说算了。

算了。

就连这样的羞辱，她也说算了。

面上平静无波，好像心里已经武装成了一块顽石，不会再疼和出血一样。

不，并不是这样的。

易千树知道，她明明在流血，这么多年，一直在流血。

可是他不知道，为什么她还要忍下去？

一向阳光开朗能活跃气氛的王昆也没再吱声了，易拉罐从他手中抛出，在半空划出一条弧线，擦着边缘线勉强落入垃圾桶里。

梁祝平常话不多，性格偏稳重，但人讲义气、嘴严。所以要找人手，王昆第一个想到的就是他。

梁祝舔了舔唇，支吾着说："你们看我的名字——梁祝，梁山伯与祝英台，父母给取这么个名字，好像一听就感情很好对不对……

"其实，他们也好过，只不过现在不怎么好了，先是吵架，后来直接动手。

"以前我妈特肉麻，老说她跟我爸天生一对，下辈子化蝶了也要在一起。还爱讲他们年轻时候的事儿，一个村的，一起去看黄梅戏，台上演《梁祝》，她在台下已经把孩子名字给取好了。

"最后还不是……还不是变成现在这样。"

柴米油盐冲淡了甜蜜，日复一日的生活让人乏味厌倦，昔日爱侣面目可憎。

曾有浓情蜜意，许彼此天长地久。戏台上多热闹，扮祝英台的角儿粉面含春，拢着水袖唱"村里酬神多庙会，年年由我扮观音"。

谁春心动。

谁说我从此不敢看观音。

水光潋滟，头顶晴空一碧万顷。

平日里嬉笑打闹没个正形的少年们，仿佛头一次这么尴尬地坐在一起，他们竟然在讨论不合自己年龄段的如此忧伤和深刻的话题。

可是这一刻，他们却仿佛感觉到，自己好像有了一点点微妙的变化。

也许成长就是在某个碧空晴日里不经意发生的。

而他们，虽然不知人生具体去向，却已经试着上路。

02.然而，秦桑却似乎和普通的少年诠释得有那么一点不一样。

"校庆演出可能要开始了……"

王昆看了眼时间，提醒易千树："别忘了，你有节目要上台的。"

"算了，已经晚了。"易千树微微仰头活动活动筋骨，不太在意地说。

胡子邋遢的中年男人推着小摊走过，扯着一口破锣嗓子吆喝卖烤紫薯。

易千树过去挑了几个，嫌烫手，在掌心掂了两下赶忙抛给王昆和梁祝。

他蹲在路边的榕树下专心致志地剥紫薯皮，低垂的侧脸棱角分明，带着张扬的少年气息，叶缝间漏下的日光从鬓角沿着流畅的线条一路蔓延到泛白的锁骨窝。

墨色的发线，挺直的鼻梁，白净的脸庞，浓长的睫毛。

见过他全家福的王昆知道，他是继承了母亲的美貌。

就靠着这张好看的脸、傲人的身高，学渣易千树在校园里，也绝不是寂寂无名之辈。

若他还有心做个学霸，那校草之位，大概就没有其他人的份儿了。

易千树不知道王昆的心思，他咬着紫薯吃得痛快，刚才那一茬被他远远甩在脑后。

仿佛五分钟前还在对着河面歇斯底里骂娘的人不是他。

"你们吃完赶紧回学校，指不定老秦会查人。"易千树说。

"那你呢？"王昆问。

"我没事儿，你们先走。"

徽阳一中的大礼堂内，清脆悦耳的钢琴声如山涧清泉流淌，骤然间急转而下，低音如滚滚冬雷，响彻室内。

许音音十指灵动地在琴键上跳跃，强烈的舞台灯光灼热地洒在脸上，像盛夏里正午的太阳让人无处遁形。

然而她的心思却并没有完全放在演奏上，她的视线不时扫过台下的人群，秀丽的眉峰微皱，却始终没有发现易千树的身影。

这于一个专业的演奏者来说，是不正确的。

许音音练琴十几年，她一直以专业演奏者的素质要求自己。

然而，对方是易千树。

她是第一个登台表演的，后面紧挨着的节目就是易千树的吉他弹唱。

换好礼服上场前一分钟，她突然发现他人不见了。

所有人都在火急火燎地找他。

许音音不知道易千树回来没有，心烦意乱，手下居然弹错了一个音。这对钢琴早过了十级的她来说，简直是奇耻大辱。

她的心一下提到了嗓子眼，然而放眼望去，观众们似乎并没有听出来。

她稳住心神，暗暗告诫自己要专心，重新把注意力拉回曲子上。

还有两分半钟，许音音的钢琴弹奏即将结束，几个学生会的骨干成员几乎已经笃定——易千树不会出现了。

大家七嘴八舌，在商量可行的办法。

"节目不变，我上去唱。"

坐在深灰色旋转椅上的少年一脚支地，把半边身子拧过来，手里拿着几页校庆演出的流程表和学生会各部门人员安排情况的汇总单。

他长相平凡，面容严肃，自有一种少年老成的气质。

和漫画美少年形象的易千树是截然不同的两种类型。

然而，他竟然想要代替易千树上台。

可是，现场没有人反驳他。

因为，他是学生会主席秦桑，连老师们都会以礼相待给几分面子的秦桑。

他的视线仍停留在纸上，平静地做出决定："这歌我会唱，我来代替易千树上台。"

这是最简单有效的方法，不会对整个校庆演出流程造成任何影响。

在场的几个人默不作声，谁会料想到平时像个呆板的小老头一样的秦桑居然会主动登台表演吉他弹唱？

看他校服外套下的白衬衫上缝着扁平的小白圆扣，从头至尾，每一颗都规矩安分地扣好。简直像一台精确的老时钟，完全和流行偶像风不搭界。

不过，听秦桑唱歌，想想竟然有点小期待呢。

"主席加油喔。"一个戴圆眼镜的女生率先做了个手势。

"加油！主席加油！"

其他人一个个都开始非常捧场地给秦桑鼓劲。

秦桑点点头，纯粹是礼貌，他似乎根本不在意是不是有人同意，是不是有人加油。

他那种处变不惊、天下在握的淡定气质，令人无法不仰视。

上台前，秦桑又看了一眼节目单上易千树的名字，眼前浮现出那人气极高的男生英俊精致的脸庞，还有他平素不可一世的表情。

前方钢琴声止，掌声雷动，许音音起身鞠躬致意，落落大方地退场。

主持人报幕，接下来是属于秦桑的舞台……

聚光灯下，小小一方天地。

秦桑站在中央，挽起的衬衣袖口里露出一截劲瘦白皙的手臂，他自在地握着话筒，如同每一次在国旗下讲话那样自然不露怯。

头微低，视线不知望着哪里，他声音冷淡地开口，第一句唱："静静的村庄飘着白的雪，阴霾的天空下鸽子飞翔……"

少年人唱《白桦林》，还没有人生百转千回的沧桑，更像一个旁观者，干净又有些低的声音像如水的月光漫过夜色下青黛的山脉。

天空依然阴霾依然有鸽子在飞翔

谁来证明那些没有墓碑的爱情和生命

雪依然在下那村庄依然安详

年轻的人们消逝在白桦林……

然而，秦桑却似乎和普通的少年诠释得有那么一点不一样。

许多人屏息听着，安静望着台上的秦桑，人声渐渐静下来，沉浸在这一刻的世界里。

路以宁也盯着台上的秦桑。

她视力好，位置又靠前，能看清少年乌黑的头发星星点点散落的碎光、眼睑下的阴影和指甲盖上淡淡的苍白颜色。

她无意间将他看得一清二楚。

这个人，她当然不是第一次见到。每周一的全校升国旗仪式，他总是站在那高台上，平静地接受着全校几千学生的目光。

然而，随着那歌声的流淌，这一刻，路以宁竟然有了不一样的感觉。

她听到自己的心脏在突突地跳。

越来越响，越来越急。

明明是一首轻缓的慢歌，然而，台上少年从未在人前露出过的仿佛沉浸在自己世界里的忧伤模样，却在一瞬间，将她心里的那池湖水，掀起了意外的惊涛骇浪。

原来，平时高高在上的秦桑，有着这样柔软自怜的一面。

她不知道是不是错觉，有那么一刻，她竟然在他刻意低垂的眉目里，读到一种熟悉的压抑与破碎。

她突然觉得，她懂他。

这想法，令她狠狠吓了一跳。

斜阳染赤的徽阳河边。

王昆和梁祝走了之后，留下易千树一个人躺在河边草地上看天。

不想回学校，也不想回家。

他脑子一抽，还是忍不住给程瑾打电话想说今天的事："妈，你在干吗……"

程瑾温柔地回道："在学校加班呢。千树，你最近学习怎么样？有没有认真一点？"

易千树"嗯嗯"地敷衍了几句，感觉似乎又没有话可说。

今天的事要和她说吗？

他知道不会有任何效果，只会让她在暗夜无人处多添一行眼泪。

那，他又何必。

他把千言万语咽了下去。

至少，他能想象，在他家那精致别墅里，他爸易峥嵘洗澡出来发现床上的女人不见了时，那气急败坏的叫骂声。

易峥嵘一定以为自己被耍了。

然而不久后他才会发现，他确实被耍了，只是，不是被那个被扔在了垃圾场的蠢女人，而是被他桀骜的亲儿子。

所以，他一定会想尽办法安抚那女人，不许她报警。

就这一脑袋的包，也够他暴跳如雷几天了。

易千树枕着手臂放空，想到这里，终于露出了一点点笑容。

很快，他不屑地撇撇嘴，城市的嘈杂与喧嚣仿佛又一瞬间被拉回耳边。

烟火人间，夜色渐浓，暗夜即将盖住大地，让人忧伤又心慌。

最后在外婆那里得到了安慰。

外婆在电话那头说："阿树啊，周末过来，外婆给你做藕丸子吃……"

老人温和带笑的声音有种天然的安抚情绪的奇效，易千树心里的焦躁和烦闷渐渐退散了。

"刚才你李叔他们还念叨你，说好一阵没看见我们阿树回来了……"

易千树恨不得眼睛一眨就到了周末，去外婆家的老院子里宅着。右脚搭在左膝上晃了两下，他的声音中带着雀跃："我周五放学了就过去！"

"那外婆等你啊。"

"你干吗呢？"易千树不想那么早挂电话，和外婆闲聊着，"又在给人画扇面？"

"闲着也是闲着，赚点零花钱。"

易千树笑着问："这么财迷，你缺钱啊？"

"打发时间行不行？"老人乐得被小外孙怼，依然笑呵呵的。

"对了，我给你找了一套碟，1986版的《聊斋》，带回来给你。"

1986版《聊斋》，开头诡异的片头声效一出，小千树裹紧被子瑟瑟发抖，童年阴影之一。

外婆有一整套碟，后来被东家借西家拿，陆续遗失了，她有些心疼。

上次易千树偶然路过一家快要倒闭的音像店，跟店主一打听，听说店主家还有那么一套当年留下来的原版的老碟片，跟人缠了许久花高价买下来。

"现在看不怕了吧？"外婆笑话他。

"从来就没怕过！"

"谁说的，我记得你看《画皮》那一集，吓得把手里的铅笔掰断了呢……"

敢情小外孙这梗老太太能笑一辈子。

"……"

03.花蕾诧异："哎？我还以为你会说他唱得像狗屎。你不是很讨厌他吗？"

校庆演出散场后，所有班级所有同学有秩序退场。

路以宁在座位上没动，等别人先走。

她理了理裙上的细褶，垂下的素色裙摆严严实实遮到了脚踝。除了周一和体育课上学校规定要穿校服，其他的日子里，无论春夏秋冬什么季节，她都爱穿长裙。

因为这样能将她的小腿藏起来。

路以宁小时候出过一场车祸，不懂事的小姑娘追着邻居家可爱的小狗，一路跑上了大街，被载货的三轮车撞倒，右小腿留下了轻微的残疾。

走路时有点跛，但只要放慢脚步，别人看不太出来，可只要上体育课，跑起步来，就暴露无遗。

同学们再怎么掩饰，那目光还是五味杂陈的，自尊心极强的她，不能不在意。

大约因为在意，就越发想在云淡风轻间表现得并不在意。

这种别扭的心理，好友花蕾懂得。

作为路以宁的好朋友，花蕾善解人意地陪着她留到了最后。拥挤的出口通道渐渐疏通，剩下三三两两的人，边走边打闹。

花蕾边走边跟路以宁叽叽喳喳："真是想不到啊，有生之年还能看到咱们主席大人一展歌喉……"

秦桑和路以宁一个年级，路以宁是本班学霸，秦桑是他班学霸。

但在年级成绩排行榜上，秦桑的名字总要压路以宁一头，因此路以宁向来看不惯秦桑。

"明明就是喜欢享受崇拜，还要装作清高的样子。假！"这是她以前对秦桑的评价。

可是今天，她竟然没有反驳。

"嗯，是挺好听的。"

花蕾诧异："哎？我还以为你会说他唱得像狗屎。你不是很讨厌他吗？"

"就觉得……也还好吧。"

路以宁假装平静，波澜不惊的语气中泄露了一丝不易让人察觉的羞赧。

花蕾继续诧异："我记得你还说他又矮又丑。"

路以宁笑："仔细想想，人家反正比我高。"

花蕾认同地点点头，缺心眼儿的她就这么被好友糊弄过去了。

礼堂里最后留下来的大多是学生会干事，他们仍在忙碌，需要清点道具和打扫场地。

准备跨出门的时候，路以宁好像听到了秦桑的声音，下意识地回过头去。

花蕾也跟着回头看。

果然是秦桑，正被五六个女生团团围住。应该是初中部的，都是矮个子，胆子也大，说话清脆叽叽喳喳，手里的小本子递过去让秦桑帮忙签个名。

一个个分明也是被秦桑版的《白桦林》迷住了。

路以宁注意看秦桑的表情。

秦桑的表情却仍似平日里一样淡淡的。

他大概招架不住小女生们的请求，接过纸和笔，飞快地写下自己的名字。他被人捧着崇拜着也不见得有多高兴，反倒显出几分意兴阑珊。

他身后是魔术表演用的道具，一块海军蓝的绸布，泛着鲜亮光泽像日光下的海面，风吹拂而过，漾开涟漪。

衬着他的表情，平添了萧瑟。

不知道为什么，路以宁看到他这样，就有点高兴。

是她想象中该有的样子。

路以宁看得出神，花蕾扒着她的肩膀，把身体的重量倚过来。路以宁一时没站稳，趔趄地倒向一边，绊到了门口的垃圾桶。

发出一点不算大的动静，但足以引起秦桑的注意，他平静地看过来。

路以宁一瞬间紧张到头皮发麻，她能感觉到他的目光，却若无其事挽着花蕾的胳膊如同只是路过，稳着脚步散步般缓慢地离开。

背脊挺得笔直。

直到彻底走出秦桑的视线，路以宁才暗暗松了一口气。花蕾还在问："咱们要不要去签个名？"

路以宁瞪了她一眼。

花蕾也不以为意，笑嘻嘻地晃着路以宁的胳膊，一抬眼望见小卖部门口停了辆刷成暖黄色的胖墩墩的电动小车，知道糕点坊的人送新鲜面包来学校了，顿时大叫起来："阿宁，阿宁！我们去买菠萝包吧！"

路以宁依旧慢条斯理地跟在后面："你先去，别给人抢光了。"

花蕾答应着，松开路以宁，飞奔出去。

高高的马尾上薄荷色的蝴蝶结像翩飞的燕子，在春光里飘出少女的馨香。

路以宁看着花蕾的背影，心里暖暖的。

她知道花蕾会带回糕点，索性站住。

礼堂外有几棵并肩而立的樱花树，一簇簇粉红缀在枝头，如有几朵云霞飘浮在半空。还有许多将开未开的花苞蜷缩着，在某个夜里悄然绽放之后又会是一片盛景。

她停住的地方，恰好是一棵樱花树旁。

一枝调皮的枝杈特立独行地垂低，探头探脑地伸到她的面前，仿佛在挑逗着路人的目光。

路以宁偷偷地踮脚摘下一朵淡粉色的樱花，稳稳地放在掌心。

Chapter
2

路以宁写给秦桑的第二封信

(摘录)

嗨，秦桑。

今天晚餐的时候，爸爸又和妈妈吵架了。

回到房间，突然就想给你写信说点什么。

听说，爸爸和妈妈年轻的时候，也有过一段特别浪漫的爱情故事。

那时，刚刚进厂当工人的爸爸，宿舍被分配在二楼。

二楼的窗口下边有条路，每天总有很多人经过。

爸爸总会同一时间，看到一个梳着两条麻花辫的姑娘经过，他就对同屋的工人说，总有一天，我要追到那个长辫子姑娘。

那个长辫子姑娘，就是我的妈妈。

他们相爱时也曾形影不离，如胶似漆，虽然同在一个工厂里上班，但互相写过的情书，现在还能放满一整个抽屉。

然而，如今的他们，却经常为了鸡毛蒜皮的事情吵架，谁也不愿意让着谁。

不过，虽然经常吵架，但是第二天总能和好，这也是稍稍让我感觉安心的地方。

只是，我有些迷茫，相爱的人，为什么最后会变得不那么珍惜对方呢？

曾经捧在手心里发誓要终生呵护的宝贝，难道后来觉得不再珍贵了吗？

那么曾经的小心翼翼，是一种错觉吗？

真希望爸爸一直记得在二楼窗口看到那个长辫子姑娘走过时的心跳声。

真希望妈妈一直记得第一次收到爸爸亲手摘来的一大捧雏菊时羞红的脸。

真希望爸爸妈妈八十岁的时候，还能手牵着手在银杏树下慢慢散步，遇到一片特别好看的树叶，爸爸就会摘下来放在妈妈的手心里，妈妈就会笑起来，笑得那么温暖好看。

你说，是我太天真幼稚了吗？

——小七

01.我怎么说的来着？小心爬得万年龟，你怎么就不听？

天色渐渐暗淡下来，学校里的人差不多快走光了，唯独易千树一路从河边晃荡回了学校，又摸进了自己的教室。

可能今天的值日生归心似箭着急走，窗户敞开没关，玻璃还是湿漉漉的。

黑板上鬼画符似的留着许多道没擦干净的粉笔印，一看就是敷衍了事的。

不过，这些都跟易千树没多大关系。

易千树的座位在最后一排，他搬过旁边王昆和另外一个男生的课桌拼好，然后锁好了门窗。

他准备今晚凑合着在教室睡一觉。

要是现在回家，一准会跟易峥嵘吵起来，指不定父子两人还会动手，程瑾夹在中间左右为难。

而且他现在一点也不想看见易峥嵘那张纵欲过度的肥脸。

舒服地在自己拼凑的简易铺位上躺好，他开始吹着小曲掏出手机进游戏刷怪。

不一会儿，教室外安静的走廊里，竟然传来了一阵轻轻的脚步声。

那脚步声柔和而轻缓，却并不迟疑，径直来到了他的教室外。

然后，易千树就听到了轻轻叩响玻璃的声音，一抬头，看见许音音的脸。

"你怎么来了？"易千树走过去一边把门打开，一边诧异地问。

"过来教学楼这边碰碰运气，看你在不在。"许音音说。

她换下了演出的小礼服，但脸上的妆还没卸，少女细长的上眼线在眼尾稍稍拉长，勾出漂亮的轮廓，睫毛浓密卷翘，凝视人的时候明亮而动人。

易千树有些不自在地移开视线，望向窗外的香樟树说："哦。"

许音音微怔，她察觉出易千树的情绪不高。

薄薄一层腮红覆盖下的脸庞发粉，她想问又不敢问，抿着殷红的唇，声音压得低低的，如蝶在风中振翅几不可闻："你怎么了？"

并不适合告诉她今天的事。

易千树想。

他和许音音是从小的朋友，长大后关系也比一般同学都亲近些，然而他家里那些破事，他并不太想让她知道太多。

易千树拧着眉，思考要怎么答，舌头拐了个弯："突然拉肚子了。"

许音音眼睫毛一颤，明知道他又在天马行空瞎扯，却无可奈何："好吧……"

她不在意地拨了拨耳畔柔软的碎发，佯装不失望。

"演出后来怎么办了？"易千树问。

"节目没撤，还是唱的《白桦林》，学生会主席秦桑顶替你上了场。"

四下安静，先前篮球场的方向隐约还有动静传来，打球的人不知什么时候也散了，像玻璃上的最后一道水痕被蒸发干净。

窗外的天色已经是漫天灰蓝，今日里最后的晴光也在慢慢抽离干净，直至留下无边无际浓墨色的夜。

整个校园，或许现在只剩下他们。

许音音小心观察易千树的脸色："你当时没在学校？"

"回了一趟家。"易千树含糊其词。

"怎么突然回去了？"

"你别管。"一提到这件事，易千树的口气不自觉地就变冲了。

许音音察觉自己的逾越，却不能控制想要探究的担心，此刻却也只能暗暗叹了口气。

"你回去吧，天都黑了，我今天就睡教室了。"易千树说。

"晚上会冷的。"虽然知道不是第一次，但她仍和第一次知道一样担心。

"不冷。"

"那……好吧。"许音音还是担心。

她有什么办法呢?

面对他的固执和桀骜,她一向是毫无办法的。不过,她总还是希望他知道,有个人……是关心他的。

"你小心点,别让巡逻的保安发现了。"

她的手搭在课桌的边沿,说话时身体微微倾向他那一侧,还想说点什么,轻轻咬了咬下唇,却终究没有再开口。

"那我走了哦。"

"嗯。"

说起来,他们也算青梅竹马。

那时候两家还是邻居,同在一个院子里住,易千树呱呱坠地,许音音晚他三个月降生。

许音音三岁开始被父母安排学钢琴,别的小孩儿玩疯了的时候,她却在一遍一遍听着枯燥的乐曲接受熏陶,玩音乐益智游戏培养乐感。

坐在琴凳上,晃荡的小脚还离地有半尺多,请来的钢琴老师就搬来一个小凳子,垫在地上让她踩着脚。

不是像很多孩子一样只是培养下气质和乐感,许音音的父母,从一开始就没打算让她只是练着玩。

他们对她的要求异常严格苛刻,三四岁的孩子,老实安静地坐上十分钟都鲜有,而许音音,每次要在琴凳上坐满一个小时,才能被抱下来休息。

就连休息,也不过是被牵到院子里晒会儿太阳,看看其他孩子的疯跑和尖叫，没多久，又会被抱回高高的琴凳上。

每一个最终有所成就的琴童，大约都是这样过来的吧。

然而，于那时幼小的小女孩许音音来说，她的世界才刚刚睁开双眼，向她展示出绚烂色彩，而她就被关进了只有一扇窗子的小黑屋，终日里伴着那恼人的五线谱，哭都不允许大声哭出来。

她自然是极乖的，只有极乖的小孩儿，才能熬过那些岁月，最终修成人淡如菊的高雅。

然而，她心里觉得，她能熬过来，其实是因为易千树。

那个在她渐渐对外面的世界死心，而外面的世界也遗忘了她的时候，勇敢爬进了她的小窗的调皮小男孩。

小千树是院子里唯一不怕许音音严肃古板的父母的，当然，他也不怕他的父母。那个时候，小千树的肚子里可能长的全是胆，他就不知道什么叫怕。

他只是奇怪他已经把全院子里的男孩儿女孩儿全部捉弄了几遍，却为什么还没有机会捉弄到那个会弹钢琴总是被各家父母当成小仙女来夸奖羡慕的许音音。

他观察了一阵发现了，因为许音音基本上不怎么出门来。

"喂，出来玩老鹰捉小鸡吗？"

用弹弓弹出的泥丸袭击那个钢琴教师，成功地把对方调虎离山后，小千树像只灵活的壁虎，三下五除二爬进了许音音的窗子。

那个坐在高高琴凳上穿着洁白公主裙的美丽小姑娘，只是瞪着一双清亮又茫然的大眼睛，惊恐地看着他。

"不喜欢玩？那鬼屋捉人？我才发现一处超级探险秘地，大家都去！"

"喂，你怎么不说话？"

"你是哑巴？不对啊，我记得你会说话的。"

"快点，再不走你那个老师就要回来了！快出来跟我们去玩啊！天气这么好！"

……

任他百般表演，她都只是惊恐地摇一下头，又摇一下头，一脸的不知所措。

不知道为什么，小千树看到许音音那个样子，竟然忘记了自己是来捉弄她的这个初心，他小小的心脏里，有什么地方，轻轻地软了一下。

她好可怜。

他竟然这么想。

不知道为什么，就是看起来，好可怜。

那天以后，许音音的生活里，除了钢琴，突然多了很多变化。

比如她开始渐渐知道了，外面那些孩子，在玩什么游戏，他们在笑什么、闹什么。

她还时不时会拥有一只折纸小青蛙、一把树枝小弹弓或者是一枚红彤彤的玻璃珠子这样有趣的礼物。

有时候被允许休息的时间，那个叫易千树的小孩儿会跑到窗边来给她扮个鬼脸。

虽然只是一瞬间，也许就会被从卫生间出来的钢琴老师发现，而把他轰走，但是只要有那么一瞬间，就会感觉那一天会有趣起来，似乎总有点什么东西，在脑海里时不时蹦出来，逗她偷偷地笑。

易千树并不知道这些，院子里的所有小孩儿都是他的朋友，许音音不过是其中一个。

充其量，是有些特别的一个。

因为可怜。

但是，许音音长大后却渐渐相信，在她晦暗灰蒙让人心生无限倦怠的童年里，易千树，是她仅有的那一抹明亮的色彩。

她还记得，那时她的琴房在一楼，窗户外是一丛从不开花的海棠花。

传说海棠美艳，可她窗下这一丛，据说却没开过花，妈妈几次想把它铲掉，爸爸却觉得多此一举，也就这么留了下来。

近墨色的海棠花叶下钻出一个小小的男孩儿，他乱乱的头发上粘着几粒草屑，意气飞扬的眼睛却像夜空里最亮的星星般闪耀。

他照例在她的玻璃上叩五下，三短两长，听到许音音小声的应答，知道房里就她一个人，于是张开门牙漏风的嘴，唤道："许音音——"

那声音对她而言，有着无限诱惑力，总会让她扔下琴谱第一时间冲到窗边。

她扒在窗边，朝他笑得又甜又软。

"把手伸出来。"小千树说，仍是老套路。

许音音乖乖把手在他面前摊开，稚嫩的小肉掌，布着几条浅浅蜿蜒的纹路。

小千树神秘兮兮，握成拳的右手，慢慢松开，一只绿色的蚱蜢落入许音音手心。惊喜落了空，变成惊吓，她瞪大眼睛，被吓得一动也不敢动，小嘴一扁，就要哭出声来。

"虫……"

蚱蜢一跳，瞬间跳到她的小辫上。

一个咧着嘴哈哈哈，一个流眼泪哗啦啦。

但她仍是不敢哭大声，眼泪只是无声地流，委屈巴巴，让人生怜。毕竟，心细如她，知道如果大哭尖叫，那爸妈以后就会寸步不离守着她，易千树再也没有机会来找她玩了。

"好了好了，别哭了，笨蛋，它又不咬人，我帮你把它抓下来。"

笑够了的人终于良心发现，一伸手准确捉去许音音头上的蚱蜢，又趁机光明正大地揪了揪她的小辫子。

许音音的眼泪还是流个不停。

她被欺负了，她委屈。

"哎呀，再把手伸出来。"小千树说。

许音音摇头，这次她警觉地后退了一步。

"保证不吓唬你了，我保证。"

许音音犹犹豫豫，还是决定对她唯一的小伙伴敞开心扉，迟疑地向前一步，再次朝他摊开了小小手掌。

掌心冰凉冰凉，落下几枚圆溜溜的玻璃弹珠，上次是红色，这次是紫色。

因为她说过喜欢紫色？

"我今天赢的，全给你了。"

许音音眼泪未干，就嘴角弯弯地笑了。

"手伸出来，还有。"

易千树拿出一把小弹弓给她："这个是我自己新设计的，名叫闪电流星弹！它可以同时发射三个泥丸子，可拉风了！上次那把你就扔了吧，太烂。"

许音音很宝贝地收起来，脸上的笑容又灿烂了一点。

她才不扔呢，他给她的东西，都被她藏在一个空了的饼干盒子里，小心地放在床下面，她要保存一辈子的。

"快点，左手也伸出来。"

"怎么还有呀。"

"你要不要？"

"要。"小孩子说话奶声奶气的。

易千树双手背在身后，在布袋里掏了掏，变魔术似的再变出一串糖葫芦。

他小心地撕掉了上面粘住的一层塑料膜，递过去："给你，其他都分给了他们，只剩这一串了。"

这一下，许音音眼里一丁点的惬意也没有了。

她舔着糖衣，今天连续练了五小时钢琴的疲惫也烟消云散。

许音音按亮了自己房间的灯，云朵状的暖白色光源亮起来的时候，温暖像突如其来的热水，一下子滋润了心窝，也顺便打断了回忆。

她一边放下书包，一边习惯性环视自己的房间。

她的房间比一般孩子的卧室要大，因为和琴房合为一体。

乳白色的三角钢琴驻扎在房间的一角，被蒙蒙的天光拖长了影子映在雪白的墙上，硕大无比，像被奥特曼海扁的小怪兽。

记得小学的时候，老师布置作业，用"像"字造句。易千树不知道自己光荣地登上了许音音的作业本——"我的邻居易千树很像奥特曼"。

她擅自加了一个"很"字，表现程度之深。

他们的邻居生活一直持续到五年前，易千树的爸爸易峥嵘的生意越做越红火，成了徽阳市富豪排行榜有名的人物，易家一家三口便搬离了这个小区。

许音音隔壁亮的那盏灯不再属于易千树，她房间外的海棠被那一年凛冬的风雪冻伤枯萎，叶片下再也不会钻出一个小男孩。

三年前，为了让她有更好的环境练琴，加上她这些年参加各种钢琴比赛也拿了不少奖，家里的经济宽裕了不少，她家便也换了房子。

只是无论谁搬，毕竟没有远离这一片儿，她和易千树依然是同校同级，她暗自庆幸。

推开阳台的门，一阵凛冽的风唯恐失去良机地挤进来，阳台一角的龟箱里，那盏暖色的加热灯照在"苏苏"硕大的龟壳上，闪着温润的光泽。

"苏苏"是一只苏卡达龟，是易千树的宝贝，最近放在许家寄养。

当年易峥嵘还没发财，冒险去非洲做生意，回来时把这只苏卡达龟揣在行李箱的一角，偷偷带回来给易千树当作生日礼物。

谁知六七年过去了，当初只有小孩手掌大小的龟，如今已经长到三十厘米，活像一个小脸盆，看到的人无不吃惊。

虽然现在易千树跟易峥嵘父子两人的关系闹得很僵，但他对苏苏仍然宝贝得不行。

苏苏不是本地龟，对于温度湿度食物的要求都非常精细苛刻，一旦生了病，本地连个龟医生估计都找不着，所以易千树养得格外小心。

除了放许音音这里寄养，就连他那些哥们儿，他也不放心。

就冲易千树这份托付，许音音就算扔下乖孩子的外衣，和父母翻了脸，也坚持把苏苏那个巨大的专业龟箱搬进了她的卧室阳台，每天给它清理便便、换水换粮、刷龟壳，和护理自己的钢琴一样上心。

听说这龟养得好，能活到一百岁，长到一米多，那可真是无法想象。

许音音想到了什么，她走过去，弯腰双手抱起大龟，真沉。

"苏苏，我们去找千树吧。他今天不开心，你陪陪他。"

从床下拉出行李箱，把苏苏装进去，怕它冷，又在箱子里塞了毛毯，然后拖着它走。

走到小区外面，遇见老人扛着稻草靶子，上面插满了糖葫芦，许音音说："爷爷，给我来一串。"

她这一来一回，再次赶到校门口时已经夜幕降临。

许音音有点心虚地跟门卫大叔撒了谎，说自己是话剧社管钥匙的，忘了锁门，还有一些外借的道具要送回去。

门卫大叔也认得这个据说弹钢琴得过国际大奖的漂亮小姑娘，自然不疑有他，爽快地放行。

教室里果然没有开灯，黑漆漆的。

易千树躺在课桌上玩手机，屏幕上亮着一点光，像丛林中微弱的萤火。

"易千树，是我。"许音音推开教室前门，门没有锁，她也没有按下墙壁上的灯控开关。

她小心避开桌椅，拉着苏苏，摸索着走向后排。

"你怎么又来？"易千树一个鲤鱼打挺坐起来看了眼窗外，"天都黑透了。"

"把手伸出来。"许音音说。

"什么鬼？"

易千树莫名其妙，但还是照做，摊开一只手，另一只手还牢牢攥着手机，恋恋不舍地扫一眼屏幕，唉，果然挂了。

黑暗中，落入他掌心的是带有一丝余温的毯子，毛茸茸的温软触感，他刚想抱怨她多此一举，就感觉手里猛地一沉。

"哎哟！"他大叫一声，随手扔了手机一把抱住。

熟悉的坚硬质感，粗糙有力的短趾扒着他的衣袖，还有淡淡的龟粮味儿。

敢情吃完了没擦嘴。

易千树瞬间乐了。

"儿子哎！"他抱着大龟举高高，一瞬间黑暗里也能感觉到如涨潮般高涌的热烈情绪弥漫开来。

他"啪"的一声给大龟的壳上印上一个帅哥之吻。

"好小子，想死爹了。"

许音音静静感受着他的喜悦，心里也自然涌起了一拨一拨的喜悦。

真好，送苏苏来，真是来对了。

"今晚让苏苏在教室陪你吧，明天早上我六点多晨跑就过来带它回去。"她说。

易千树"嗯嗯"地应着，明显左耳进右耳出。

"还有，给你带了一串糖葫芦。"

"谁还吃这个啊。"此刻已经和自己的爱龟玩得不亦乐乎只剩下三岁智商的少年，头也不回地拒绝。

他自然看不到女孩儿一瞬间僵住的手势和脸上微妙的表情。

"那我先回去了。"

"快走，快走，再不走门卫该锁门了。"

许音音走了，糖葫芦就轻轻地放在了旁边的一张课桌上，也不知道易千树能不能看到。

此刻易千树正盘着腿把苏苏抱到腿上，在那几张课桌拼凑的大"王座"上，一人一龟对峙着。

易千树："儿子，想我没？"

苏苏："……"（大龟OS：并不。）

易千树："有阵子没见了，你看你爹我是不是又变帅了？"

苏苏："……"（大龟OS：闭嘴。）

易千树："你爹今天干了件挺解气的事，和你说说啊。"

苏苏："……"（大龟OS：我怎么说的来着？小心爬得万年龟，你怎么就不听？）

易千树："你说程瑾干吗不跟易峥嵘离婚呢，分他一半家产，过潇洒日子，离了多好，离了难不成会死吗？"

苏苏："……"（大龟OS：关你屁事？你怎么就不能安心做你爹的富二代儿子？）

易千树："算了不说他们了，唱歌给你听吧。接下来，一首《白桦林》送给我亲爱的儿子易苏苏。"

歌声响起来，没有伴奏，但依然好听。

比起秦桑隐隐的压抑与迷茫，易千树的《白桦林》里，似乎更多的是少年人的伤感和倔强。

一点点的不同，自然要有心的人，才能体会。

可惜并没有人有机会同时听他俩唱，自然也无从分辨。

易千树对龟唱歌，唱完还不够，茶话会仍继续。

易千树："儿子你饱着吧？许音音那丫头肯定不敢亏待你，看你这爪肥得。"

想了想，借着微弱的月光，目光落在了旁边的课桌上，他伸出一只手拿起了什么。

淡淡的熟悉的甜酸香气。

易千树自言自语："这么一说，你爹我倒是有点饿了，凑合把这串糖葫芦吃了吧。"

苏苏把脑袋缩进壳里，图个清静。

它恨不得真能张嘴说话了，烦不烦，叨叨个没完。

02.路以宁一脸茫然，她吃个棒棒糖怎么就成了秘密？

在学校躲了一宿，第二天放学易千树还是得回自己家。

不知道易峥嵘是在外面玩野了，还是心虚不想面对他，易峥嵘干脆连着两天没在家露面。

而程瑾为了避事，早就长期搬到工作的大学里的宿舍去了，家里常年只剩钟点工穿梭。

这样也好，父子俩避免火拼。

星期五下午一放学，易千树就拎着书包去徽阳汽车站买了一张去秀溪的车票，按约定去外婆家过周末。

秀溪是徽阳市周边的一个水乡小镇，地方不大，生活节奏慢悠悠的。

记得去年有个摄影师偶然路过，拍了一组照片传到网上，结果本来平静的小镇赶着潮流小火一把，这几个月里陆续吸引了一批文艺游客，用外婆的话来说，也不知是不是好事。

易千树上了车。身后举面小旗帜的导游领着一票人也上来了，腰间别着"小蜜蜂"，有的没的一通介绍。同行的还有小孩儿，一会儿唱歌一会儿哭闹，没一刻消停。

易千树往耳朵里塞耳机，卫衣帽子往头上一兜，隔绝了外音。

等了七八分钟，司机发动车子。

易千树给外婆发短信："请注意，你帅气逼人英俊无比的小外孙已经启程。"

外婆玩手机贼溜，回他："本老太婆祝你一路平安。"

易千树嘿嘿一乐，放松了身体，在座位上尽可能地舒展开来。

过了傍晚，秀溪很静，傍水而生的人家，白墙灰瓦，升起袅袅炊烟。

乌篷船停在拱桥下，青苔沿着石阶一路蔓延。

巷子深处飘来酒香和犬吠，归巢的鸟雀掠过水面飞向了枝头。

甭管外面的世界如何翻天覆地飞速发展，易千树熟悉的秀溪好像经年不变，一直是儿时印象中的模样。

"千树回来了啊……"

"邱婶。"

如何桀骜如何不羁的"中二"少年回到这里，会褪去一身的刺，会乖巧地跟人打招呼。

易千树小时候有一段时间跟着外婆在秀溪生活。他那会儿三天两头地生病，感冒发烧断断续续，程瑾照顾他到心力交瘁，一咬牙把人送去了秀溪。

老太太给小外孙做百衲衣，挨家挨户讨一块布，缝成衣裳给他穿。祛病化灾，保他顺遂、平平安安。还挨家挨户讨一把米，煮了千家饭给他吃。

这都是当地的风俗。

许是因为秀溪是块风水宝地，十分养人，小千树自此之后竟然真的很少再生病。

穿过了百衲衣，吃过了千家饭，秀溪这块地方的人自然都认识他，把他当自家的孩儿看。走路上一路点头打招呼过去，来来回回那几句，听着竟然也不觉得烦。

"千树回来了？"

"嗯。"

"又长高啦。"

豆腐铺的大黄狗也跑过来凑热闹，围着他上蹿下跳："汪汪！"

易千树撸了两把狗头将它推开："乖，别挡着小爷回家吃藕丸子。"

在院门外光用鼻子嗅，易千树就猜出了今晚菜单，都是他最爱的菜。

一道茶树菇煲鸡汤，一道红烧鲫鱼，一道醋熘土豆丝，约好的藕丸子自然少不了。

天光暗淡，从窗子里透出一掬昏黄光晕。

锅铲翻炒，爆出油星沫子刺啦作响。

开着半边窗，易千树看到那头发花白的老太太忙活个不停，她往锅里添了点水焖着，又去洗菜盆里捞出两个水灵灵、青莹莹的梨子削皮。

他不知怎的，眼眶就有点微热，长臂一伸，从窗口递进一朵随手摘的桃花。

"Darling（亲爱的），晚上好哇。"

老太太连串的梨子皮应声而断，一见不省心的孙猴子回家了，顿时笑成一双眯眯眼，眼角的褶子层层叠叠开成了花。

在易千树眼里，那就是人间最美的景致。

"给外婆买瓶酱油去！"

"得令！"

易千树扔下书包出门跑腿。

过了两条巷子就有个小杂货铺，坐落在岸边，易千树记得特别清楚，铺子门前有五棵柳树。

初中时学陶渊明的《五柳先生传》时，莫名会想起秀溪这家杂货铺。

听说铺子主人好像有个孙女跟他差不多大年纪，也跟着父母在徽阳生活，不常过来。

易千树一次也没遇到过就是了。

他一脚跨进门槛。

几排货架前摆着一张长形的老式榆木柜台和宽大的藤摇椅，椅上盘腿坐着个东倒西歪的人，灰色的长裙上乱糟糟地堆在腿上，眼睛却片刻不移盯着手里的漫画书，正看得起劲，有些凌乱的发丝从脸颊边垂落，也顾不得整理，嘴角挂着一抹"痴汉笑"，齿间咬着根香烟模样的长条卷儿。

看这穿着打扮，平时分明是装文艺少女来着，啧啧，不过世间真相，大抵让人意外。

易千树心里嘿嘿了几声，心里边与生俱来的小恶魔又偷偷长出了角。

"老板啊，来瓶酱油呗。"

他随意地往柜台上一靠，大长腿一伸，语气里明明白白带上了调侃。

路以宁闻声手一滑，那本漫画书狠狠砸在秀气的鼻梁上，满满盖了自己一脸。

路以宁今天穿了一双新皮鞋，脚被磨出了几个血泡，实在疼得不行，想着晚饭这会儿一般没顾客，所以就脱了鞋盘腿在椅上想放松下。

没想到偏偏被同龄人撞见。

她顾不得抬头，先急急慌慌忙着把脚放下，乱中出错，藤摇椅往后摇了一摇，惯性带着她整个人往后倒。

这下子，她非但没有立刻站起，反而像落水的猫，盲目扑腾了起来。在易千树眼里，却是萌态百出，令他还未出招，就已经见识到了莫大笑料，自然毫不掩饰地哈哈大笑一番。

那笑声简直让路以宁想要和眼前的浑蛋同归于尽。

挣扎一番，总算成功站起来，路以宁匆忙扯了扯长裙，遮住脚踝。

她抬头看去，心又是一跳。这一次，跳得更重更急，简直头脑缺氧一瞬间天旋地转。

这嘴都合不拢的恶劣分子，不是易千树是谁？

见鬼，怎么会在这儿遇见他？

虽然和易千树是同班同学，而且她还是班长，可是，他俩说过的话，大概加起来不会超过五句。

一个学霸，一个学渣，一个循规蹈矩的模范学生，一个令老师头痛的问题少年，他们俩的世界，之前就像是有着无形的隔离墙，即使近在咫尺，彼此也能自动过滤对方的存在。

可偏偏在这秀溪老家，以这样郁闷的方式撞到了一起。

不过，以易千树平日里那上课睡觉下课消失的旁若无人的作风，他认得自己是同班同学吗？

还别说，易千树还真没记住路以宁叫什么名字。

但好歹他认出来了，这是他同班的那个不爱搭理人的高冷学霸，还是班长大人。

易千树脑海中浮现出女生拿着粉笔在黑板上解题的画面，怎么想，都只有模糊不清的一个影像，连后脑勺上顺溜的长马尾儿都透着一股骄傲倔强。

原来私底下也这么不修边幅？

易千树看到是熟人，更加不想收敛了，一脸笑意更添几分坏，像撞破了对方的秘密后志得意满的小人，嘚瑟不已，看得路以宁牙痒痒。

"哎，这不是班长大人吗？"

路以宁心里一沉。

糟糕，他认出了自己。

一时间更不知该作何表情。

易千树倒是兴致勃勃，一根修长的手指在柜台上敲了一记："班长大人，赶紧的，拿酱油啊。"

路以宁只得转身，抬头一看，货架上有两种，问他："要哪种？"

"随便。"

"没有'随便'。"

"左边高瓶的那个。"

易千树不想再耽搁时间，付钱，拎酱油走人。

"等等！"路以宁把人叫住。

"干吗？"

"找零钱。"

路以宁把三张毛票拍在柜台上，皱巴巴的纸币卷着毛边，早知道他家有钱，可也别看起人，该给的一分都得给。

易千树听出了这个学霸班长语气里的敌意，他也不以为意，转身回去一手抄走毛票塞进裤兜。

路以宁拧眉，心里不太痛快，憋着口气。

"等等——"

"又干吗？"

易千树没走出几步，有点儿烦了，索性靠在贴着财神爷年画的门框上好整以暇看着她。

这下路以宁也蒙了，她也不知怎么就脱口而出再次将人喊住了。

两指悻悻地把嘴里含着的纸卷儿取下来，她没头没脑地解释了一句："我……我没抽烟啊，这是棒棒糖……"说完就更蒙，自己跟他解释干什么，抽风吗？

易千树"扑哧"一声乐崩了。

他以前怎么就没发现，这个古板小学霸竟然这么天真可爱呢？

"知道了，我会帮你保守秘密的。"他眉眼生动，一肚子坏水汩汩往外冒泡，转身走了。

"什……什么秘密？"

路以宁一脸茫然，她吃个棒棒糖怎么就成了秘密？

而又算计了她一把的易千树，自然是不会给她解释的。

03. "原来接吻需要这么大的肺活量，学习了，学习了。"

易千树心情极好地完成了打酱油任务，连晚饭都多吃了两碗，嘴抹了蜜似的直夸外婆做的菜香。

一顿饭下肚，星星月亮全在烟灰色的天幕上亮了相。

风把云层吹散，今夜秀溪的星辰格外璀璨。

易千树吃太撑，靠墙站着揉肚子，透过窗户夜观天象，往天边一指："外婆，快来看，那儿有个笑脸。"

老太太说："那叫双星伴月。"

处女座中最亮的一颗恒星透着银白的光泽，和旁边的火星遥遥相应。

它们分布在镰刀月的两侧，像一双眼睛，三者在夜空中宛如一张笑脸。

祖孙俩齐齐仰头望天，在院里赏了许久的月，剩屋里桌上一堆残羹冷炙还没收拾。

"我差点儿忘了，你再去买两包烟给你李叔送过去，前两天他来给补了漏雨的屋檐，说什么也不肯收钱。"

"又要跑腿？你刚才要我买酱油时，咋不一起说？"

"继续跑腿还是洗碗，你选一个？"

"跑腿。"

"行。"老太太掏兜，拍拍桌子，"钱给你搁这儿了。跑腿去吧，小外孙子哎！"

易千树再次光临杂货铺，里头看店的竟然还是路以宁。

她现在也是难得回秀溪一趟，回来了，自然被她家老头儿老太太当劳动力使。

老人们都赶着去后院打纸牌去了，她便独自坐在藤摇椅上看电视。

这会儿倒是坐得规规矩矩，没盘腿了，裙子也整理得规矩。膝上放着个抱枕，里面是老人家塞的决明子、桑叶和苦菊，凑近了能嗅到隐隐的药香味。手肘支在抱枕上，掌心托着腮。

是平日里见过的淑女范儿。

可惜，正在看的电视内容又出卖了她。

易千树视力超好，远远就瞄到那电视画面上男一号和女一号久别重逢，立刻干柴烈火，吻得激烈，伴着煽情的背景音乐，在杂货铺略为昏黄的灯光下分外缠绵。

路以宁的小姑特爱看这剧，强烈推荐了多次，她刚才无意间看到地方电视台在播，就看了下去。

原本看得好好的，一抬头发现易千树又在朝她笑，笑得她汗毛都立了起来。

他怎么还来？

他他他……

他看着电视屏幕笑什么？

路以宁觉得今天的自己受到了一万点伤害。

现在该怎么办？立刻换台？那不是显得自己心虚？

不换台？妈呀那两人能不能别吻了，怎么还三百六十度旋转着吻上了呢？

路以宁的"尴尬癌"犯了。

"买什么？"

"买烟。"

易千树拿货付款，十几秒钟的事。

买完了也不着急走，还偏要留下来跟着一块儿看电视。他身形修长挺拔，杵在灯泡下，一只蛾子绕在头顶飞了两圈。电视的光映在他脸上，屏幕上一男一女还在昏暗的楼梯间换着角度唇齿交缠。

路以宁用余光瞄了瞄易千树，头皮发麻。

他那一脸津津有味到底是怎么回事？

他就不会尴尬的吗？

这人脸皮到底有多厚啊？

八成是故意的吧？

真是一个无比漫长、无比销魂的全方位拍摄的吻啊。

路以宁暗暗佩服俩主演的肺活量。

她终于撑不住了，以迅雷不及掩耳之势摸出遥控器换台。

画面一跳，立即变成少儿频道《猫和老鼠》。

路以宁松了一口气，心里想，真想问老天爷，今天是怎么回事。

一阵相对沉默。

还是易千树含着笑意先开了口："《恶魔邻居请吻我》。"

刚才那电视屏幕右下角有一行花字，显示着片名，突然被他一字一顿地读出来，感觉简直像在打她的脸。

路以宁："……"

"原来学霸都喜欢这一套的啊。"

"……"

"原来接吻需要这么大的肺活量，学习了，学习了。"

"……"

"班长你也是在学习，对吧？"

"易千树！"

当晚睡觉前，路以宁百思不得其解地在QQ上问花蕾："你说，我是不是管纪律时得罪过咱们班男生？"

她这问题一听就是有针对性的，花蕾赶紧问："咱们班哪个男生？"

"比如，易千树。"

"易校草啊……"

最后一个感叹词拖得老长，路以宁感受到花蕾语气中的意味深长。

"你跟他不是没什么交集吗？"花蕾说，"他在班上出现的频率是那么不稳定及不确定，你有什么机会得罪他？"

"我也这么觉得啊！可是今天在秀溪这边遇到他，他到我奶奶家来买东西，我感觉他处处针对我啊！简直邪恶到令人发指！"

"有多令人发指？"花蕾的语气里瞬间充满了兴奋。

"算了……"路以宁对好友的反应泄气认命。

"我分析啊……"花蕾也察觉出了自己立场错误，赶快纠正，"大概就是你和他的磁场不合吧。你看，你们都长得挺好看，都挺受欢迎，一个是持帅行凶灿烂的学渣，一个是貌美如花的高冷学霸，互相不对盘是应该的。嗯，应该的。"

"谢谢。夸我就行了，不用把他带上。"

"OK，下次注意。"

路以宁写给秦桑的第三封信

(摘录)

嗨！秦桑。

我最好的朋友，和她喜欢的男生越走越近了。

你爱着他时，他也刚好爱你。这一定是世界上最美好的爱情模样吧？

每天看到她因为一句话，一个眼神，甚至只是一个名字，而变得那么神采飞扬，那么开心雀跃，我就会想，喜欢一个人，真是像美丽的魔法，能够让一个人变得像公主一样闪闪发光。

不知道你会喜欢什么样的女生呢？

我希望我喜欢的男生，能够聪明，睿智，有思想，对世界有着自己独立的思想与温暖的爱心。

那天听到你唱《白桦林》，我在台下看着你的表情，突然想，你是不是就是那个人呢？

也许是我太过狂妄，可是，我都没有勇气告诉你我是谁。

有一天，你会猜出来吗？

我很期待，也很害怕。

——小七

他就像闪闪发光的太阳呢，

而她哪怕只是一棵卑微的小苗，

也感受到了他的温暖明亮。

这样美好的少年，

竟然属于她。

Hai Tang Hua
Wei Mian

三月花开柳树扬，学习雷锋好榜样。

每年三月各所学校都会号召大家学雷锋，伸出友爱之手互帮互助，举行各种活动。

上个星期路以宁在包干区打扫卫生，连续有三个同学过来帮把手，她简直要为这世界的温暖而热泪盈眶。

周一全校大集合，教导主任慷慨激昂的演讲带着三重回声在校园内飘荡，久久不散。

学霸擅长抓重点，路以宁只听清楚了说高一高二年级明天下午组织去外面打扫街道。

能光明正大旷课一下午外出放风，男生们立刻集体沸腾了："哇喔喔喔喔喔——"

那号叫声跟一群荒野小狼似的。

花蕾站在路以宁前两个位置，回头探身，越过中间一个女生朝她眉飞色舞地比了个"耶"。

路以宁心领神会地笑了笑。

下午第一节课自习，班主任老黄踩着铃声走进了高一（12）班的教室。

老干部作风，手里照旧端着往外腾腾冒热气的紫砂保温杯，杯身上刻着"桃李芬芳，师恩难忘"的字眼，据说是老黄带的上一届毕业生送的，他挺中意，常见他用。

而他另一只手上是两页安排表："同学们，明天下午咱们班负责的区域划分出来了，青檀路口到徽川路那一段……"

底下又是一阵欢呼，还有兴奋地拍桌子的声音。

"安静！让我看看是谁在起哄，安排明天干重活！"

教室里的噪音分贝下降了几度。

路以宁拿出数学书自习，今天课上数学老师讲的一道大题她听得似懂非懂，还需要巩固加强记忆，自己再蒙着答案再理一遍解题思路。

至于明天，跟着大部队走就是了。

她的手肘不小心撞掉了同桌的书，弯腰捡书的时候，视线不受控制地飘向了教室的后排。

自从那日在秀溪和易千树狭路相逢后，她看到他就总有一种理不直气不顺的感觉，生怕对方出什么幺蛾子。

好在易千树似乎忘记了那天的事，在学校里看到她，依然是一脸视为无物的表情。

此时，易千树和与他臭味相投的死党王昆两人不知道在说什么，两个少年笑起来张扬灿烂。午后掠过竹林叶梢的阳光透明地映在他们的脸上，光影浮动，那眼睛明亮，竟丝毫不输给春日里的太阳。

尤其是易千树，平日里板着一张冷脸，很少见他如此笑容，不笑的时候就已经是公认的帅哥了，这一笑起来，竟看得她心跳都险险地漏了半拍。

这个人啊，帅是真的帅。

路以宁无法否认，尽管她不怎么待见他。

第二天天气晴，下午集完合后各班的队伍陆续出发，前往指定的区域。

路以宁拎了一个撮箕，花蕾扛着扫把，还有拿锄头去铲杂草的，用火钳夹垃圾的。

老黄带队走在最前面，和隔壁13班快秃头的班主任勾肩搭背哥俩好，焦不离孟，孟不离焦，中年男人之间的友情分外坚固。

花蕾扯了一下路以宁的袖子问："喝不喝奶茶？待会儿我去买。"

"还没开始干活，你就想着犒劳自己了？"

"这样才有动力嘛。"

"咦，你看那边——"花蕾的语气突然兴奋，"秦桑旁边那个女的，是高二的学姐！校庆上表演了街舞的那个，酷到炸裂，我对她印象可深啦！"

"学姐和高一学弟在一起干吗？"

路以宁心想：难道学姐也被秦桑迷住了？

转念又想：咦？我为什么要说"也"？

郁闷。

秦桑站在13班队伍前边指挥，怀里抱着一把大型的竹扫帚。原本与他并排走的是个男生，现下变成了扎高马尾充满青春活力的高个子女孩子。

女孩子在热情地和他说什么，一脸兴高采烈的表情。

秦桑却仍然一副不太热络的模样，表情冷淡，嘴唇翕动偶尔才答一句，目不斜视死盯远处车辆川流不息的高架桥，仿佛看着车流能温习加速度和摩擦阻力。

已经到了青檀路口，大家散开，开始分段打扫地面和除草。

路以宁收回偷窥的目光，埋头干活。

扫帚一刮，擦过粗粝的水泥地面，阳光下扬起大片飞舞的灰尘。

所有人一开始都干劲满满，等过了三十来分钟就有人开小差偷懒，没那么卖力了。

沿着马路走走停停，轧马路的、嬉笑打闹的都有。

花蕾一直跟路以宁搭配干活，按捺了半小时，终于还是溜出队伍去找奶茶店了。

偷偷摸摸出去，风风火火跑回来。路以宁见她两手空空，问："你的奶茶呢？"

"用不着我自己买了。"花蕾擦了擦额头上的汗，喜滋滋地说，"等着白喝吧。"

路以宁乍一听，没明白她的意思。

很快，班上几个男生胸前捧着几个袋子佝着背过来发放福利，人手一杯，果汁和奶茶口味随机，一个个小声地说："学姐给的。"

花蕾高高兴兴地收了，吸管噗地戳破塑料封盖，迫不及待地喝了一大口。

她之前去奶茶店遇见高二那个跳街舞的学姐了，学姐让她先别买，待会儿有免费的。

"一人得道，鸡犬升天。秦桑厉害啊，学姐为了追他给整个高一送奶茶，咱们都沾了他的光。"花蕾数学不好，没办法一下心算出这得花多少钱，反正学姐一定是个"壕"，一般人哪能有这么大手笔。

"咦，以宁，你怎么不喝？"

路以宁蹙眉："中午吃撑了，暂时喝不下。"

一群人拖拖拉拉，总算也完成了任务，等着人来检查，过关之后才能解散。12班等来了年级组副主任和一个戴眼镜的瘦高男生，师生两人负责验收青檀路段的成果。

路边的花坛上铺着一层细细薄薄的扬尘，路以宁和花蕾两人累惨了，也不讲究了，鼓起腮帮吹了吹，一屁股蹲坐下去。

副主任和男生从面前走过，登记地面清洁状况。

花蕾看着男生写字的手，视线钉在他身上，没办法挪开分毫。有两个同学跑过去，询问自己负责的区域是不是合格了。男生说了什么，他们又垂头丧气地走了，看来还得返工。

"不去打声招呼？"路以宁悄声问花蕾。

花蕾咬着奶茶里的一颗珍珠，慢吞吞地站起身，明明是想上前，却还是要拖着路以宁一起。

路以宁明了她的心思，笑嘻嘻凑她耳边故意悄声说："你去跟许长阳打声招呼，他肯定会让我们小组通过的。"

"咳咳咳……"

一向大大咧咧叽叽喳喳的花蕾被奶茶呛到，脸却倏地红了。

许长阳的长相，大概能用"温和"这个词来形容。

他五官生得立体，却没有刀削斧砍的锋利深邃，透着一股斯文的书生气。

他是干净的、安静的、纯粹的、文弱的，总让花蕾想起儿时记忆里，初秋时节阳光倾泻落满冷杉的情形。

"许长阳——"

反倒是身边的路以宁先出声跟人打招呼。

他们俩之前是在奥赛班认识的，关系不错，偶尔讨论题目。高一年级光荣榜上三座不可逾越的大山，12班路以宁、13班秦桑、14班许长阳。

其中当然数秦桑最厉害，连每次月考周测都发挥稳定，鲜有失误的时候。

路以宁私心里认为是千年老二惺惺相惜的缘故，她和许长阳关系倒还不赖。

"路以宁，彭老师刚给了我一套题，我觉得上面的题目很好，明天下晨读后拿给你。"许长阳对路以宁说。

"多谢啊。"

花蕾扭扭捏捏躲在路以宁身后，那副特别扎眼的小媳妇模样，让路以宁乐得不行。

路以宁指了个范围，故意大声问许长阳："哎！许长阳啊，我跟花蕾一组负责的这块地方你检查完了吧？结果怎么样，快点告诉我们。"

花蕾咬着吸管没说话，那根可怜的吸管目测已经要被她生生嚼碎了，她的眼睛却不断瞟向许长阳。

这是她的第二杯奶茶，她吞掉了路以宁的那份，现在肚子微微发胀，心却好像被绑在热气球上呼啦啦地飞起来。

许长阳，许长阳。

只有他们三个人知道，这是她花蕾的许长阳。

许长阳深深地看了路以宁身后的花蕾一眼，说："合格了。"

02.许长阳低垂在身侧的手像湖面上飞过的灰鸟，飞快地碰了碰花蕾的手背，温热的触感转瞬即逝。

周测的数学成绩出来了，试卷在教室里满天飞，有人欢喜有人愁。

愁的人还不少。

上课铃响，数学老师一脸沉重地走进来，表情分外严肃。

大家不约而同地没太敢闹，在座位上安静得比之前要快。

第一句开场白如惊雷乍现，轰隆在空气里炸开。

"这次周测结果出来我都不敢信，咱们班居然会有将近三分之一的同学不及格！"教案在讲台上一拍，几根粉笔和无数粉尘都跟着震了震，"虽然这只是一次小考，但是已经能说明问题！"

"下课后，花蕾同学到我的办公室来一趟！"

花蕾趴在桌上，手里捏着笔在本子上涂涂画画，面前的书本垒得老高，像座碉堡，是她用来挡住老师视线的绝佳屏障。

现在躲不开了，她被单独点名了。

下课后，花蕾一路跟着数学老师进了办公室，大气也不敢喘，终归还是害怕的。

迎面撞上班主任老黄，老黄问："这是怎么了？"

数学老师说话一字一顿："她，全班最低分。真行，一道选择题都没碰对。班上平常几个吊车尾的都比她强！"

数学老师怒发冲冠，老黄也不敢替花蕾说好话。

没人护着，花蕾被一顿狠批。

她低头挨训，绝不顶嘴，想象头顶上唾沫星子乱飞，计划着回家该好好洗头了。

今日下雨，课间操取消，整二十分钟任由数学老师发挥，时间宽裕。

从老师办公室出来，花蕾觉得自己快蜕掉一层皮。

12班的教室在最右边，隔着长长的一段距离。课间鸡飞狗跳，走廊上熙熙攘攘，嘈杂程度堪比菜市场，她蔫头耷脑地走在人堆里。

一群男生吵嚷着从楼梯间上来，花蕾下意识地往墙边靠了靠。

许长阳挨着花蕾的肩膀过去，彼此衣料相互摩擦，发出在这样嘈杂的环境里根本不可能听见的细微声音，但是花蕾觉得，她真的听见了。

许长阳低垂在身侧的手像湖面上飞过的灰鸟，飞快地碰了碰花蕾的手背，温热的触感转瞬即逝。

像一个明媚又动人的错觉。

但那不是错觉，她知道的，那是他给的安慰，是他们都懂的暗号。

花蕾走过几步，才假装不经意地回头看着那道颀长清瘦的背影。

许长阳啊，他和她是多么不一样啊。

他那么聪明，那么努力，那么上进，对她，还那么温柔。

他就像闪闪发光的太阳呢，而她哪怕只是一棵卑微的小苗，也感受到了他的温暖明亮。

这样美好的少年，竟然属于她。

有了这样的幸运，其他的一切困难挫折，又算得了什么呢？

她头上的乌云散开，心情阴转晴。

路以宁见花蕾被数学老师叫走了，原本还担心她，谁知道她蹦蹦跳跳地回来了。

"你没事吧？"路以宁问。

这姑娘不是被数学老师虐到脑袋坏掉了吧。

花蕾笑得一脸阳光明媚："没事啊，我很好，老师说得很对，我确实不应该，考这么点分数太对不起人了。"

路以宁摸了摸这孩子的额头，真受刺激了？

花蕾挤在路以宁的座位上，欣赏欣赏学霸离满分仅差一分的试卷是如何的完美。

她的语气里满是羡慕。

"以宁啊，你的脑子怎么这么好使呢？那些数学题，那些公式，我真的想破脑袋都想不明白。我脑子里装的是不是胶水啊？"

路以宁知道她说的是实话。

花蕾并不是不努力，相反，她可能在数学上努力的时间，比一般学生还多。

可是，认识了花蕾，路以宁才知道，这世界上真的有天赋这回事，花蕾对数学，就是没有一分一毫的天赋。

她同情地摸摸好友的脑袋，安慰好友："可是你手可巧了，织毛线、做纸雕、捏纸粘土……只要你看过一眼的东西，哪样你不是信手拈来，在网上发的那些作品都是专家级的完美！"为了鼓励好友，她特意说得夸张了一点。

花蕾摇摇头："你这卷子上的分数才叫完美好吗？"

路以宁说："这不叫完美，13班秦桑满分，那才叫完美。"

"许长阳呢？"花蕾问。

"他跟我一样，"路以宁指着试卷上的一处地方，"粗心大意忽略了最后一步，被扣掉一分，我们都才149分。"

路以宁对竞争对手的成绩了如指掌。

花蕾想要暴打路以宁："才149分，才149分啊！还不知足吗？"

"知足，知足，就像许长阳一样知足。"

"要死啊！你小声点！"花蕾被好友调侃挤对，瞬间心虚地东张西望。

"谁让你率先抱得美少年归，刺激我这单身狗，我也要报复一下，刺激刺激你。"路以宁嘿嘿笑。

"我的内心坚如磐石，对你的刺激感到无动于衷。"

花蕾翻了个白眼，随手翻了翻桌上的《青年文摘》，左摇右晃，企图鸠占鹊巢，把路以宁从椅子上挤掉。

两个姑娘头挨着头，身挤着身，凑在一起嘀嘀咕咕笑笑闹闹，没完没了，让旁人看了，只觉得青春的美好。

路以宁悄声说："对了，下个月月初《雀音》上映，你和许长阳是不是约好了要去看电影？"

她知道那电影花蕾期待很久了。

花蕾这下没办法无动于衷了，脸上升腾起红云，手指仍在无意识地乱翻书页，眼睛却没有真正把一行行的字看进去。

书里突然掉出一朵压瘪后水分干枯了的樱花。

"咦？"

路以宁眼疾手快地把樱花捡起握在手里，赶紧岔开花蕾的注意力，叮嘱道："喂，我说，到时候你们俩低调点，别被熟人撞见了。"

花蕾的思绪果然立刻回到了自己的约会上，紧张得频频点头，像只小仓鼠。

路以宁偷偷把掌心的樱花重新夹进一个厚厚的笔记本中，妥善放好。

这只是一朵普通的樱花。

它和曾经在枝头灿烂着的千万朵樱花一样，美丽而温柔，却并没有什么不同。

只是，于她而言，这朵樱花，纪念了某一个特别的日子，某一个特别的时刻。

因为那个时刻，她对某一个人，第一次产生了一种叫作心动的感觉。

她曾经看过某个喜欢的作家的书，书里说：每个人的星星上都有一朵花。

她觉得，这一朵，也许就是属于她的那朵星星上的花。

熬到放学，铃声一响，老师一喊下课，各个教室的人蜂拥而出，场面壮观，楼梯间爆满。

路以宁不急，因为腿的缘故，她习惯性走后头。慢条斯理地收拾书桌，把作业放进书包，还去了一趟厕所洗干净手。花蕾等她一起走，期间已经消灭完一包辣条。

还剩最后两根，花蕾问："以宁，吃吗？"

"不要。"

花蕾听罢，最后两根也进了她的嘴。

俩女生慢悠悠散步似的出了校门，在公交站附近远远看见一个推花车的大叔在卖盆栽。

花蕾最爱光顾这些小商小贩，她立刻拉着路以宁："走，咱们过去看看。"

推车上摆满了各种各样的盆栽，其中多肉的种类最丰富。

上了年纪的大叔热情地给她们介绍，依次指过去，跟报菜名似的速度，说出来的名字却个个动人，仿佛每一个都有着个千回百转的故事："玉蝶、红稚莲、桃美人、若歌诗……"

路以宁和花蕾听得认真。

靠里边一点的位置上还有发财树和绿萝，散尾葵的叶子呈羽毛状片片裂开，垂向四周。

散尾葵前方是一个深棕色的瓦罐盆，里面的植株有深绿色的长条状叶子，无花无果，貌不惊人的模样。

仔细看，只见得叶片边缘波浪般起伏，叶柄突起，倒是有点特别。

"这是什么？"路以宁指着问。

"昙花呀！"

大叔脚上的军绿色胶底鞋一跺，直夸她眼光好，一个劲地卖起了"安利"："'昙花一现'听过没有？开了花最漂亮！大家都叫它'月下美人'！"

这竟是昙花？

路以宁顿时来了兴趣，凑上前看个仔细。

她在一本植物科普书里看过关于昙花的介绍，还特意上网搜过昙花的资料，印象最深的是有这么一个关于昙花的神话故事。

传说昙花一现，只为韦陀。

花神昙花有四季花期，每日开放，却日久生情，爱上了给自己浇水除草的年轻人。

玉帝盛怒，一气之下棒打鸳鸯，诅咒昙花一年只开一瞬，并抹去年轻人的前尘记忆，渡他前往灵鹫山剃度出家，赐名"韦陀"。

韦陀一年一度下山采露煎茶，昙花便只在他下山的那一天开放。

白驹过隙，年年复年年，韦陀始终没有记起每次在他途经的路旁盛开的昙花。

　　昙花一生，默默等待，默默绽放。

　　我爱着你，年年岁岁，而你被抹去了记忆，永不知情。

　　路以宁记得自己当时就被这个故事的凄美深深打动了。

　　"我们买下吧？"路以宁问花蕾。

　　"好哇好哇。"正好花蕾一听说这是昙花，也来了兴趣。

　　两个女孩儿眼睛闪着雀跃的光，心有灵犀地问了多少钱，又你一句我一句把价格往下砍。

　　"不能再少了，两百块！"大叔看出这两个小姑娘是真心想要，于是坚决不再松口，一脸真诚地痛心说，"就两百块！"

　　两百块对她们来说不是小数目。路以宁和花蕾我看看你，你看看我，又是不舍，又是为难。

　　最后两人终于商量出一个方法，她们一人出一百，一起买下这盆昙花，然后轮流养它。

　　如果哪天开花了，就叫另一个人一起来看。

　　"不知道会在谁手里开花呢！"花蕾抱着花盆兴高采烈。

　　"今天你先抱回去照顾吧，我晚上得赶一套物理竞赛题。"路以宁说。

　　"好哇好哇。"花蕾兴致勃勃。

　　"冲啊学霸——"

路以宁写给秦桑的第四封信
(摘录)

嗨！秦桑。

听说上次月考，你又得了全年级第一，真是恭喜你了。

不知道你怎样看待现阶段的学习这件事。

在我看来，现在很多知识将来未必能够用得上，然而，现在努力学习，却是在争取那把能够打开自己未来之门的钥匙。

你一定是那个能够拿到金钥匙的人。

而我也要更加努力才行。

今天作业好多啊，试卷压着做不完。

一边记中纬西风带的典型地区一边打瞌睡，严重怀疑自己记忆力衰退了，我是不是要补脑了？

对了，今天还被朋友套路了，她说世界上的猪都死了，打一歌名。

我没猜出来，答案是《至少还有你》，哈哈哈……

——小七

01. "我不信，虽然我是差生，但学霸人美心善，不会用异样的眼光看我的。" 王昆扭扭身子。

时光如飞鸟的灰羽，明明每个人都看到它掠过天空时的忧伤，却又再也找不到痕迹。转眼间，又到了一年一度樱花盛开的时节。

每年三月底四月初，徽阳樱之谷的樱花开得最好，吸引了大批人前去。

花蕾在网上看了一圈人家赏樱踏青的美照，心也跟着飞远了，缠着路以宁问："班长，咱们班没有什么活动吗？"

她折下身子趴在走廊的护栏上，伸手用力一够，揪住枝条上嫩绿的玉兰叶，漂亮的圆眼睛迎着太阳被刺得微微眯起来。

"你看看外面，天朗气清，惠风和畅，我们就该出去走走啊。王羲之都说了，'仰观宇宙之大，俯察品类之盛，所以游目骋怀，足以极视听之娱'。"

路以宁背对日光，拿着掌中宝小册子在记英语单词，不忘夸她："不错呀，你能背《兰亭集序》了。"

"当然，我不仅会背，还能全文默写。"

"给你纸和笔，你写一个。"

花蕾露怯，她刚记住前两段就拿出来显摆了，后面的仍磕磕绊绊："不要给我岔开话题，我说春游呢！"

路以宁不再逗她："其实你跟老黄还挺有默契的。"

"嗯哼，此话怎讲？"花蕾问。

路以宁刚才经过老师办公室，听见老黄在跟13班班主任闲聊，听他们话里的意思，是有意让两个班联合组织去樱之谷春游。

"太棒啦——"

花蕾跳起来，把手里掰碎的叶子恶作剧地往路以宁头上一抛，来了个天女散花，让星星点点的绿意落在路以宁的发间、肩膀，连胸前的校徽牌和衣料的缝隙里还卡着一丁点儿。

她捣完乱就跑，被路以宁一把抓住。

"花蕾同学，给我把走廊打扫干净。"

"不。"花蕾挣扎着，脸上笑得开心。

路以宁趁她不备，去挠她的胳肢窝，她赶快回击，两个女孩抱成一团，笑得众人注目。

隔天的班会课上，老黄果然宣布了这一大好消息。

底下直呼老黄英明，把他形容为辛勤的园丁、人类灵魂的工程师、燃烧自己照亮大家的蜡烛、默默吐丝的春蚕，拍马屁不带重样，把老黄气得半死，紫砂杯重重往讲台上一搁。

"平常上课不见你们这么积极！给我消停点吧，兔崽子们！"

投影仪大屏幕上赫然跳出一张座位表，大家被春游的事给高兴坏了，差点忘了这茬。

老黄站在讲台边抬手："来来来，抓紧时间动起来，把座位换了。"

路以宁翻着一本从图书馆借来的经典作文素材，又老又旧，页脚卷起了刺刺的毛边。她抬头一看大屏幕上面自己的名字——

八组六号，路以宁。

位置比较靠后了，但也行，她个头在女生里算高的了。

她再多看一眼，又有了新的重大发现——八组七号王昆，八组八号易千树。他们仨一排，在一条直线上。

座位表里加粗加黑的宋体四号字，清楚明白，一目了然。路以宁盯着多次确认，真没看错。

虽然这半年多来，她和易千树再无交集，但是他给她留下的心灵伤害，可还时不时飘上心头呢。

是祸躲不过啊。

她这心里，怎么莫名地又悬起来了呢？

路以宁一边在心里唉声叹气，一边起身把课桌上零碎易掉的物件收进抽屉里，推着桌子往八组后排走。

书本重，她两步一停。

前方道路不通，大家你往前我往后，处处塞车，她还得费力拐个道。

教室里充斥着拖拽桌椅的声音，桌脚在地板上狠狠摩擦，楼下班的任课老师差点跑上来一顿骂。

总算把桌椅运到目的地，路以宁挺直腰，撤回抓在桌沿上的手别了别耳侧的头发。就在这一刻，原本桌上积压的一摞试卷往外倾斜，猝不及防滑了下去。

眼看上百份试卷就要散落一地，有人反应敏捷，稳稳当当替她接住了。

王昆把试卷团儿给她放回桌上，特臭屁地道："班长，不用谢。"

"谁要谢你。"路以宁本来想道谢的，被他这厚脸皮一抢白，一下子面子搁不住，冲口而出反击。

这些男生，果然是脸皮厚似城墙啊。

易千树正肩上扛着椅子，黑色的书包拽在手里，从二组八号横向平移到八组八号。

他随意踢了踢王昆脚后跟："昆儿，闪一边儿去，人家学霸压根儿不想理你。"他个子太高，搬个东西也搬出了杠把子的气势。

王昆戏精上身，装作一脸受伤的表情，幽怨地抚摸着自己的心脏位置问路以宁："真的这么嫌我吗，学霸？"

"学霸嫌不嫌你，你自己心里没点儿数？"易千树抢白。

在班里，他说话最多的就是王昆了，和王昆也最是随意。

"我不信，虽然我是差生，但学霸人美心善，不会用异样的眼光看我的。"王昆扭扭身子。

"我要吐了，昆儿，拿你的书包给朕接着。"

他俩当着路以宁的面说相声，捧哏与逗哏，一人一句没停，效果堪比3D环绕立体声，路以宁被烦得不行。

学霸学霸学霸霸霸霸霸，你们怎么不干脆叫爸爸！

路以宁谁也不理了，她看书、刷题，整理笔记，净化身心。

可偏偏老天爷也要掺一脚，派来只小飞虫绕在四周飞来飞去，嗡嗡嗡。

路以宁合手一拍，掌心震得发麻，却打了片空气。

后座的王昆刻意笑得很大声，易千树的声音倒是没听见，但想来那似笑非笑的表情也定然少不了。

路以宁要气死了，强迫自己把目光转向前方，却意外地发现今天的值日生许音音正望着她这边的方向。

许音音平时总是长发如瀑，垂睫敛目的女神范，很少见她这么心神不宁的模样。

只见她一边清理讲台上横七竖八躺着的零碎的短粉笔，一边将视线投注于教室后排。

两弯柳叶似的烟雾眉皱起很小的弧度，少女未施粉黛的脸被门外投射进来的天光笼罩着，她的肤色原本分外白，唇分外红，从路以宁的角度看去，也忍不住觉得她简直美到像仙女下凡。

可是，仙女是在看谁呢？

路以宁觉得自己堕落了，她越来越八卦了。

铃声又响，打断了路以宁脑子里乱七八糟的想法。长发飘逸有几分仙风道骨的历史老师走进来，路以宁站起来喊："上课，起立——"

椅子拖开，一群人稀稀拉拉毫不整齐地站起来，声音倒是洪亮充满朝气："老师好——"

又一节课开始了，高中三年，似乎有无数个这样重复的时刻。

其实，窗外飘着的每一朵流云都不同，时间在推着每个人前进。

历史老师讲到各朝各代的中央集权制变化和改革，又讲到夏商占卜，那会儿的古人遇事爱占卜，用火在牛胛骨和龟腹壳上灼烧，通过烧出的裂纹来判断吉凶。

有位同学忧心忡忡："老师，那得死多少乌龟和牛啊？"

老师怒道："就你能操心。"

过了一会儿。

老师目光犀利，看向八组七号："请那位中间说话的同学不要影响到前面听课的同学和后面睡觉的同学。"

隔着一条狭窄过道，正跟右手边男生嘻嘻哈哈讲小话的王昆忽然福至心灵，抬头跟历史老师隔空对视，相互深沉地凝望。

"王昆，别看了，说的就是你。"

课堂上又是一阵大笑。

少男少女的青春时光，就在这样一节接一节课的紧张与嬉笑里，不着痕迹地过去了。

只是那时候，他们都还没有意识到，这样明亮张扬与干净热闹的时光，是此生中最为坦荡、最为珍贵的一段。

那时的风，那时的云，那时的笑，那时的泪。

那时被砸过粉笔头的满不在乎，那时无惧未来的意气风发。

此生，都不会再来。

樱之谷春游安排在星期六，特意挑的好天气。

早八点在约定的校门口集合，一蓝一白两辆大巴车在停车坪里候着。

两个班的班长负责清点人数和各项事宜，因此路以宁来得格外早。

鼓鼓囊囊一个米白色帆布包挎在身侧，里头装着昨天老黄就买好了给她的晕车药、晕车贴、百花油，还塞了一些小零食和自己做的三明治。

秦桑比她晚到三四分钟。

他们认识，但不至于熟稔，相互打过招呼就没有再说话。

路以宁心里对秦桑有了不一样的心思，也就无法淡定，一见到他，心里就和擂鼓似的敲个不停，偏还要装出云淡风轻。

她真希望自己能像和许长阳对话一样，自然地和秦桑对话啊。

比如同他讨论某道习题，或者聊春游的事项。可是，她就是做不到，明明几次打算开口，话到嘴边又紧张地咽了回去。

一鼓作气，再而衰，三而竭。

拖着时间，自己彻底耗没了勇气。

太阳金光万丈，鸽翼似的云朵层层排列开。

清晨空气泛凉，春日的寒意侵袭肌肤，朝阳带来些微的暖意。

很快，其他人也陆陆续续到了，停车坪热闹起来。

路以宁看着秦桑已经在他们班的车那里开始忙活，不禁情绪低落地暗暗叹了口气，有些说不出的失望。

忽然，她的眼睛被人从背后蒙住了，温热柔软的掌心带着一丝西点房里常飘出的奶酪香，传来花蕾轻快活泼像鸟雀一样的声音："猜猜我是谁——"

路以宁笑起来，轻松一捞，把花蕾揪到跟前来："是我的小仙女呀！"

"爱你爱你永远爱你！"花蕾嘟嘴夸张撒娇。

"爱我请用食物表示。"

花蕾拍拍自己的包："没问题！我做了松塔千层酥和提拉米苏，待会儿一起吃！"

清点人数，上车，准时出发。

老黄跟车，他今早起床特地梳了个大背头，抹了发蜡，头发乌黑发亮根根分明地往后梳，可把隔壁班中年秃头的那位羡慕惨了。

路以宁主动询问女生有没有需要晕车药、需要塑料袋的。

许音音轻声叫住她："以宁，麻烦给我一片。"

路以宁觉得，许音音连说话声音都分外好听。许音音长得柳叶杏眼，清瘦却又不是没一丝肉的那种，微粉的白皙面颊，天然隔着一层风景滤镜似的好看。

　　她觉得传言中全校男生都爱许音音一定是真的。

　　路以宁分了一片晕车药递过去，难免在心里将自己与许音音做一番比较。她昨晚忙着准备春游的三明治，后来躺床上又兴奋得睡不着，畅想了一遍明日见秦桑要如何如何，折腾半宿，双眼皮熬出三个褶，眼睑下蒙一层青灰。

　　早上用热毛巾敷了敷，照样心情愉快地出了门。

　　可是见了秦桑，她也没能如何如何。

　　空想主义者。

　　思想上的巨人。

　　行动上的矮子。

　　她严重唾弃自己。

　　许音音又轻柔地说了声"谢谢"，才把路以宁的魂唤回来。

　　后座伸出一个脑袋，王昆攀着前排椅背兴风作浪，朝路以宁喊："班长同志，我也要一片晕车贴。"

　　"晕车贴不够，早就发完了。"路以宁说。

　　王昆退而求其次："药丸也行。"

　　"你还晕车？"

　　"长得牛高马大就不允许我晕车了？"

　　众人看戏憋笑，肇事者王昆依旧扮演灿烂阳光少年笑得爽朗，在路以宁看来，就是没皮没脸的样儿。

"班长，你不要搞性别歧视。"

"你别给我乱扣帽子。"路以宁把药丸给他。

王昆郑重其事地双手接过，往兜里一揣，却没见他吃。

"你不是晕车？"

"现在还不晕，药备着，以防万一。"王昆耍嘴皮子，怎么着都有理。

他坐最后一排左二的位置，旁边左一，是易千树。

易千树屈着腿窝在座位上，身体微蜷，朝着窗外的一侧。纯黑兜帽卫衣，脸上盖顶鸭舌帽。

万年雷打不动，又在睡觉。

抵达樱之谷时已经十点半，周末旅游景点人多，门口售票处排着队。携家带口出来逛的、三两朋友约出来玩的、年轻小情侣成双成对过来约会的，热热闹闹聚在四周。

路以宁透过门口的木栅栏往里望去，半山腰的樱花开得如火如荼，聚成团团粉红云霞，悬空飘浮一般。风一吹，落英缤纷，片片粉红飞落，蝶似的翩跹。

"走了，你愣什么呢？"花蕾抱住路以宁的胳膊，晃了两晃。

她的视线由高至低，收回到眼前，瞥向旁侧的人。

"分享一个秘密。"花蕾神秘兮兮地说，"刚打听来的。"

"什么？"路以宁问。

"你求我，我就说。"

"你爱说不说。"

"行，我说我说。"憋不住话的人总要先认输。

"还记得学雷锋扫大街那次吗？"花蕾先卖了个关子。

见路以宁点头，她才继续："就是那次送奶茶的学姐，因为秦桑给咱们全年级送奶茶的学姐，听说昨天晚上被秦桑拒绝了。"路以宁愣怔："你从哪里听来的？"四周声嚣嘈杂不绝于耳，花蕾还故意压低了声音凑近过来："听隔壁13班'百晓生'说的！"

路以宁他们班因囊括"校草"易千树、"校花"许音音而闻名于全校。

隔壁13班也不差，能人汇聚，有擅街舞的、搞杂耍的、转笔能转出花样参加比赛的、说相声唱大戏的，还有一手揽全校师生八卦如有千里眼顺风耳的，江湖人称"百晓生"。

"秦桑拒绝了学姐，学姐大概太受打击，想在朋友那儿寻找安慰，但是学姐嘴不严……"

花蕾作为一名吃瓜群众，也望天感慨了一句："以宁，你说啊，学姐长得漂亮人又酷，个性十足，会跳街舞身材好，秦桑连这样的女孩儿都拒绝了，那他喜欢什么样的？难不成他也喜欢许音音？可依我看，许音音好像只对易千树有点与众不同哎。"

这几个名字串在一起，路以宁原本有点复杂的心情一下子被搅得有点儿哭笑不得。

都是哪儿跟哪儿啊！

再说了，秦桑长得不就是一脸"我爱学习，其他靠边"的样儿吗？

不奇怪啊。

"兔崽子们，进谷啰！"老黄大声吆喝，手里的门票一抖，十足的山大王气势。

身后的兔崽子们立刻一呼百应。

人群朝他蜂拥而去，路以宁和花蕾也跟着上前。

出发之前，路以宁上网查过，这几天刚好樱之谷举办迎春盛典，会有各种各样的活动。

他们一进谷，就碰见一群穿汉服的姑娘，齐胸襦裙，齐腰衫裙，青黑圆领袍，还有许多她叫不出名字的广袖袍子穿在青春靓丽的女孩儿身上。

古典中透着现代的明媚，青葱中掺着活泼的娇俏，简直比那盛开的樱花树更加赏心悦目。

春在枝头，花开万朵，树下人比花娇。

说的大概就是如此景致。

风景一道胜过一道。

不少有兴致的同学就跟着在后头，跟着她们逛樱之谷。

一条条小道上铺着浅浅一层樱红，向前延伸，视野中道路渐窄，红却被人踏碎了，依旧旖旎惊艳。

半程，他们还遇上了古筝表演，唱昆曲，露天搭的戏台子，两侧都是樱花树。

偶尔有风把花吹落，飘去了演员的发间，吴侬软语，那一句句戏腔仿佛更加多情。

路以宁听了一会儿曲，突然一晃眼，看见了一个煞风景的——她倒抽一口冷气，天哪，易千树也在这儿。

那戏台子左边有个木架子，也不知道做什么用的，易千树嫌站得累，正跃上架子的顶层，长腿一伸，手撑头，半躺着看戏。

民国时期的旧电影里，闲来无事晃荡着去茶楼听评书和小曲儿的纨绔子弟，大约会是他这副做派。

那么多的人，规规矩矩站了满满一坪，仰头，抬目，看戏，连姿态都整齐划一。

就他矜贵，就他另辟蹊径与众不同。

惹得看戏的人纷纷看他，他倒是毫不在意落在自己身上的目光，一时间，现场倒数他成了看戏最认真的一个。

真是让人哭笑不得。

路以宁其实不想承认，她有时候是羡慕易千树的。

他那样的人，自己活得开心就好、过得舒服就行，好像从来不惧别人的目光。

桀骜不驯，仿佛是一种拥有整片天空般的恣意。

这世间竟似无人可驯服他。

人堆里走出两个女生，举着手机对着易千树一阵猛拍，偏偏还以为自己行为举止隐秘，偷偷摸摸地指点，兴高采烈。

她们经过路以宁的身边时，提到"樱花盛典随手拍"几个字眼。

路以宁在班级群里查看，果然发现有同学提到这个，樱之谷近期的活动之一，随手拍樱之谷的人和景，以美为评选的唯一准则，人人皆可参加。

一等奖有一千块。

而今天是随手拍活动截止的最后一天。

班上有同学也准备随手拍一拍，毕竟这不是难事，说不定能捞个奖呢。

路以宁翻了翻班级群里大家发的照片，其中最出挑的两张，是某人偷拍的站在樱花树下的许音音。白裙子，粉樱花，钢琴少女温柔表情自带滤镜，画面黄金构图比例，美得让人一时找不到瑕疵。

发图片的人却匿名了。

大家八卦心起，纷纷猜测这一定是某位不好意思透露姓名的男同学所为，七嘴八舌，你一句我一句地讨论起来那些许音音的爱慕者。

最后得出那句校园有名的结论：哪有男生不爱许音音？

直到窥屏许久的老黄蹦跶出来："你们都当我这个班主任是死的吗？我还在群里，都给我收敛一点！"

众人顿时如鸟兽散，一个个不再出来冒泡了。

中午野餐，聚在一片绿草如茵的平地，大家都吃着自己带的食物。

老黄想蹭饭，四处走走看看，关心关心同学吃啥，一脸和蔼如狼外婆。13班班主任看不惯他丢人，主动给了他一盒速食小火锅加一瓶矿泉水，没几分钟，樱花树下浮起一阵诱人的辣香味儿。

路以宁包里一共三个三明治，自己一个，花蕾一个，还有一个……想给秦桑。

　　但是，怎么给是个问题。

　　花蕾嗜甜，在面包片上抹了一层红红的草莓果酱，路以宁看着问："会不会太甜了？"

　　一咬一嚼，花蕾的腮帮子鼓鼓的像青蛙："这样才好吃嘛，你要不要也试试？"说着就要给路以宁的三明治抹酱。

　　路以宁连忙摇着头拒绝。

　　"咦，这儿还有一个，你是不是怕我不够吃？"花蕾惊喜地发现了第三个三明治。

　　"你是猪吗？"

　　"那你这个是给谁准备的？"

　　"秦桑。"正为如何送出三明治而苦恼的路以宁，没防备地脱口而出。

　　"秦桑？"花蕾满头的疑问号，没明白路以宁和秦桑什么时候有了可以赠送午餐的交情。

　　被花蕾审视又暧昧的眼光看得头大，路以宁发觉自己失言，随便扯了个谎："在竞赛班的时候，他给我讲化学题了，帮我的忙了，想谢谢他。而且昨天晚上家里做三明治的食材有剩的，所以我就多做了一个给他。"

　　花蕾虽然平素里头脑简单，经常被路以宁忽悠，可这会儿似乎也觉得这解释有点牵强。

　　她刚瞪起大眼睛，路以宁就赶快说："不信你可以去问许长阳！"

一提许长阳，花蕾就没心思想别的了："我信我信！"

"那你去给秦桑呀。"花蕾说。

路以宁没动，僵着身体坐在草地上。

花蕾一眼明了，自以为看清她的心思："不好意思是不是？怕别人误会你喜欢他是不是？哎呀，你早说啊，我帮你送过去！"

"不用谢我，现在三月学雷锋呢，我就是活雷锋啊。"花蕾拍胸脯，十分自豪。

好吧，话都被她一个人说完了。

不等路以宁表态，热情洋溢的花蕾同学已经捧着三明治像只兔子一样直奔13班的野餐地点，其实也就在旁边，十几米的距离，同一片大草坪上。

路以宁来不及阻止，又不敢大声呼喊，一时间恨不得捂脸钻地。

秦桑正在啃一个凉掉的鸡蛋灌饼。

那面皮厚实，里脊肉冷硬，辣椒味呛人，不止一点点难吃，勉强能入口，但绝不愉快。

他的面前立着一瓶矿泉水，已经喝掉五分之四，还剩最后一口。

除此之外，没有别的。

最近家里事多，他妈妈焦头烂额，连替他准备一份郊游午餐的心思都没有。饼是早上出门在路边摊子上随便买的，为图方便，一买买仨，管饱，饿不死就成。

花蕾蹦蹦跳跳地跑过去，将手里卖相极好一看就十分美味可口的三明治伸过去："喏，路以宁给你的。"

秦桑蹙眉："路以宁？"

"是啊。"花蕾理所当然。

"你帮她讲题了嘛，她谢谢你。"

花蕾使命达成，小信鸽般来去匆匆，又张开翅膀飞走了。

秦桑把鸡蛋灌饼扔在一边，尝一口三明治，不算难吃。

第二口，还算好吃。

第三口，简直是人间美味。

他非常自然地接受了来自路以宁的这份谢意，只是咀嚼时大脑还在回忆，自己什么时候热心肠地帮人讲过题。

实在回忆不起来，味蕾却感受到了满足。

那天，路以宁偷偷拍下了樱花树下吃三明治的那个少年。

她遏制不住内心的冲动，拿这张照片参加了"樱花盛典随手拍"，匿名发送到活动举办方的官方论坛里。

她盯着照片看了许久，构图和光影，各方面都有明显的缺陷，又因为距离稍远，隔着许多人才拍到樱花树下的少年，于是各色的游客也入了镜。

可是，她只盯着照片的一点望着出神，这确确实实，是她眼中最美好的画面了。

她并没想要真的在摄影比赛中获奖，只是莫名其妙的冲动，好像希望这世间，有人与她分享这份心动，却又害怕有人发现这份心动。

那羞涩又大胆、矛盾又纠结的最初，像春日枝头的粉樱花，任何时想起，都温柔到想哭。

03.新郎都没你浪啊，满脑袋这么多花儿。

下午集合回去之前还闹了一场。

樱之谷里有条浅水河，水位只齐少年们的小腿肚，河水清澈见底，底下凹凸不平地硌脚，布满了光滑的石头。不知道谁起的头打水仗，掬一捧水往对面人身上一泼，先是小阵仗，渐渐加入的人越来越多，成了大场面。

路以宁是被稀里糊涂拉着加入的，大概她平常管纪律管催交作业管这管那招人恨，什么也没来得及反应，脖子倏然一凉，被人从背后偷袭，衣服湿了三分之一，头发湿答答粘在脸上。

她蒙了。

回头还找不见行凶的人，场面一度混乱，她哪能分得清是谁跟她这么大仇这么大怨。

花蕾一把拉过她迅速加入一方阵营，急匆匆大声吼道："路以宁你是不是脑子秀逗了站在那儿一动不动让人泼？"

"人家搞偷袭啊！我没注意啊！"

"你读书读傻了吧！"

"谁泼的我啊？"

"王昆、易千树他们啊！"

"哼！"

路以宁揩掉脸上的水，八百年来终于爆了一句粗口，把花蕾听笑了。

战况激烈，花蕾说话不带喘气的："你使劲回泼人家啊你对敌人的仁慈就是对我方的残忍谁不回击谁傻×！加把劲啊，我的宁！"

路以宁倒是想回击来着，奈何对方攻势太猛，她弯腰，双手撩水往前一甩，杀伤力为零，能浇到对面人的头发丝都算她运气好。

"有没有工具啊？"路以宁朝花蕾声嘶力竭地喊，突然眼睛一糊，水珠迸溅进了她眼眶，一阵刺痛。

"给你！"花蕾火急火燎塞了个广口瓶给她。

"容量不够啊！"

路以宁小时候表现欲望强烈，尤其爱唱歌，最爱唱《鲁冰花》和《采蘑菇的小姑娘》，后来听大舅舅在露天KTV一曲高歌《青藏高原》惊掉了下巴，才知道一个音能唱那么高，从此将它奉为神曲，参加合唱团拼命练声。

可即便那时候，她觉得，也没现在这一刻抑扬顿挫吼得用力。

"以宁，我们快输了！"

"你等着！"

"你等着我啊！"

路以宁返身退出战场。

花蕾没把人抓住，让她溜了，心里暗骂这个没出息的逃兵。

正当双方杀得暗无天日昏天暗地之际，逃兵路以宁去而复返了，没人知道她是怎么趁乱潜入敌方阵营的，没人知道她是怎么偷偷埋伏在易千树背后的。

小河中央立着一块半人高的青褐色大石头，她从石头后面冒出个脑袋尖儿，手拎木桶。

她看准时机，以迅雷不及掩耳之势冲出去，踮起脚，将木桶往人头上一套。

一气呵成。

易千树被罩住了。

小木桶从头顶，将易千树，罩住了。

没人想到腿脚有点不便的路以宁是怎么做到的。

易千树只觉得眼前一黑，头上一重，他愣住了。

现场由吵闹，渐渐转为安静，白鹭掠过漂着几点樱花的水面，山谷中鸟雀鸣叫和游客的喧嚣被拉远。

浅水河上，死一般的寂静。

不知道哪个不怕死的，突然大喊了一嗓子："铁桶僵尸啊！"

那是大家都知道的游戏里的一个僵尸品种，头上扣个桶，别说还真像。

继而，所有人脸上错愕的表情渐渐松懈，一瞬间像被齐齐点了笑穴，爆发出此起彼伏的阵阵狂笑声。

王昆倒在岸边，嘴角上扬到最大的弧度，露着白牙，快笑得背过气去。

罪魁祸首路以宁敢做不敢当，得逞之后，第一时间撤离案发现场，回到花蕾身边。

跟大家一起乐，一脸置身事外俨然一副无辜的模样。

小木桶里头没装水，倒是盛着半桶樱花花瓣，估计是舞台演出当道具用的，剧组工作人员忘了拎走，放在路边碰巧被路以宁找到了。

易千树将桶从头上摘下来时，还卡了一卡，他用大点力气，一拔。

花瓣四下飞散。

黑卫衣的帽兜里接了不少，半身湿漉，一身樱花。

表情淡定的美少年与飞舞的樱花雨。

一时间，狂笑的人群竟然都看愣了。

老黄和13班班主任两人散完步从山坡上缓缓走过来，一路被强行普及了秃顶的十大好处："书上说，秃头一能省洗发水，二来没小辫子让人抓，三能知冷知晒，四有虱子可以一眼看到，五随时准备上战场，六像佛陀一样慈悲为怀，七方便出家，八怒发而不冲冠，九长寿如龟，十不被误为发霉变坏。"

老黄说："老子信了你的邪。"

再看眼前，一水儿的落汤鸡，口中的"兔崽子们"变成了"鸡崽子们"。

视线最终定格在最不省心的易千树身上，老黄盯了好几眼，欲言又止，欲言再止，最后非常合时宜地送来了一句班主任的亲切问候："易千树啊，你今天结婚哪？"

新郎都没你浪啊，满脑袋这么多花儿。

刚缓过劲来的王昆又笑趴下了。

路以宁本来故作镇静，实在憋不住，伏在花蕾肩膀上笑得一抽一抽。花蕾朝她竖起大拇指，小声说："我简直要对你刮目相看。"

路以宁一边喘气，一边回了她一个挑眉的小表情。

花蕾："我再也不说你战斗力不行了，你也不是逃兵。"

路以宁："现在崇拜我还来得及。"

老黄发飙了："赶紧都给我把身上弄干，别又感冒了！"越想越觉得不省心，刚好接到大巴车司机的电话，招呼一大群人，"走咯走咯，车还有十分钟就到。"

刚才一场大战，双方阵营的人都累了，偃旗息鼓，停下来休息。

大家一边等车来一边晒太阳，把自己晾干，站着跟一排咸鱼似的。两手揪着衣角反向一拧，接连挤出几串水珠子，再把皱皱巴巴的衣服胡乱捋一捋。湿得更严重的，索性就把外套脱了挂在树杈上。

老黄还在念叨："回去煮碗姜汤喝，别真的生病了。"

有同学顶嘴："黄老师，我不会煮姜汤，要不你帮我吧？"

老黄说："我是你妈吗？"

"恩师如父母。"

"别，我可没你这样的儿子，考个年级第一再来认亲也不迟。"

"咱们年级第一是秦桑，万年老大哥，我撼动不了他的位置。黄老师，咱们只能来生再做一家人了。"

老黄说："你这么能演，不如咱来定个小目标，高考志愿你就填中央戏剧学院。"

路以宁坐在路边的长椅上看他们师生斗嘴，冷不丁听到秦桑的名字，心漏跳了一拍。

连花蕾叫她，她都没反应过来。

"以宁，路以宁……"花蕾喊她，"你想什么呢，这么认真……"

路以宁岔开话题："怎么了，你找我干吗？"

"我跟你说喔——"花蕾立即被转移了注意力，一脸兴奋地重新聊起她的重大发现，"樱之谷这边大多都是单瓣樱花，听说如果在这边能找到重瓣樱花的话，会走运哎，拿去送给喜欢的人，他一定不会拒绝你的……"

"真的假的？"

"我看咱们班男生都去找重瓣樱花了，说要送给女神……"

樱之谷一直流传着重瓣樱花的传说，摘下重瓣樱花追求爱情，会得到回应。

在等大巴车来的几分钟罅隙里，许音音面前凭空出现了好几枝重瓣樱花。

早有预谋的男生们，前来示好。

吃瓜群众纷纷起哄。

许音音略显无措，脸微红，似乎不知道该不该接受。

易千树靠在不远处的树干上看着这一幕，他垂下眼，敛回目光，神色冷淡辨不出情绪。卫衣的长袖濡湿地粘在后背上，紧紧贴住，稀薄的日光似乎也没有起到任何作用。

先前闹出了汗，觉得热，现在安静下来待着，又觉得冷。

刚才消失了的王昆突然冒出来，他把樱花塞进易千树手里："哥们儿给你找的重瓣樱花，够意思吧，还不快去送给许音音。"

易千树丝毫不动。

王昆急了："你再不行动，许音音就要被人抢走了。"

"干吗要我送给她？"易千树有点烦躁，语气里加了点不耐烦。

王昆被他怼得一噎，一时竟找不到话来反驳。

每个人都知道，易千树和许音音是青梅竹马，两人小时候一起长大的。

平时看他俩也是有来有往有商有量的，关系明显比一般人近得多，校草校花要说彼此心里没点啥，总觉得太魔幻了吧。

易千树打断王昆的想法："你们怎么就给我俩定了性啊，我真没觉得和她有啥啊。"

王昆挠头："人人都爱许女神，可我看许女神也只有对你有点意思啊……"

　　"我们那是从小在一起打闹习惯了。"易千树矢口否认，"我跟她认识这么多年，要有点什么，不早就在一起了。"

　　许音音两手空空，站在离他们不到两米的距离外。她刚刚拒绝了所有男生的樱花走向易千树，却听到这一句。

　　瞬间，僵住了脚步。

　　踟蹰不前，进一步退一步都为难，刚才所有愉快的情绪不翼而飞。

　　王昆和易千树也发现了她。

　　王昆反应最迅速，一把抢过易千树手里的樱花递给她，连忙打圆场："这是千树给你的！"

　　易千树愣怔了一秒，他这人傲得很，特别讨厌人家替他做主找事，王昆这一举动无意中激发了他的戾气，让他真的生气了。

　　他劈手夺回那枝花，因为动作过于粗鲁，枝头的花瓣打着战儿掉落了几片，显得那么凄楚可怜。

　　就好像许音音已经急急伸出却又突然僵在空中的手。

　　还像她美丽的眼里一瞬间涌出来的晶莹泪花。

　　易千树并不是不喜欢许音音。

　　相反，从第一次在小小的她的窗口下逗她开口那天起，他就心疼她，想要保护她。

　　事实上，这么多年下来，他一直在她身边，不远不近，看似无意，却在护她周全。

他觉得他们之间的关系，清清淡淡却彼此温暖，不用多说一言，就能充满心安。就像他把苏苏托付给她，便觉得这是他们之间的契约，毕竟这世间哪还有第二人让他如此信任。

可是，王昆这种蹩脚又粗俗的怂恿，他真的很不喜欢。

而许音音那失望而伤心的表情，一瞬间哭泣的眼睛，更让他心烦意乱。

怎么就突然变成这样了呢？

她怎么会为这种无聊的小游戏而伤心呢？

原来他们之间要用这样的方式被人起哄围观才能证明不一般？

易千树什么都不想说，转身就走。

走的时候，还随手将手里那枝已经掉了几片花瓣的花枝，塞到了一个路人怀里。

许音音仍呆立在原地，她手里空无一物，像少女此时悲伤的心。

樱之谷的风吹起她的裙摆涟漪般徐徐荡开。

她恢复了神色自如，微抬起头装作去看半山腰的樱花，却怕多眨一下眼睛，眼泪又要成串掉下。

王昆想要安慰她两句，却又不知道怎么开口，心里拿不定个主意，平素张口就来的笑话和段子堵在喉咙口没法说。

他抬脚，踢飞了一块小石子。

最感到莫名其妙的要数突然收到花的路以宁了。

她原本和花蕾说着话，说得口干舌燥。两人石头剪刀布，输了的她去自动贩卖机前买饮料。

当她抱着两瓶奶茶路过时，却被突然冲过身边的易千树粗暴地塞了一枝花。

浸润着水雾的栗褐色花枝，上面缀着几朵重瓣樱花，小伞般簇拥地开着，精致而漂亮。

路以宁打算扔掉，多看了一眼，又觉得扔掉似乎有点可惜。

易千树这个神经病，想干吗啊？

"你怎么这么慢，车都来了。"花蕾拿过路以宁怀里的奶茶，"咦，你哪儿来的花？"

她惊喜地发现居然还是重瓣樱花。

路以宁说："路上捡的。"她料定易千树是恶作剧，可不想遂了他的意。

"重瓣樱花那么少，你走路上还能捡到，运气真好！"花蕾感叹。

路以宁看着她略有些发愁，这孩子怎么这么好骗。时而聪明时而犯傻，哪句真哪句假都分辨不清。

又听花蕾说："这可是特别灵验的爱情花，反正你也用不着，那我拿回去送给许长阳了！"她高高兴兴地将花枝小心放进包里。

路以宁张了张嘴，默认了。

回到大巴车上，众人昏昏欲睡。

王昆照旧往最后一排走去，坐在了易千树身边。易千树正双手环抱在胸前打盹儿，看到他回来，懒懒地掀开眼皮看了他一眼。

两人对视，没了一贯吊儿郎当的说笑。

王昆想起许音音单薄落寞的背影，他有点烦闷地戴上耳机听歌，摇滚乐曲顿时塞满了耳朵，冲击着耳膜，在重金属音乐中闭眼小憩。

在他旁边，易千树的手机收到一条来自许音音的短信："照片不是你拍的？"

她问得没头没尾，只几个字。

易千树却默契地懂她的意思，之前班级QQ群里，有人匿名发送了两张偷拍许音音的照片。

极美。

她问他，是不是他拍的？

易千树："不是。"

这次，许音音那边再没了回音，直至双方的手机屏幕都熄灭了。

王昆睡了一会儿转醒，先前不快的情绪似乎也消散了一点，他主动跟易千树说起了话："知道你头上的木桶谁弄的吗？"

易千树弯了弯背调整坐姿，盯着手机显出几分疲态，语气有些意兴阑珊地问："谁？"

"八组六号，坐我们前面的。"王昆扬了扬头，抬下巴指向前排，"咱们班班长。"

"学霸？"

易千树从没正儿八经地叫过路以宁的名字，要么"班长"，要么"学霸"。

"对了，她叫什么名？"易千树突然问。

王昆大跌眼镜："不是吧，同班了这么久了，敢情你还不知道人家叫什么名啊？"

"老忘。"

王昆说："记住了，我只说一遍。人家叫'路以宁'，大马路的'路'，还可以的'以'，苏宁电器的'宁'。"

为了给路以宁取个好名字，戴着老花眼镜翻了两天字典的爷爷奶奶听见了得气死，他家孙女好好的一个名字，怎么就能被人说得这么土呢？

明明正解是，书山有路勤为径的"路"，持之以恒的"以"，一生安宁的"宁"。

Chapter
5

路以宁写给秦桑的第五封信

(摘录)

嗨！秦桑。

《催眠》上映了，你去电影院看了吗？

网上的评价好像褒贬不一，我正犹豫要不要趁下个周末有时间去看呢。

不知道你爱不爱看电影呢？

相比起来，我好像更爱看书一点。

我看的书很杂，有大作家的文学作品，也有小透明的漫画。一遇到书本，我就觉得自己像干涸的土地，有多少雨滴落下都能甘之如饴。

像我这样看书不挑不拣的人，是不是很low（品位低）啊？

哈哈，不知道你都喜欢看什么书呢？

想和你交换书目。

但是，还是没有勇气。

唉！

不知道你在生活中是不是一个很有勇气的人呢？其实我觉得，人们时常装作自己什么都不害怕的样子，其实每个人心里，都有着害怕的野兽，在伺机而动。

承认自己害怕并不丢脸，如果有一天我攒够了勇气，一定会站到你的面前。

———小七

老黄一语成谶。

从樱之谷春游回来后，有几个抵抗力弱的同学没逃过感冒的诅咒，路以宁便是其中之一。

还有俩坐讲台下的瘦弱男生，左右护法般，各自占据一边。

两人咳嗽二重奏，擤鼻涕的声音此起彼伏。

路以宁也好不到哪里去，成天病恹恹的，吃了感冒药昏昏欲睡，听课的时候上下眼皮直打架。

前前后后拖了一星期，她才算勉强痊愈。

月考在即。

中午休息，老黄拿着胶水回教室，往每个人的课桌右上角粘贴考生的座位信息条，视线瞥到门角倒在地上没人扶的扫帚，感叹。他感叹完又叮嘱："明天的考试给我挣点脸面，我的要求并不高，全年级14个班，班级平均分不拿倒数第一就很好。"

大家七嘴八舌地向他保证，至少冲进前十。

王昆拍路以宁的肩膀说："学霸，咱们班的平均分就靠你拉上去了。"

路以宁皱眉，说话仍带着点嗡嗡的鼻音："我不叫'学霸'。"

王昆立即改口："班长。"

她明明有名字。

路以宁已经丧失了跟对方继续说下去的欲望，仰头含一口川贝枇杷膏，润润嗓子。

"哦，我知道了，"王昆脱口而出，"苏宁电器！"

路以宁呛着了，一阵猛咳过后，她盯着王昆认真地说："以后别借我的作业抄了，我不会给的。"

"路以宁同学，对不起。"

路以宁扭头过去，留给王昆一个后脑勺。

这次月考座位全部打乱，电脑随机排序。课间座位表在宣传栏张贴出来，顿时围了里三层外三层的人。

花蕾是个潜藏的关系户，提前从许长阳那里知道了自己的考场和座位号，圈住路以宁的脖子跳起来："你敢信吗，咱们俩座位挨在一块！你敢信吗？"

路以宁被她摇得全身快散架，扶额道："我还真不敢。"

"那……宁宁……我亲爱的宁……"花蕾放软声音，"到时候，你能不能给我偷瞄一下试卷……"

"不能。"

"喔，这么无情的吗？"花蕾装出生气的样子，"铁面无私路青天。"

　　路以宁抿了抿唇，犹豫："也不是不可以通融……"

　　花蕾却在下一秒又拨云见日，变脸似的笑开："放心啦，我答应了许长阳的，自己好好加油好好考，坚决抵制考试舞弊行为。"

　　路以宁突然被秀了一脸。

　　"你们俩，能不能在我面前低调点？"

　　雷打不动，第一堂考语文。

　　监考老师胳肢窝里夹着一沓试卷进门了，往里扫了一眼，全员到齐，开始分发试卷。

　　卷子一张张往后传，一时间全是窸窸窣窣的翻卷声。

　　花蕾拿到还带着新鲜油墨味儿的试题，沉着镇定地安慰自己："拿到卷子别慌张，先……"

　　身后的路以宁压低嗓音提醒她："先检查有没有缺印漏印。"

　　"不，"花蕾说，"先亲一下。"

　　"这是什么操作？"

　　"吻（稳）过啊。"

　　路以宁差点冲她翻白眼："你行不行啊，还信这个。"

　　监考老师的视线四处巡逻，警告道："安静！已经开始考试了，别再交头接耳。"

　　路以宁埋下头，填好姓名和考生号，专注于笔下。

花蕾往后翻了翻试卷，看到现代文阅读理解的大题，分值"22"，共4小问，阅读材料选自于鲁迅先生的《且介亭杂文集》。

她心里直呼救命。

高中语文有三怕：

一怕写作文，二怕文言文，三怕周树人。

第一天考试结束，花蕾就蔫了。

几门科目里，她只有语文稍微好点儿，还算拿得出手，平常混个九十分及格没问题。但这次阅读理解题目刁钻，作文立意她可能离了题，连及格也悬。

偏偏还轮到她打扫包干区卫生，她从女厕所出来，没精打采地拎着拖把往楼梯间走，把一层一层台阶拖干净。

低着头，面前什么时候来了人，她也没察觉。

直到拖把遇到障碍物，那是一双很干净的运动鞋，顺着笔直修长的裤管向上，她对上了许长阳的眼睛。

她还没来得及打招呼，就被他擒住手腕拽着往走廊尽头走。

花蕾被堵在了一扇木门上。

身前是许长阳的胸膛，身后是属于12班的小储物间，用来存放学生们平常在教室里放不下的书本和各种杂物。

门没有锁，只虚掩着。

花蕾全身的重量大半倚靠在上面，木门"吱呀"一声，朝里打开。

许长阳挤进去，把门重新关上。

他手指动了动，"啪嗒"一下脆响，这次从里上了锁。

措手不及的花蕾紧张地抬眸望着他："怎……怎么了这是？"

不同于人前斯文沉静一副好学生的做派，私底下的许长阳有着偏执的占有欲，特别是对花蕾。

他仍旧戴着眼镜，藏在镜片后的眼睛瞳仁漆黑，深深地望着她，下颌紧绷，右手手指还握在她的腕间，紧密地贴合着她的皮肤，迟迟没有松开。

小房间里空间狭窄，地上垒着歪歪斜斜的书本试卷大辞典、沾着泥点的篮球和几副灰扑扑的羽毛球拍。花蕾几乎寸步难行，没多余的地方落脚，她局促地站着。

她发现许长阳似乎是在生气。

可她找不到原因。

"你怎么了？"花蕾小心翼翼地又问了一遍。

许长阳左手去掏手机，右手仍固执地没有松开她。他点了两下，调出一张照片给花蕾看。

画面中晴空蔚蓝，草地上站着一男一女，男生手持樱花，送到女生面前，脸上神情还有些矜持和害羞。

那是在樱之谷的时候，隔壁班有个男生也听到重瓣樱花的说法，特地找来送给花蕾。

盯着照片多看了两眼，花蕾明白了许长阳的意思，一时娇纵，她故意逗许长阳："拍得挺漂亮的嘛。"

许长阳的脸色果然更阴沉了。

手腕上的力道加重，花蕾暗暗吃痛，立即一脸严肃正经地保证："我跟你开玩笑的。"

又把重瓣樱花的事情给他完完整整地解释了一遍。

"我没有接，真的，我拒绝对方了。说起来，那天好多人去找重瓣樱花告白呢。我也有一枝，想带回来送给你。昨天一直没找着机会呢。"

旁边关闭的窗户上布满了擦不干净的陈年老垢，夕阳照射在玻璃上，斑斑驳驳的一片，尘埃飞舞。

外面的走廊上隐约传来说话声和脚步声，却与里面的世界隔绝开来。

这一块方寸之地，只有他和她。

呼吸突然变得清晰可闻。

空气里有什么东西快要沸腾起来了。

许长阳的视线依然没能从她娇俏的脸上移开半分，声音里夹杂着淡淡的沙哑。

"花呢？"他问。

"放……放在教室抽屉里了，我去给你拿。"花蕾动了动被掐住的手腕，她慌成一团，手抖得不停。

"你……你先松开，我去拿。"

许长阳终于撒手，看着白皙皮肤上自己留下的几道指印，泛着红，心里顿时泛起了愧疚。

花蕾却毫不在意，她像只天真的小兔子一样飞快地跑了出去："你等着我啊！"

时间过去了五分钟，花蕾迟迟不回来。

许长阳也没有要走的意思，他就固执地留在原地等她。

直到她重新推开小房间的门，探头探脑地进来，两只手却是空的。许长阳紧盯着她，没有看见花。

而她只是一味地冲他笑。

她又骗他。

花蕾像看穿了许长阳的心思，贴合着门的位置，没有再靠近一步。

突然扯着外套的拉链飞快往下一拉，她变魔术似的，露出别在腰间的花枝。

"噔噔噔——"伴着自带的音效，她把樱花送到许长阳面前。

润泽的枝条失去了水分，上面的重瓣樱花也已经变得干枯沉黯，却没有掉落。

清清楚楚，真的是重瓣樱花。

是她对他的一片痴心。

是少女认真的没有杂念的纯洁的心。

许长阳接过来的时候，动作不禁变得小心。

花蕾得意地说："放心放心，我做了处理的，用胶水粘住了，不会掉下来。"

"你哪儿学的？"

“网上查的呀。”

“能留多久？”

这可把花蕾难住了，干花具体能保留多久，也要视情况而定。

她只能含糊地说：“很久吧，或许两三年？”

“八十年可以吗？”

她被许长阳提出的这个漫长的时间概念惊了惊，然后灿烂地笑了：“那时候你都老啦。”

“嗯，那时候我都老了。”

想要保留这一刻，直到那么长久的以后，永永远远都不会忘。

“还有个事。”花蕾说，“照片……别人给我送花那张照片，你哪儿来的？”

“别人发给我的。”许长阳说了等同于没说。

“你快说是谁？”花蕾追问到底，紧抓着不放，想要揪出幕后凶手。

许长阳拿她没办法，最终还是无奈地透露了偷拍者的姓名：“梁祝。”

“我们班的梁祝？”花蕾惊呆了。

她人缘挺好，但跟梁祝不算太熟。梁祝是体育生，再加上又是校篮球队的，平常除了上课，待在教室里的时间不多。性格偏稳重，话也不多的一个男生。

花蕾纳闷了：“他为什么要拍我的照片给你啊？”

“他是摄影爱好者，闹着玩的……他知道我们的事。”

"？"

"我跟他是亲戚，而且还差了一个辈分，他是我表外甥。"许长阳补充，"得叫我一声小舅舅。"

12班、13班两个班联合春游，14班无名无分的许长阳凑不上去。所以啊，潜伏在班上的表外甥梁祝同学，其实是卧底一枚。

02.她想要的从来不是某一天，是一辈子。

月考成绩陆续出来，照例有人欢喜有人愁。

一门门科目的试卷接连着往下发，即便是路以宁这种学霸也多少有些紧张，心里打鼓。结果也还算说得过去，除了物理发挥得不太稳定，其他科目都还不错。

花蕾过来向她播报最新消息："秦桑和许长阳的物理都是96分，单科并列全年级第一。"

路以宁狠狠按住"8"字开头的物理试卷，默默地夹进习题册里。

花蕾朝她嘿嘿笑，摆明了故意往她伤口上撒盐。

路以宁使出必杀技，挠花蕾痒痒："是许长阳给你的勇气？"

花蕾直求饶，赶忙用别的话题来吸引路以宁的注意力："我投降，我投降……樱花盛典随手拍的获奖名单出来了，你知道吗？昨晚十点在论坛上公布了结果……"

路以宁想到自己偷拍秦桑，还匿名拿照片参加比赛，顿时忐忑起来："我昨晚做完作业就睡觉了。"

花蕾声音兴奋："你绝对想不到，一等奖居然是咱们班上的同学！"

路以宁的心跳得更快了："谁？"

花蕾话到嘴边又故意咽回去，先卖了个关子。

路以宁猜测："是拍许音音的那几张吗？"

花蕾竖起一根手指摇了摇："NO（不）！"

"那获奖的是谁？"总该不会是她的那张。

"梁祝！"花蕾宣布结果。

看见路以宁诧异的表情，花蕾得意道："你也猜不到，对不对？"

梁祝，爱好篮球，兼摄影。

在樱之谷举办的随手拍摄影比赛中，出其不意，将一等奖收入囊中。他拍摄的那张照片里，不是一个人，是一群人。

三月暖阳照射的浅水河上，泛起斑斓的波光。

一群光脚丫的少年撩起裤腿，你追我赶，高高扬起的透明水花被永恒地记录在镜头里。

定格的那一秒，路以宁刚被浇过一脸水，瑟缩着肩膀躲避，微眯着眼睛嘴角却在笑。

身边的花蕾双手叉腰，像只愤怒的小狮子。

易千树和王昆恶作剧得逞，双手在空中默契地击掌，迎着阳光笑得开怀。

没有参战的许音音坐在岸边的石头上观望，浅浅弯着嘴角。

一个男生脚滑往后仰，表情惊慌地摔进水里。

两三个女孩儿抱头逃窜，躲开对面的泼水攻击。

午后的日光像淡金色的啤酒泡沫喷薄而出，和日光一样耀眼的，是那些正当最好年纪的少年少女。

两岸樱花灼灼，开得正好。

那张照片，后来成了照片里的每个人学生时代最珍视的一张影像。

在他们失落的时候，悲观的时候，在喝醉的时候，被现实捶打得满目疮痍的时候，在镜子里看见第一根白发的时候，都会想起那照片里的画面，仿佛总有光芒射出来，令人眼酸流泪。

伴着广播里响起的铃声，物理老师一脸严肃地走进12班的教室。

这次他们班考得最差，单科平均分倒数第一，虽说十四个班总要有人拿最后一名，但物理老师面子上过不去，谁叫他还兼任着高一年级的年级主任。

铃声停了以后，教室里没法立即安静下来，底下仍然有人窃窃地讲小话，沉浸在八卦的世界里，压根儿没看到老师进门。

"寇田、李达！"物理老师杀鸡儆猴点了两个男生的名字，嗓门响亮中气十足，"你俩来跟我说说，这次物理考试考了多少分？"

俩男生把脑袋缩了回去，也不敢东张西望了。

"这次考试，咱们班是最差的！"

路以宁听到这里，看着卷面上的分数难得心虚了一次，把头往下低了低，埋在一堆课本后面不敢跟老师对视。

谁让她也没考好。

依旧有唾沫星子从讲台上不断发射："我看你们考这么差，心情却很好啊，一点都不着急！我一个人急有什么用啊！学习是你们自己的！都多大的人了，居然还要我来强调上课的纪律问题！你们一人浪费一分钟，一节课就过去了……"

物理老师说话带点徽阳本地的口音，他人一激动，脸色涨红。

"王昆！"老师指着他，"笑什么笑？你还有脸笑？你看看你那点儿分数，你还好意思笑了？"

王昆被点名，他推开椅子站起来，收敛了脸上的笑，认真地想了想后声情并茂地说："老师，我不是真正的快乐。"后一句几乎可以唱起来，"我的笑只是我的保护色。"

顿时，哄堂大笑。

物理老师差点也没憋住，转过身去握拳头对着黑板咳嗽了两声。

王昆仍在深刻地检讨自己："考了这么低的分数，我也很难过。"继续声情并茂，"对不起，老师。"

物理老师说："你少给我来这一套。"相处这么久，早把底下一群人看透了，"别给我装。"

　　"王昆，加上我刚点名那几个，还有……"物理老师望了一圈，补充道，"还有后边睡觉的那个——易千树，也算上，你们都去。"

　　"去干什么？"

　　"去罚打扫礼堂。"

　　前两天市里开展"流动科技馆进校园"的活动，在学校礼堂做了展览和演出。

　　现在活动搞完了，还没安排人打扫，物理老师是负责那一块的，正好，在班上逮住几个不听话的臭小子过去充当免费劳动力。

　　"老师，能不能不去啊？"

　　"你能不能不考倒数第一？"

　　"……"

　　惩罚就这样被定下来。

　　中午吃过饭从食堂出来，12班几个男生就往礼堂去了。随着科普展落幕，各种科技展品也已经从礼堂撤走，大厅里空空荡荡。

　　淡黄色的木地板上倒没有留下什么显眼的垃圾，只不过办展的那两天下午淅淅沥沥落了几场雨，各色的人来来去去，还迎来了一群矮墩墩又活蹦乱跳的小朋友。

　　无弦竖琴通过手的拨动切割红外线光束，检测到信号变化的传感器控制着发音装置，奏出音符。

还有静电光影和椎体上坡的讲解。

当时最受欢迎的是两个小机器人，太空步和霹雳舞都不在话下。

小朋友们从外面进来，穿着五颜六色的雨靴兴奋地飞来跑去，脚底带泥，穿梭全场，地板上不可避免地留下了深深浅浅的鞋印子。

现在也成了几个男生清理的重点难点。

易千树找了一圈，没在门角里发现打扫工具，他一向无所谓得罪人，索性怂恿王昆："打球去？"

两人的想法不谋而合，王昆也是这么打算的。

还有另外几个，一听打球顿时来了精神，刚才还半死不活如同拖着病重的身躯来干活，瞬间已满血复活。

大家才走到礼堂门口，又被齐齐堵了回去。

物理老师一人扛着扫帚、拖把、撮箕，怀里还揣着几块抹布，连地板专用的清洁剂也没忘带，问他们："这是准备到哪儿去啊？这边没工具，我特地给你们送过来了。"

姜还是老的辣，考虑得十分周全。

这下没有任何借口可找了，每人领了一样工具，开始劳动。

物理老师坐在看台上监工，他也一刻不得闲，担任年级主任外加教了两个班的物理，带了几个奥赛生，平日还有杂七杂八的琐事要处理。

他从口袋里掏出两道竞赛题来放在膝盖上琢磨，红笔也随身备着，圈点，描线，画出电路图。

"哎……"物理老师突然出声把场上的男生叫住，"易千树你干吗呢？"

易千树停住动作，波澜不惊地回他："拖地。"

手上斜握着被完完全全浸湿的拖把，颜色鲜艳的绒布条儿滴滴答答往下淌着水。

物理老师吼他："你拿这个湿透的拖把拖地啊？木地板要注意防潮，你只能用半干的拖把懂不懂！"

易千树抬眼望向不远处着急上火的老师，嘴边牵出一小串涟漪，笑得一脸无所谓，又带着点无赖的语气："先前不懂，现在你说了就懂了，老师你得早点告诉我们。"

"这点事情还用教，你们可真行……"物理老师稍有些白胖的面庞上生生憋出来一团红晕，"听着啊，先扫，再用清洁剂和抹布把那些污垢和泥点擦干净，接着用半干的拖把拖一遍……算了算了，我来我来。"

物理老师套好钢笔盖儿，三两下草草把竞赛卷子叠好，放回他那个巨大的能容纳许多东西的外衣口袋，拍拍手，亲自下场。

还是得自己上。

"师生搭配，干活不累。"大家鼓掌，热烈欢迎。

呸，老腰都要断了。

老师心里苦，但他不能说，反反复复重申的也就老生常谈的那几句："上课集中注意力认真点听，别老开小差。现在还

她多么想和他一直一直走下去，

弹的每一首曲子，

再难再长，

只要知道他在窗外听着，

她就毫不畏难。

Hai Tang Hua
Wei Mian

有时间，你们赶得上来，不懂的题目下课来办公室问，总要搞懂它……你们一个个都挺聪明机灵的，把这股劲儿用到学习上来……"

王昆靠近易千树嘀咕了一句："耳朵又要起茧了。"

易千树笑了笑，目光往下移，头发早白、身材发福的中年男人弯腰蜷背地蹲着，拿着抹布一点点在蹭地板上的灰黑色污渍，来来回回地摩擦。

易千树突然心里莫名有点泛酸，上前一把将抹布抽走："老师，我来。"

腿脚发麻的老师扯了一把他的胳膊，借力站起来，不放心地嘱咐："你弄干净点啊，别马马虎虎了事。"

"行了，我知道。"

偌大的礼堂，左半边的清洁工作差不多弄完了，只剩下右边的小片区域，万里长征走完大半，大家不由得开始放松散漫。

有人提议："老师，我渴了，你请我们喝可乐吧。"

物理老师说："凭什么，这是惩罚，罚你们来搞卫生的，不是请你们来的。"

众人嘟囔："真抠。"

物理老师面子上过不去："赶紧干活儿，还有十几分钟就要打铃上下午第一节课了！"

封闭的室内，头顶几盏灯照着原木色的地板，被清理过的地方留下了轻微濡湿的痕迹，明亮了许多。

男生们踮着脚小心跨过已经打扫完毕的区域，空气中传来物理老师愤怒的声音："你们鞋脏！刚拖好的，又给我踩脏了！"

好吧，不能破坏劳动的果实。

几个男生索性把鞋袜都脱了，光脚随便走，这下也不用那么小心翼翼了。

"我的妈呀，这什么味儿？"

"寇田，你是不是脚臭？"

"你才脚臭！"

"老师，"有人高高举起手，"我要举报，这个人他'香港脚'，把咱们大礼堂都弄臭了！"

"滚——"

他们一群人吵吵闹闹，没人注意到礼堂二楼的琴房里何时飘出了钢琴曲，何时琴声又消匿了没再响起。

许音音最近在练一首新曲子，为下个月的一次演出做准备，中午休息的时间几乎都是一个人在琴房度过。

她比易千树他们晚了两分钟过来这边，还在礼堂外就听见了里面热热闹闹的说话声，掺杂着男孩们爽朗的笑声。

外侧有段楼梯直通向二楼，她于是没有进礼堂打招呼，避开他们独自去了琴房。

离开之前在门外偷瞄过两眼，易千树背对着她，视线被篮球架阻隔，只有一个侧影。

从樱之谷回来后，他们照旧如往常一样相处，没有太多改变，仿佛他们仍然是朋友。

从小一起长大的，朋友。

他们陪彼此度过了漫长的岁月，却又被昼夜不息流逝的时间于无形之中拉开了缝隙，没有办法再做到像以前那样推心置腹无话不谈。

许音音觉得，好像有什么已经悄然改变，而她无能为力。

她想要的，他偏不给。

他想要的，她努力捉摸却又捉摸不着。

她多么想和他一直一直走下去，弹的每一首曲子，再难再长，只要知道他在窗外听着，她就毫不畏难。

可是，他会一直守在她的窗外吗？

不，不会。

如果他喜欢的人不是她，那么，他的离开，不过是时间问题。

早一天，晚一天，又有什么区别。

她想要的从来不是某一天，是一辈子。

一辈子很长，不到最后离开人世那天，都不能叫一辈子。

校园里响起上课铃声，飘进礼堂来。

刚好完成任务的男生们扔开手里的工具，争先恐后去穿鞋袜，蜂鸟一样朝外飞涌。有顾不上系鞋带的，有左右两只脚穿反了的。

易千树手指钩了下鞋子，去找外套，先前脱了随手扔在看台的椅子上。走过去才发现，上面压了瓶橘子汽水，正冒着小小的透明气泡，不知道是谁，什么时候放的。

但摆明了，是给他的。

"哟，有惊喜。"王昆抢过来，"渴死老子了，给我喝一口！"

他边跑边喝，边喝边洒，水沿着唇边一路往下漏，胸襟前湿了一片。

易千树笑骂："我去，你下巴有洞吧。"

王昆想捶他一拳，被他闪身躲开。

班主任老黄的课，他们迟到了两分钟也被网开一面，顺利进了教室。

王昆打开课本，问前面的路以宁："学霸，书多少页？"

路以宁没理。

王昆又伸出一根手指点了点她的肩膀，这次改口了，长记性了："路以宁同学，请问书该翻多少页？"

路以宁飞快地报了个页数。

王昆听出来她语气里的不太耐烦，舌头压在齿间"啧"了一声，笑道："多帮帮我们这种差生呀。"

他模仿老黄当时的语气叹息，一模一样的口吻："果然啊，雷锋同志没户口，三月来，四月走。"

路以宁懒得理他。

王昆终于安静了几分钟。

这几分钟里，困扰住王昆，让他闭嘴变得深沉的是他的双脚。

他甩脱了运动鞋，仔细凝神盯了几秒自己的袜子。

老黄眼尖，一个粉笔头扔过去。可惜偏了，没砸中，落在两排课桌间的过道上。

"千树，你觉不觉得，哪儿不对劲？"

易千树低头看了看自己的鞋，左脚鞋底磨损得更加严重一些。他跟王昆两个你看看我，我看看你，忽然间明白过来——

不光穿错了袜子，还穿错了鞋。

刚才在礼堂太混乱，几个人一窝蜂地挤着，只图速度快，混乱中穿了对方的。鞋是一起买的同款，鞋码一样。袜子纯黑的，乍一看似乎也没差。

但是，脚感不对呀。

果然，俗话说得好，鞋合不合脚，只有脚知道。

没错，现在他的脚知道了。

他俩盯着彼此的脚正琢磨着，老黄终于发飙了："王昆你又作什么妖，看自己脚丫子生得美想亲上一口是不是？"

一群人拍桌子笑翻。

"报告黄老师，我和易千树同学穿错鞋了！"

路以宁写给秦桑的第六封信

(摘录)

嗨！秦桑。

最近有一些有趣的经历，想要与你分享。

上个月回爷爷奶奶家，跟着大人们一块去看了手工造纸。

把青檀树皮剥下来晾干，在水中浸泡好，捞起来加少许草木灰蒸煮，去杂质，捣浆打浆，抄纸烘干再打磨。

一道道工序下来，我站在旁边学了不少，但自己上手好难，也就只能帮着打杂。

最后只做了一点点成品，但也有小小的成就感。

听说泾县那边许多场子做纸，朝阳的山坡上一整面都是晾晒的树皮。

常年日晒雨淋，最后全褪了颜色变成白的，雪一样覆盖在山上。

如果有一天，我们能去看看就好了。

一定很有趣，你说是吧？

——小七

四月电影《雀音》上映。

花蕾和许长阳一早约好了去看，时间定在星期天下午。

吃过午饭，花蕾就开始捯饬自己。

她认认真真搓了个澡，洗了个头，从抽屉里摸出粉饼轻轻铺在脸上，给自己上了一个淡妆。口红颜色过艳，她对着镜子左看右看，还是拿纸巾擦掉一些。

衣柜里有瓶香水，去年过生日时小姨送的，这是花蕾人生中拥有的第一瓶香水。

轻盈的水雾喷洒到颈后、手腕、脚踝，前调是淡淡的青柠味混合着橙花香，之后仿佛有一丝柚木沉静的气息。

留香时间不长，味道也淡，只有凑近了或者相互拥抱的时候对方才会嗅到。

大概正是她今天期待的距离。

她羞涩地对着镜子红着脸笑了。

出门右转，有家理发店，花蕾进去熟稔地跟店主打了声招呼，排队等着吹头发。

"今天打扮这么漂亮，去约会呀？"店主打着泡沫给客人洗头，不忘调侃花蕾。

"没有，跟同学逛街买衣服。"

她嘴上否认，开心的情绪已经快要从脸上溢出来，蹦蹦跳跳地出了门。

周末商场的生意好，来来往往的人，有不少手里都攥着电影票。

到门口了，花蕾看手机才发现，自己比约定好的时间早到了二十来分钟。跟许长阳第一次在外面约会，她确实迫不及待啊，光想想，心脏都快要跳出胸口了。

她往里走，准备找个地方坐一坐。

前方翠绿色的沙发椅已经被几对情侣占据，没有空隙再容纳下她。

举着气球的两个小孩儿追逐打闹，围着她的腿转圈跑。花蕾眼看其中一个就要摔倒，伸手扶了一把。

这时，前方背对着她的一个少年扶了扶眼镜，回过头。

他看见她，冲她温柔地笑起来。

花蕾心下一室，原来许长阳到得比她还要早。

"你来多久了？"花蕾走过去，手指无意识地抠着斜挎包上麻花绳拧成的带子，想尽量表现得自然点。

"也就一会儿。"许长阳起身。

"那我们先去排队买票。"

"好。"

离最近的一场开始还有半小时，花蕾把电影票揣进兜里，眼睛看向了旁边热闹的电玩城。

许长阳问她："想不想去玩？"

她眼睛都亮了。

他们一起抓了几轮娃娃，花蕾千辛万苦钩住个皮卡丘。

毛茸茸的玩偶，俩耳朵往外耷拉，小脸蛋上腮红别样红，丑萌丑萌的。

反观许长阳，一无所获，离成功最近的一次，钩上的大耳朵图图就快进框了，却偏偏差那么一丁点儿，还是掉下来。

总算有门特长是她强过他的。

花蕾挺得意，推出自己怀里的战利品："送给你呀。"

许长阳笑着接过来，像模像样地夸着："真可爱。"

"我抓的当然可爱。"

"嗯，但都没你可爱。"

书生许长阳讲情话，也是那么一本正经认认真真如背古文。

却突如其来地，将花蕾击了个耳鸣头晕双腿发软。

娃娃机挨着打气球的，许长阳虽然戴眼镜，但眼神还行，瞄准后一枪消灭一个小气球。赢到最后，上下三排的货架上的奖品任由他挑。

他让给花蕾去选。

没要米奇的卡通抱枕，没要蓝莓味的鸡尾酒饮料，花蕾却看中两个麋鹿角的头箍。

花蕾给自己戴上，眼前没镜子照，有点儿歪。

许长阳走过去轻轻替她摘下来，重新弄好。

他拿着头箍，后知后觉地体会到一种无所适从的窘迫感，怕手上力道重，怕不小心卡住她的头发扯着疼。

极简单的一件事，他瞻前顾后，竟然还紧张起来。

真没出息，真没出息啊许长阳。

他暗暗鄙视自己。

"好了。"许长阳松了口气。

栗棕色的两只小鹿角长在女孩儿的发间，他高她一个头，这样望下去，能看见她脸上映着游戏厅里大灯投下的光斑。

耳边喧嚣嘈杂，她靠近了，捏着头上的鹿角喜滋滋地问他："怎么样？"

"好看。"又是规规矩矩的两个字。

许长阳表面云淡风轻，血管里却仿佛沸腾起来。他呼了口气，他的女孩儿，天真可爱得能要人命啊。

他何德何能，能拥有这样水晶一样剔透的女孩儿！

"你的要不要戴上？"花蕾雀跃地问。

许长阳犹豫再三，没法下定决心去尝试，为难着："还是算了。"

花蕾和路以宁平时皮习惯了，她本能地撒娇："戴一秒钟，马上就取下来，我就想看看。"

许长阳顶着鹿角，多有意思，她还没见过呢。

许长阳最后还是妥协了："那好吧。"

花蕾窃喜，指挥他："头低一点点。"

他无奈地弯下腰，任由她为非作歹。灯光下蓬松柔软的黑发，触感却有些硬的质感。

感受到女孩儿小小的手指带来的酥痒，许长阳默不作声地弯了弯嘴角。

"看起来别扭吗？"

"特帅。"

说好的一秒，就真是一秒，给他戴上又立即取下来。

那一瞬，花蕾发现，许长阳的耳朵好像有点红。

电影开始前五分钟，他们进场。

最后一排的八号座和九号座，挨在一起的位置，视野宽阔。

花蕾捧着爆米花桶，不紧不慢地一颗颗往嘴里塞，又吸了一口浮着碎冰的奶昔，甜上加甜，突然齁得慌。

许长阳坐在她的右手边，手里握着一杯美式咖啡还没有喝。

花蕾偏过头逗他，问："能跟你换吗？我不太喜欢这个味道。"

刚碰面的那阵紧张劲儿已经缓过去，她自在了不少，心里的雀跃分毫不减，想要使坏，边说话边咬扁了吸管，故意跟许长阳换饮料。

奶昔是她过了嘴的，她觉得自己果然是个小坏蛋。

许长阳居然一点也不嫌弃，连犹豫也没有，把自己的咖啡给她。

前方大屏幕上播了几遍广告，随后灯光熄灭，正片开始。

《雀音》是一部中国风的奇幻武侠动画电影。

电影讲的是世代守护云之涯的巫师一族惨遭屠杀，巫族圣女一边追查凶手一边被迫卷入武林纷争，途中与身世成谜的乞丐少年相识，两人一路披荆斩棘，各种寻求的真相也缓缓铺展在眼前……

大屏幕上色彩绚烂，画面瑰丽。

前期花蕾看得入神，后面剧情却已经能够慢慢猜出来。她期待太高，到这时有落空的感觉。尤其快到结尾，都快没了继续看下去的兴致。

她有轻微的近视，为了看电影特地戴的眼镜，这会儿已经摘下来放在手里把玩。

一下没拿好，眼镜从掌心滑溜出去，掉到地上发出一点动静。

前排的一对情侣似乎还回头看了看。

花蕾弯腰去地上摸眼镜，乌漆墨黑的，一时没够着，她索性蹲下去找。

旁边座位上的许长阳也跟着一块儿蹲了下来。

花蕾尚未明白过来，突然就被一只止不住微微颤抖的手猛然捏住下巴。

温暖的指腹稍稍用力，将她拉向他。

两个人的距离倏然拉近了，鼻息相闻，两颗年轻的心，像世间最激烈的鼓点，撞击在一起。

花蕾的下颌处被男孩儿手指反复摩挲的一小片肌肤带上了

熨烫的热度，皮肤上泛起一阵又一阵的战栗，连同着她身体的每一寸，里里外外都一并燃烧了起来。

这奇妙又惊慌无比的感受啊。

必须要死死咬住嘴唇，才能不惊呼出来。

然而下一秒，她的嘴唇就被含住，如同岩浆一样的热情猝不及防粗暴而急切地涌进来，涌进来，她再也无处可逃，不想再逃。

银幕上在下一场浩荡的夜雪，苍茫的荒原坦荡如砥，万物阒静，唯有簌簌的雪声。夜里燃起的篝火偶尔迸出两三点猩红的火星，预兆着黎明浩劫到来之前的平静。

背景音好像是塞外羌笛吹奏的曲，钝了的弯刀一般，在耳边戚戚长鸣。

花蕾却好像什么都听不到了。

她呼吸不畅，又蜷着身子用极别扭的姿势缩在座位间，只剩下唇上被碾磨着吮吸着的一点痛感和甜蜜。

她和许长阳贴在一起，里面的心跳声已经分不清究竟是谁的。

许长阳也觉得自己要疯了。

有什么东西就要刺破他的胸膛，撕碎他的血肉，狂吼而出。

而他必须得到抒发，才能让自己活下去。

他颤抖着双手，顺着怀里女孩儿柔软顺滑的身体曲线，从她纤细的腰间一路上滑，手钻进她的衣襟里，想要更多。

却不料，花蕾从小就极其怕痒。

一被许长阳触到皮肉，她立刻没忍住，"扑哧"一声笑了出来。

旖旎的气氛消散得无影无踪。

电影就在此刻结束了，满场响起了片尾曲，放映厅里的灯光猝然之间亮起来，从夜入昼。

许长阳受到光线的刺激，猛地闭了眼睛，似乎不愿从梦里醒来。

花蕾却实在是脚麻得难受，率先挣扎着想要站起身来。

许长阳握住她的手："小心点。"

他俩脸上热度未退，仍然红得像煮熟的虾子，旁人一看，就心下明了刚才发生了什么事。

他们前排的那一对情侣准备起身离开，大约是花蕾起来的动作有点大，女方又朝他们好奇地打量了一眼。

这一眼，几乎让花蕾魂飞魄散。

明亮的影厅光线下，双方的面容无所遁形。

竟是认识的人，12班的英语老师章沁和她的男朋友。

花蕾下意识地挣开了许长阳的手，她脑袋里"嗡"的一声，仿佛有根弦绷断了。

她呆呆地看着章老师，好像不会动也不会说了。

章老师却在最初的一怔后，若无其事地移开了视线，和男朋友有说有笑地聊着电影剧情朝外走去，一会儿就夹入人流中不见了。

保洁人员开始进来清理现场的卫生了。

花蕾却还处在巨大的震惊和慌乱中没有回过神来，许长阳迟疑着，再次握住她的手。

花蕾动了动手腕，还是顺从地随着许长阳走出了电影院。

外面天已经黑了，一盏盏路灯渐次亮起，飞舞的蛾子扑棱着翅膀循光而来。

"刚才那个是章老师，我们班的英语老师。"花蕾声音低低的，暗藏着无助。

"我知道。"许长阳说，"我也认识她。"

花蕾猛地抬头："她看见我们了，她……"她不敢再说下去。

——她会告诉班主任，班主任会叫家长，这件事情会像团淀粉一样发酵膨胀渐渐变大，在学校里传得沸沸扬扬，弄得尽人皆知。

但是，花蕾怕的不是自己，她担心的，是许长阳。

她是差生，在学校里，多她一个，少她一个，没有人在乎。

许长阳却是家长和老师眼中的优等生，他被赋予了太多的期望，他身后有太多不可辜负的人。

"如果……"她睫毛颤了两颤，压抑着又深深呼出的气息飘散在夜色里，"我是说如果，真要发生了那么糟糕的情况，就说是我约你的吧，是我死缠烂打。"

"其实也不算撒谎，"她惨白的脸上浮出一抹笑意，"这本来就是事实。"

"不是的。"许长阳否定了她，他那样笃定，"最糟糕的情况不会发生。花蕾，你从来没有死缠烂打，是我甘之如饴。"

记忆里，他一直是一个少年老成的人，凡事都会思虑再三。而花蕾，这个总是笑语晏晏、明亮灿烂的女孩儿，像世间最干净最珍贵的水晶，是他不长的生命里，带给他真正快乐的宝藏。

一定会有办法。

他告诉自己。

他曾经为了争取七天的国庆假期出游，同母亲对弈。

每落一颗子之前，权衡再三，那种焦灼的心境至今仍记得，却暗暗告诫自己，要冷静下来。

如今也是如此。

两人握在一起汗津津的掌心有了黏腻的触感，少年的眼底是雨过天晴的澄清明净。

他安慰着他的女孩儿："不会有事的，相信我。回家早点休息，明天还要上课呢。"

02.无论痛苦也好、残喘也好、毫无尊严也好、倾家荡产也好，他都想活下去。

第二天天气晴转阴，厚厚的云层积压在穹顶。

赶上第八节课全校大扫除，花蕾拿着扫帚借机去天台放风，她已经提心吊胆一整天，终于得以喘息。

学校附近有家饭馆放养着一群鸽子，到点了回去觅食，不会飞走。

它们盘踞在屋顶上，远远望去灰扑扑的，像大片纸屑燃烧过后尚未被风吹散的灰烬。

路以宁匆匆忙忙赶来。

"老黄和章老师他们几个都在，忙着帮5班新来的实习老师介绍对象，一办公室的媒婆……气氛挺热烈，没听见说你和许长阳的事……"

她借着搬作业本和问数学题的机会，磨磨蹭蹭在老师办公室里待了许久，打探情况。

"应该没事的。"路以宁安慰花蕾。

"我总觉得别人都知道了，在背后指指点点。"花蕾尽量把语气放轻松，伪装得像说了句轻飘飘的玩笑话，"带坏优等生，我会被他们钉在耻辱柱上，每个人过来吐我一口痰，我就被淹死了。"

"你别老这样想，自己吓自己。"

"真的吗？"

路以宁笃定地点点头。

"我昨晚都想好了，要是真出事了，老黄真找我去谈话，我就退学。"

"你别瞎说。"

"悲观主义者都这样。"

路以宁侧身前倾，一个熊抱，揽住她的肩膀拍了拍，节奏轻缓力道温柔。

花蕾卸了一肩的重担，终于得以喘息般倚靠着她来支撑身体的重量。

两个人都没再说什么话。

大扫除过后，空气总飘着一股清冽的消毒液的气味，被风吹到鼻尖上来，好一会儿才散。路以宁透过底下一排香樟，看见了秦桑。

他在往学校书店的方向走，背影在树叶和枝丫的掩映中渐渐隐去。

路以宁心里却多了一丝期盼，学校书店旁边挨着传达室。

秦桑每个月都会收到一封放在传达室的信，今天也是如此。

淡蓝色素雅的信封，拆开，里面是同色的信纸，连信纸中间两道折叠过后的痕迹都不偏不倚，将页面均匀分割成三等份，可见当事人有多小心翼翼。

字是清秀的钢笔字，落笔稍重，背面隐隐洇出墨痕。

到了现在，秦桑即便不看最后一行的署名，也能认出她的字迹了，和之前是同一个人，她管自己叫小七。

"嗨，秦桑。"总是这样简简单单的开篇，却让人莫名联想起王小波的那句"你好哇，李银河"。

她有时候分享开心的事情，有时候诉苦，有时候说着漫无边际的话，仿佛在面对面闲聊，假装已经跟他是相识已久的老朋友。

"今天作业好多啊，试卷压着做不完。一边记中纬西风带的典型地区一边打瞌睡，严重怀疑自己记忆力衰退了，我是不是要补脑了？"

"《雀音》上映了，你去电影院看了吗？网上的评价好像褒贬不一，我正犹豫要不要趁下个周末有时间去看呢。"

"今天还被朋友套路了，她说世界上的猪都死了，打一歌名。我没猜出来，答案是《至少还有你》，哈哈哈……"

就这样絮絮叨叨，渐渐地，仿佛能听到一个女生在耳边叽叽咕咕连说带笑。他的脑海里，甚至开始不受控制地勾勒出一个模糊的身影来。

应该是简单的长长的马尾，素色的衣裙，干净的脸庞吧。

平日里文静乖巧，私下里却有着灵动调皮的小心思。

好像和千万个女生没什么不同。

但好像，又有些不同。

秦桑不是没有收到过女生的信，相反，从初中就开始担任学生会干部的他，一直是女生们递信的重点对象。

所以开始收到小七的信的时候，他是没打算看的。

出于礼貌，带了回去，和其他的信放在一起。

可是第二个月，他又在传达室里看到了同样的淡蓝色信封，上面是同样的字迹，写着他的名字。

然后是第三个月，第四个月。

世间事，最怕"认真"二字。

好奇会害死猫，也会诱惑看似老成的少年。

终于有那么一天，他听着客厅里传来巨大重物落地的声音，伴随着父亲的咆哮和诅咒，良久没有停下来的意思，他到底还是忍不住心烦意乱，想找些事转移下注意力，就随手拿起了那一沓淡蓝色信封。

想到这个月的信，秦桑下意识地回头扫了一眼校园。

他知道小七就在这些三五成群笑语晏晏走过身边的女生里，他在问自己，如果现在看见她，会不会有所感应，认出她的脸。

自嘲般地轻轻摇了一下头，赶走杂念，秦桑拿着信往回走。

回去的公交车上，他忍不住从书包里拿出淡蓝色的信，拆开了来。

"上个月回爷爷奶奶家，跟着大人们一块去看了手工造纸。把青檀树皮剥下来晾干，在水中浸泡好，捞起来加少许草木灰蒸煮，去杂质，捣浆打浆，抄纸烤干再打磨。一道道工序下来，我站在旁边学了不少，但自己上手好难，也就只能帮着打打杂……"

"听说泾县那边许多场子做纸，朝阳的山坡上一整面都是晾晒的树皮。常年日晒雨淋，最后全退了颜色变成白的，雪一样覆盖在山上……"

秦桑倒了倒信封，里面果然还附着一小张淡黄色的手工纸，看来是她的劳动成果。

纸张粗糙，并不柔韧，有清晰可见的脉络纹理和未除干净的杂质，像旧了的书页。

触手却多了一丝温度。

上面也有一小行字：祝你天天开心。

秦桑的嘴角，在自己都没有察觉的时候，微微扬起了一个向上的角度。

他感觉心情轻松。

公交车到站了，秦桑把小七的信纸信封一并塞进书包里。

再走几分钟路回家，发现家里没人。

打了三遍电话，妈妈李君没接。

他肚子正饿着，打开冰箱看了看，剩饭剩菜也没有，只一盘隔夜的冷馒头裹着保鲜膜和两瓶辣酱，占掉了大部分空间。

他把馒头放进微波炉，李君的电话来了："我在医院，你爸的病又复发了。晚饭你自己解决，不用来医院。"

并没有寻常癌症病患家属的痛苦哭泣，李君的声音，平静而麻木，像是在说"明天要下雨"这样的话。

秦桑"哦"了一声，也很冷静。

只是，挂断电话后，他倚着橱柜，慢慢任自己滑坐到地板上，怔怔了良久。

又复发了。

半年前，他的父亲秦升平才做了第三次开颅手术，切除复发的脑膜瘤。

当时医生就说了，如果再复发，治疗已没有任何意义。

事实上，第三次也是秦升平哭着喊着求着骂着闹着，最后逼着家人做的决定。

他要活，他不想死，五年来，病魔的残酷折磨让他只剩下了最后这一点执念，他要活下去。

无论痛苦也好，残喘也好，毫无尊严也好，倾家荡产也好，他都想活下去。

开始的时候，李君会在秦升平号啕大哭的时候陪着他哭到昏厥，也会拿出家里所有的积蓄，陪他到北上广的大医院求医。

然而，时光渐渐摧毁了亲人间最后的温情，带着无限希望求得最好的医生主刀的手术，也一次又一次重新复发，疼痛与恐惧让秦升平开始失控。

他开始怀疑李君并没有全力以赴地救治自己，怀疑她和医生串通起来想要消极治疗让他早死，他觉得只能日复一日躺在床上苟延残喘的自己已经成了家里的负担，而妻子和儿子，也一定如此认为。

秦升平开始偷偷摸摸上网结识一些号称能治百病的江湖骗子。当李君发现他动用了多年来给儿子秦桑准备的留学费用，全部用于购买某位神医的仙丹时，李君与他之间，终于爆发了生病以来第一次大型冲突。

此后，他们之间的分歧越来越大。

秦升平着了魔般，相信只要有钱就能活，为此他不惜将所有家庭资产和储蓄赌上，在正规医院的医生已经得出不乐观的结论后，去赌江湖游医的谎话。

而李君觉得，秦升平已经失去了理智，他想要拉着全家人一起下地狱，以前还算有爱的男人，现在变得无比自私和愚蠢，病痛磨去了他的心性，留下来的，只是一个吸血狂人。

微波炉"嘀嘀"的报警声让秦桑从发呆状态清醒过来，他一把关了微波炉，拿上钥匙和钱包出门，拦下出租车往市第一医院去。

无论如何，还是想去看看那个人。

赶上下班晚高峰，车辆四处塞堵，隔几分钟一停。

话痨司机想找人唠嗑，问了什么说了什么，秦桑全没听见，耳边闹哄哄地响。司机见他闷声不吭，讨了个没趣，不如自己打开车载广播听听小曲儿。

极煽情的老歌《酒干倘卖无》："多么熟悉的声音，陪我多少年风和雨，从来不需要想起，永远也不会忘记……"

秦桑被歌声拉回了思绪。

"酒干倘卖无"，是一句闽南语，据说意思是问人"有酒瓶要卖吗"。

背后是一个父与子的故事。

父亲为抚养孩子长大成人，走街串巷收酒瓶和废品赚钱，嘴里高喊着这一句"酒干倘卖无"。

在秦桑的印象中，秦升平扮演父亲的角色并不算称职。

秦升平脾气暴躁，缺乏耐心，遇事沉不住气。

小时候，他教秦桑怎么握笔，没两分钟，朝秦桑眼睛一瞪笔头一扔，咬牙切齿骂两句猪脑袋。

秦桑晚上偷偷摸摸起来看碟自学，里面的幼师唱着儿歌示范："大哥二哥头碰头，三哥弯腰下面托，老四老五团团做，小小拳头把笔握。"

秦桑练习许久，第二天已经会沿着田字格里的虚线写字，平平稳稳的一横。

秦升平看了喜笑颜开，直夸他聪明，再夸自己教得好，全然忘了父子俩之间的不快。

秦桑不理睬他，只是自顾自地写。

夸他，他不笑；昨天骂他，他也没哭。

这些年他们谈不上有多亲近，因秦桑有意避开，也没有生出太多的冲突，算是平平淡淡地过。

秦升平自生病以来，秦桑陪过几次床，买饭，喂水，叫护士，拧毛巾给他擦脸，看见他鬓角头顶的白发也觉鼻酸。

照顾他，是为人子女应该做的。

心里难过、痛苦，想到那个给予自己生命的人在一天天消逝，再也不能相见，也会暗夜里落泪。

但要秦桑说出几句贴己的话来宽慰他，刀刃顶着喉咙，秦桑也不一定能憋出来。

秦桑以前从没想过秦升平会死这回事。

以前语文老师读《目送》给他们听，龙应台在书里写："所谓父女母子一场，只不过意味着，你和他的缘分就是今生今世不断地目送他的背影渐行渐远。你站在小路的一端，看着他逐渐消失在小路转弯的地方，而且，他用背影默默告诉你：不必追。"

全班寂静。

懵懂的孩子们还未体会，只觉得听来有一丝排解不开的怅然愁绪。

如今他们仍是背影的提供者，身后的父母才是目送者。

注定了，留下来驻足凝望的那一方，承担着这份感情里更沉重的分量。

秦桑设想过千百次高考后去外地上大学或者出国留学，从此天高任鸟飞，他不会是被留下来的那个人。

而如今，就在刚才，李君在电话里告诉他，快了。

快了，活不了多久了。

秦升平真的要死了的意思。

角色对调过来，他成了目送者，秦升平会率先抛弃他，离开他。

"师傅，麻烦您开快点，赶着去医院。"秦桑沉默良久之后，终于开口说话。

前方的道路也逐渐疏通，车从大桥上驶过，底下的徽阳河上长风浩荡，破损的旧渔船停泊在岸边，桅杆上褪色的旗帜迎风猎猎作响。

过了桥就是市第一医院，秦桑在路口下车，付了钱摔上车门就跑。

医院是个热闹的地界，永远不缺人。

他没跑几步，被来往的人群阻挠，不得不放缓脚步。

电梯里人也爆满，挤着各色的人，男的女的，老到拄拐杖的，小到裹在褓褓中嘤嘤啼哭的。

消毒水味、饭菜味、男人夹克上的烟味，充斥在狭小的空间里，折磨着人的神经。

一路找过去，总算到了病房门口。

推开门，秦升平躺在床上昏睡，只有他一个人，李君不在旁边，他的头无力地落在枕上，雪白的枕头深深陷下去。

透明的氧气罩子盖住他的口鼻，形如怪兽桎梏住他的呼吸。

合上了双眼，对周遭一切无知无觉。平常易怒易躁总显得有些凶悍的脸上没了煞气、没了威慑力，几道褶子，被病痛折磨得形如骷髅的脸，依稀已经快要认不出旧日模样。

"爸。"秦桑在床边坐了一会儿，试着轻轻叫了一声，他听到自己的声音又干又哑。

明知道这时候他是怎么也听不见的，却想要尝试着这样叫他。

毫不意外，床上的人毫无反应。

吊瓶里棕褐色的药水才输了不到一半，静静地往下滴着，流淌进他日益枯萎的血管里。

李君其实没走多远，就待在楼道里。

她的面前开着一扇小窗，她靠着窗户在抽烟。

忙碌了一天下来，绾起的头发松散了，落了几缕缠在颈后。

她不知道儿子过来了，也并不急着回病房看那人怎样。反正，她在不在，那人都只剩一点余光。

秦桑走过去，伸手掐了李君指间的烟，那点儿忽明忽灭的猩红被碾灭在冰冷的窗台上。

楼道里沉寂幽静，灯光昏暗，映在人脸上全是狭长黢黑的阴影。

李君转过身来，秦桑才看到她脸上的妆全花了，狼狈得不成样子。

记得他小的时候，李君极爱美，平日下楼倒个垃圾也描眉，唇上涂一点点淡粉色或是樱桃色，换上精致的小旗袍。

那时，谁不说秦桑的妈妈是个美人儿。

而今，面前只有一个和千万中年妇女一样不修边幅的面目模糊的女人。

"你来了啊。"李君面容疲惫，看儿子的时候眼神没有聚焦，飘忽着，落在了半空虚无的某一点。

"你吃晚饭了吗？"秦桑问。

"不饿，不想吃。"她根本就吃不下，心被堵着，闷得人难受。

"爸怎么会突然又……复发了？"

李君露出一抹轻蔑的笑，满含嘲讽："上次的手术，就不该做的，魏教授分明说了，强行再开颅，只可能会刺激肿瘤加速扩散，可能命更短。他不信呗，非说我不想他活，自己跑魏教授跟前跪着，说自己签手术同意书只求手术切掉那个坏东西，还逼着我把家里的唯一住房抵押贷来手术费。

"结果呢，不到半年就复发了，给魏教授说准了不是？我现在看到他那个号叫打滚的鬼样子，心里可舒坦了。"

嘴上说着舒坦，两滴豆大的眼泪却猛然从深陷的青黛色眼窝里砸下来，砸在鞋面上，曾经精致的绣花鞋面，已经脏污不堪。

秦桑哑口无言。

这夜，只剩下饿和冷，风往骨头里钻。

冷加剧了饥饿的感觉，此时，他觉得胃仿佛在痉挛。

"请了护工，今晚就会过来。我明天还得上班，你也早点回去休息，明天还得上学。"李君说。

秦桑皱眉："把爸一个人扔在医院？"

话刚出口，便知自己犯了错，但已来不及收回。

果然，这话直接踩着了李君的痛处，她脸上平静的面具倏地裂开，像要露出一口獠牙，逮住谁都想往死里咬他一口才解恨。

"家已经没了，钱全没了，房子也抵了，你的学费也全花光了，还欠了一屁股债。管他，怎么管？谁管？他为什么不管管我们，为什么不想想老婆孩子还要活，为什么只想着自己活？明明医生早就告诉他没有希望了，他为什么还要像条疯狗一样把我们的希望全部碾碎再走？是谁不管谁？如果有希望不给他治，是我凉薄。可是谁都知道根本没希望了，他还拼命地折腾！他就是想要我们一起陪他死！我不想如他的愿！"

连珠炮似的话夹枪带棍砸下来，势要把秦桑的脊梁骨都戳碎了，让他无地自容。

李君把眼泪硬生生逼退回去，变成一潭深不见底没有波澜的静湖，骤然结束了这突如其来的发泄。

她闭了嘴又想抽烟，擒住细细长长的女士香烟往嘴边送，打火机擦燃，火光短暂地映亮她的脸。

风从窗口灌进来，吹得头发越发凌乱。她干脆一把取了簪子，一头黑发如瀑散开，其间竟已掺了几根银丝。

秦桑站在她身旁听了那番话，感觉浑身的血液齐齐往头顶涌，又迅猛地回落，脚踩不到实地。

良久，他才找回自己的声音："对不起，妈。"

李君没再应，眼底寂寥，望着医院高楼下的车辆与行人，看谁都像蝼蚁浮萍，她自己也如此。

这些年，秦升平就像她肩上的大山，每一个人都呵斥她不许放下，哪怕往前每走一步都可能粉身碎骨，然而道德的大棒悬在头顶，她哪怕歇一口气，也随时会被劈头砸下。

她太累了。

她已经累到只想做个坏女人，去任性，去逃避，去放下。

但最终，她只是拍了拍秦桑的背，转身拖着沉重的脚步回了病房。

秦桑看着妈妈的背影消失在走廊尽头的门框里，他扶着窗棂，慢慢蹲下身去。

在学校里千人仰视的闪光少年，此刻面容布满了扭曲的灰暗纹路，像一个暮年的老人。

一颗颗汗珠从他的额角沁出来，他用尽全力压着疼痛的胃部，不让自己轻哼出声。

不知道为什么，这个时候，他突然想起了小七的某封信。

她在信里说，他一定会拿到通往未来的金钥匙。

她是天真的，并不知他身陷泥淖。

然而她也是对的，他需要那把金钥匙，他的人生，已经只余一条单行道，没有任何机会去后悔与回头。

他要凭自己的力量走下去。

他和那些快乐单纯的同龄人不一样，他才十七岁，但已没有机会犯错。

一次也没有。

Chapter

— 7 —

Hai Tang Hua
Wei Mian

属于秦桑的独家记忆

（片断）

他决定去看一看，她是谁。

这对他的智商而言，是轻而易举的事情。

他简单观察分析，就得出了她送信的规律和下一次的时间，于是，他提前在等。

那是一个周五的中午，天空下着小雨，五颜六色的伞如同盛开的花朵，挤挤挨挨在校门口浮动。

有些人要出去买吃的，有些人要进来，有些人挤在传达室里翻找自己的信。

她出现的时候，长发长裙，一把淡蓝色的小伞，缀着点碎花，遮住了大半张脸。

然而，他还是一眼认出她来。

是骆以宁。

那个成绩与他几乎不相上下的骆以宁。

那个说话总是轻轻柔柔看起来人畜无害，但眼睛里有着某些失镜的东西的骆以宁。

那个走路总是不紧不慢和同龄人气质不一样，好像永远都不会着急上火的路以宁。

那个，有些特别的女孩儿。

他站在一处远远的树梢下，看着她轻轻收了小伞，看着她走进了传达室，看着她状若无事地加入了几个拿信的同学中。

然后，他看到了那个熟悉的淡蓝色信封，从她宽大柔软的毛衣袖子里滑出来，无声无息。

他甚至想象到了那一瞬，她眼里升起的小小的笑意，得意的，得逞的，满足的。

他目送着她撑开碎花小伞慢慢走进蒙蒙细雨里。

你好，小七。

01. "哎呀！好大一只乌龟！"路以宁脱口而出。

　　路家今天来了客人。

　　高舰拎了大包小包的家乡土特产上门，可把路以宁高兴坏了，扔了笔出去打招呼："叔叔好。"

　　昨天吃晚饭才听父母说高舰要路过徽阳，没想到今天就见着面了。

　　高舰常年一身灰白工装走南闯北，模样没怎么变，跟以前一样，魁梧高个儿大花臂很能唬人，五官却生得出奇的驯良和善。

　　路以宁的父亲路谦调侃他，说他如果只露脸，端坐在高台上能扮菩萨。

　　如果挡住脸，露出大花臂就能去收保护费。

　　路谦和高舰是早年在工厂里认识的铁哥们儿，两人年纪相仿，性格投缘，无话不谈。

　　后来厂里不景气，两人就先后停薪留职了。

　　记得路以宁七八岁时，他俩一起合伙开过店，可惜这条路没能成功发家致富，最后店垮了，钱也赔光了。

后来路谦选择了当货车司机养家糊口，而一人吃饱全家不愁的高舰索性成了走四方的背包客。

只是不管走得多远，一年半载的总要回路家坐坐，每次他回来时，也就成了路以宁最期待的日子。

高舰老顽童一个，孩子缘贼好，陪着路以宁瞎闹腾，摘星星捞月亮的，从不嫌烦。

他还有一绝活儿，特会讲故事。

信手拈来胡乱编的，书本电视里看来的，旅途上亲身经历过的，真真假假一锅乱炖，总之说出口的故事必定精彩绝伦。

他连讲个《小红帽》也能有新花样，叫人意想不到，拍案叫绝。

他的知识还无比渊博，什么话题都能聊上一段，尤其是在图书馆的书里看不到的传奇和野史，每次说得小以宁一愣一愣，却又对世界充满了好奇与期待。

这次见着路以宁，高舰第一句就是："哟嚯，小姑娘又长高了。"

"叔叔你也一点儿没见老。"路以宁开心地拿了杯子给他沏茶。

路母也才刚下班回来，洗好水果给他们端到客厅去。

路以宁本来还想听高舰说说最近旅途中有没有发生过什么趣事，奈何高舰这次来似乎跟父亲有正事要谈，两个人一前一后进了书房，还把门落了锁。

路以宁无聊地坐在客厅看电视，换了几个台，这个点播的都是新闻和广告。

在厨房张罗晚饭的路母隔着窗户喊："作业做完了没有？"

"做完了。"

"明天的功课提前预习了吗？"

"预习了。"

"今天学的都重新过了一遍复习了一遍吗？"

"复习了。"

"英语单词背了吗？"

路以宁从果盘里揪了两颗水灵灵的葡萄起身。

行了，再不走得被盘问到天荒地老，她不如回房间好好待着啃个书摸个鱼。

路以宁的小卧室，一推门进去是一排四四方方的橡木书柜，木色温润通透，美观大方。

目光一路扫过书柜上的书，《夜航西飞》《樱桃青衣》《镜湖》，最后还是挑了本杂志在手上随手翻翻。

她惦记着今天要和高舰聊天，因此也不想复习，只一边打发时间一边支着耳朵听动静。

杂志翻完，高舰似乎还没有从爸爸的书房出来，路以宁从底层抽屉里拿出信纸。

下笔之前需谨慎，左思右想，她差点咬笔头。

最近发生了什么有意思的趣事，让人忧愁的烦恼，看过的书和电影，都在脑海中过了一遍。

她想要倾诉的太多，最后挑挑拣拣了几件，往信纸上搬。

成套的淡蓝色信封摆在桌上。

外面忽然下起了雨，噼里啪啦打在窗户上，被风裹挟着一并吹起来，扑了路以宁一脸。

她赶忙护住信纸信封，手忙脚乱地去关窗户。

路母在阳台上扯着嗓子喊路以宁帮忙收衣服。

今天不巧还洗了床单和发霉的冬衣，没想到老天爷突然变脸，豆大的水珠子连串往下倒，一时间世界变得安静又喧嚣，充盈着暴雨声。

母女俩齐心协力，争取手速赛光速。然而小的终归熟练不过老的，路以宁沦为衣筐，抱着从胸前堆到她鼻梁的衣物往屋里走。

她想准备卸一趟货，头上遮天蔽日横飞过来一条橘红枕巾，不偏不倚盖住她脑袋。

好在一番抢救下来，危机终于解除。

路以宁松下一口气，端着瓷杯喝口茶，像个老干部似的靠在窗口赏一赏雨。

半空中蒸腾起了渺渺的水雾，被风推着往前走，天地间混沌了颜色，变成一团灰。

最突兀扎眼的要数小区外一堵拆了一半的红砖墙，高低起伏凹凸不平的一线，跟心电图似的。

大雨来得快也去得快，不多久，凶猛的势头削减了一半，转变成淅淅沥沥的小雨。

　　路以宁准备回房间继续写信，视线忽然瞥到离家不远的一处屋檐下，一个熟悉的身影。

　　那不是许音音是谁？

　　她手上好像还抱着一堆东西，很吃力的样子，刚才的雨显然淋湿了她，她瘦弱的样子显得狼狈又楚楚可怜。

　　路以宁连忙拿了两把伞冲下楼。

　　"许音音！"

　　听到有人叫自己的名字，原本还在盯着地上的水洼愣神的许音音猛抬头，路以宁已经来到她面前。

　　手中的伞急急遮在许音音的头顶，路以宁这才看清，许音音手上抱着的，居然是一只巨大的乌龟。

　　她吓了一跳。

　　那龟的壳足有一个小脸盆大小，她从未见过这么大的龟，那龟也成了精似的并不怕人，伸着脖子瞪着小眼珠瞅着她，脑袋还一点一点好像打招呼。

　　"哎呀，好大一只乌龟！"路以宁脱口而出。

　　许音音张了张嘴，本不欲解释，却又没忍住："苏苏不是普通的乌龟，它是一只苏卡达陆龟。"

　　路以宁不知道什么是苏卡达陆龟，她只是很震惊大雨天的女神抱着一只巨龟在外面走什么，目测这龟够重的，难怪许音音一脸吃力。

　　"给你一把伞，你去哪儿啊？你都淋湿了！"

许音音苦笑，她身上的衣服洇开了一片片水迹，裙摆冰冷地粘在小腿肚上，头发也湿了，身后的书包更是不能幸免。

路以宁指了指身后的小楼，提议道："我家就住这里，要不要上去换件衣服？"

"谢谢，不用了。"许音音客套又礼貌地拒绝了她。

路以宁不好勉强，视线又落在那只大龟身上："这个……龟……我能摸摸吗？"

许音音犹豫了一下，点点头，把苏卡达龟往前托了托。

路以宁伸手摸摸龟壳上黄褐色的纹路，龟扭头瞅了她一眼，仿佛在笑她胆子小。

"这么大的龟，它吃什么？"

"吃素的，有专门的龟粮喂它，平时也喂些时令青菜或者干净青草。"

"这样啊……你刚才叫它什么来着？"

"苏苏，苏州的苏。"

路以宁没养过小动物，她虽然喜欢猫与狗，但父母不太同意她养，更别提养这么大一只乌龟。

此时此刻，她的内心滋生出一种类似于羡慕的情绪，不由得想多打听几句："你会带它去学校玩吗？"

许音音支吾着："不，不行。"她眼睛瞟了一眼天色，将话题截断，"我得回家了，谢谢你借我伞，我明天带去学校还给你。"

路以宁见她一边把苏苏小心地搂在怀里，一边吃力地撑伞走进雨中，突然觉得平日里温柔和顺的女神，其实也蛮有性格的。

刚走几步，许音音却又转过身走了回来。

许音音站在路以宁面前，用恳切的眼神看着她，说："以宁，求你件事，能不能不要告诉别人，看见了苏苏的事？"

02.易千树说："我们没有感情。"语文老师说："多读几遍，可以培养感情。"

广播里"又又又"通知大扫除。

法国友好学校交流团明日来访，请同学们笑脸相迎，展现我校良好风貌。

中华礼仪之邦，有朋自远方来，不亦乐乎？

于是上午请来工人把花木修了一遍，门口两尊威武的大石狮子被仔仔细细擦了一遍，密密匝匝贴满各项通知跟路边广告牌似的宣传栏被彻底清理了一遍。

风吹日晒褪了色的小彩旗得换，食堂大门上裂了条缝的磨砂玻璃得换。

借王昆的一句话来说：面子问题真是事儿妈。

班上黑板报的主题仍停留在三月学雷锋，得换。

宣传委员忙不过来，拉上路以宁过去帮忙。

她踩在凳子上，手托颜料盘，匀称地沿着粉笔勾勒出的轮廓给正中央几个大字上色：知礼如君，亭亭如莲。

教室里扫地的、拖地的、擦窗户的、整理讲台的，谁也没能闲着。

木棍相击，咚咚作响。

俩男生倒持着拖把，拿杆比画，假装自己是剑道高手，心若在梦就在，人生处处是舞台。

老黄过来巡视情况，他们的表演秀被迫中止，推着拖把左一下右一下，能在地上画出朵花来。

老黄夸了一句"黑板报漂亮"，却没看见班上几个重点关注对象，问大家："王昆、易千树、梁祝几个哪儿去了？"

"老师，他们又浪里个浪去了！"有同学调皮了一句。

路以宁没忍住笑，手一抖多蘸了点颜料，往黑板上抹的时候笔下又黏又稠。

花蕾被分配去打扫走廊尽头堆放杂物的小房间，此刻正在用指甲盖抠窗户上残留的胶带条，就见楼下老黄朝着篮球场的方向风风火火逮人去了。

第二天，法国友好学校交流团按时到达，豪华大巴车开进校园，路以宁他们班正在上语文课。

坐窗户边的一组同学默契地往外张望，动作整齐划一，跟元旦文艺会演上排练舞蹈差不多。

语文老师抿一口茶，翻了翻书，挑了个倒霉蛋："唐文，来，你把课文最后要背诵的几个自然段有感情地朗读一遍。"

被点名的同学愣了，同桌女孩儿小声提醒他："《廉颇蔺相如列传》，从'既罢，归国'那儿开始。"

唐文读："既罢，归国，以相如功大，拜为上卿，位在廉颇之右……"

磕磕绊绊总算念完，语文老师说不错，让他坐下。

　　"虽然不错，但还是缺了点感情。王昆、易千树，你俩来吧，一个读廉颇那段，一个读蔺相如那段。注意啊，廉颇情绪上头正愤怒着，而蔺相如谦逊，语气应该是平静包容的。"

　　此话一出，所有人的注意力都被拉回到课堂上，顾不上瞪大眼睛搜寻金发碧眼的法国小帅哥了，等着看两人演出一出好戏。

　　王昆站起来："老师，我们读不好。"

　　语文老师鼓励他们："读不好更要练习，别有压力。情绪到位了，也能感染人。"

　　易千树说："我们没有感情。"

　　语文老师说："多读几遍，可以培养感情。"

　　有人窃笑不已。

　　王昆与易千树对视，心知肚明，这一劫是逃不过去了。

　　那还等什么，来吧。

　　王昆作势抬手，一捋压根儿不存在的长胡子，怒发冲冠，眼里蹿起了火苗："我为赵将，有攻城野战之大功，而蔺相如徒以口舌为劳，而位居我上。且相如素贱人，吾羞，不忍为之下！"

　　不知道是不是故意的，"贱人"二字分外嘹亮，像捏着青竹叶吹了一哨子。

　　先前底下那点儿窃笑的范围扩大了一圈，分贝也提高了不少。

　　易千树瞥了王昆一眼，抵在墙上的肩膀蹭了点灰，课本握在手里，仿佛随时会朝王昆的脸上飞。

好在最后相安无事。

"卒相与欢，为刎颈之交。"

语文老师带头鼓掌，真情实感地夸奖："精彩！"

尾随着其他人一阵叫好，酒吧里歌迷捧场似的就差振臂一挥，高喊一句再来一首。

王昆抱拳作揖，还来劲了："谢各位捧场。"

易千树："……"

拉开椅子坐下，喝了口水润润嗓子。

路以宁和花蕾从食堂吃完饭出来，走林荫道上正好遇见法国交流团的学生们，她俩没加速超车，跟在后面慢悠悠走了一段。

天气渐热，太阳高挂在头顶，被两侧的松木和老樟树过滤了好几道，地上铺着一层又一层的碎影。

日光被削弱了，前方异国女生短裙下裸露在外的一截小腿依旧白得晃眼。

她们的头发也漂亮，金黄泛着光泽。

花蕾一阵艳羡，问路以宁："要不我周末去染个头发吧？""人家那是天生的。"

"唉！"

路以宁没理会她唉声叹气，目光落在人堆里的秦桑身上。他作为学生会主席，是负责接待交流团的主力军。

他英语口语好，同外国人交谈起来毫无障碍，正与人说着什么，侧脸带笑。

花蕾爆了一声粗口，把路以宁的魂唤了回来。

"你怎么了？"路以宁问。

"有人勾引我！"

"二缺吧你。"

刚才走队伍后面的一个法国男生似乎发现了她们，回头冲花蕾眨眼放电，才有了这么一出。

花蕾回味："正脸还挺帅的，蓝眼睛真好看。"

路以宁笑："跟许长阳比怎么样？"

"那当然还是差远了。"花蕾求生欲极强。照她心里的标准来，小栗旬演花泽类的时候也没许长阳帅。

"老实说，咱们学校男生里面颜值最能打的都在咱们这届。咱们班易校草，隔壁班秦桑，7班赵淮安……据说劳卫部检查卫生的学姐们都抢着来咱们这边。"

花蕾又要给路以宁科普了："这里面还有一桩八卦你听不听？跟秦桑有关。"

路以宁刚想说不听，因后面的名字立马嘴上踩刹车，拒绝的话全咽回去，做乖巧状："您请说，小的听着呢。"

"那我今儿就来跟你讲讲，秦桑是怎么'登基'的。"

"登基？"

"就是说他怎样在高一就越过了众多前辈直接问鼎学生会主席的。"

路以宁回忆了一下："当初我们这一届进来，学校各部门招新。我记得好像没过多久，上一任学生会主席不干了，秦桑就顶上去了。"

"对。"花蕾重重点头，"你想想啊，他一新生，怎么就能直接上任了。"

这样说来，确实蹊跷。

花蕾如同手握江湖机密，嗫嚅着，路以宁拿眼睛瞅她："赶紧说。"

"你别着急呀。"花蕾咳嗽两声清了清嗓子。

法国交流团的人已经走远了，她们俩见还有时间，找了个僻静阴凉处，吹吹树墩上的灰坐下来。

"上一任学生会主席是个女生，因为身体原因退学了，临走之前看中了秦桑，觉得他能担重任，直接就退位让贤了。"

"不能这么草率吧？"路以宁质疑，"其他人能答应？"

"当时秦桑干了两件事，很多人都不知道。一是赶上西沙街那边有个疯子窜出来吓唬人，专挑个矮瘦弱的女生下手。那会儿没人管，秦桑组织了学生会的几个男同学每天过去蹲点站岗，直到后来警察把人逮了。

"二是那阵子有人在网上黑咱们学校，不知道什么仇什么怨，熬夜盖了几百层楼喷粪，骂得特难听，估计是心理扭曲。秦桑把他的帖子黑了，账号都没给留。第二天贴吧里一片安详，没半点动静。要不是当时有人通宵打游戏顺带去贴吧里逛了逛，围观了全程，还真没人知道那晚的血雨腥风。"

路以宁听得有点玄乎。

花蕾一拍大腿，佯装手里有块惊堂木："秦桑就干了这么两件事，学生会内部人员都服了。投票的时候一致通过，没有人反对。"

路以宁感慨："或许他确实也是最适合的人选，接人待物很有范儿，说得老套点，他身上有组织和凝聚力。"

花蕾表示赞同。

"不过，学生会头上还有老师管着，秦桑就这样走马上任了，老师能同意？"

"你见过哪个老师不喜欢秦桑的吗？"

"也对。"

路以宁挺着的脊背往下松了松，泄了口气般，故事听完，心头涌上一股少年不可追的无力感，了解越深越觉得那人优秀，自己离他还差一大截，同时又有点隐秘的骄傲和感同身受的自豪。

花蕾一通爆料完毕，咂咂舌，从兜里掏出瓶养乐多。

一人一口地喝着，没两下就见了底。

花蕾捏着空瓶："知道这里面最让人八卦的一点是什么吗？"

"什么？"

"据说——上一任学生会女主席喜欢秦桑，一开始看重他，存了私心。"

她说完乐呵呵地笑，八卦让人快乐。

"这些你怎么知道的？"路以宁问。

"我也是最近才听说。"花蕾的眼神变得不可描述，挑眉，坦言，"那天蹲厕所，听隔壁坑学姐跟人聊天的时候说的。"

嗝，原来是厕所文化。

03.分明是已经预设好答案，不过是咬牙切齿问出来罢了。

路家订了份当地的徽阳日报，路以宁这几天取报纸分外积极，每天都要翻上一翻。

皇天不负苦心人，被她找到相关报道——"法国中学生来华交流，体验中国传统文化"。

虽然报道篇幅小，被排版在角落里，但好歹还配了张照片，简直良心。

照片高糊，秦桑露了脸，只能分清鼻子眼睛。

即便是这样，路以宁也盯着欣赏了半分钟，最后拿小剪刀把照片和新闻一并剪下来，夹进日记本里好好收藏着。

饭桌上，一家人围坐，电视机打开，声音调大。

吃饭时间看民生新闻最有乐趣。

比如16路公交车上某老人痛斥年轻女子不让座、芙蓉街头恶犬伤人、酗酒父亲争夺小孩抚养权、包工头拖欠工资……

众生百态，都在这里面了。

今天突然蹦出来个不一样的，让人眼前一亮。

那新闻里，背景是一中的大礼堂。

红木讲台上搁着一束淡粉的百合，还插了几朵夹竹桃。花搭配得一般，发言的人却精彩。

清清爽爽的少年郎，气质镇定从容，不太需要垂下视线去瞄讲台上事先准备好的稿子，流畅地一路讲下来，不疾不徐，颇有大将之风。

他声音偏低，有向低音炮发展的趋势，虽然不知道说了什么，但总之让人觉得舒坦。

连路谦也停下筷子，忍不住问了路以宁一句："这不是你们学校吗？"

"对！"路以宁与有荣焉，"台上发言那个叫秦桑，隔壁13班的，我认识。"

不等父母继续打听，她一并倒豆子似的往外说了："有法国学生来我们学校参观，秦桑作为学生代表，负责接待他们。"

"他就是秦桑啊？"路母对这个名字留有深刻的印象，"每回开家长会我都能在年级光荣榜最顶上见着他，记得他老压你一头。听这名字我还以为是个女孩儿，原来是个小伙。"

路以宁一听不乐意了，喜欢归喜欢，胜负还是重要。

她被激起了好胜心："妈，您总共也才开了两次家长会。后面时间还长，说不定哪次我就弯道超车了好吗？"

路谦给她夹了块红烧肉："少说话，多加油。"

秦家。

两个头发花白的老人在忙碌地张罗晚饭，秦桑开门进去，叫了一声爷爷奶奶。

厨房油烟味浓重，辣椒味呛鼻。老人不肯开抽油烟机，说费电，一根筋拧死了怎么也说不通。

结果每次来，呛着自己不说，还熏着客厅和内室到处都是油烟味。

为了这事儿，李君没少跟二老起争执，一天吵三次，闹得鸡飞狗跳不得安宁。

然而她一去上班，老人仍然我行我素。

她索性闭嘴。

秦升平回家了。

他依旧躺在内室的那张床上，右半身已经偏瘫，已然下不了地。

三甲医院都是求救的病患等着床位，自然不能让一个将死之人在那儿占着，于是开了一堆止痛药，把他打发回家。

回家了自然还是需要人照顾，于是，秦升平八十多岁的老父老母又从乡下赶了过来。

这几年，他们来来去去，也不是一两次了。

秦升平房间的门虚掩着，漏出一线乳白的灯光。

秦桑轻轻推门走进去，才发现墙壁上的电视竟然开着。

看来秦升平今天心情不错，其实肿瘤压迫了他的视神经，他已经越来越看不清这个世界了。

尽管每日清洁打扫，空气中仍有股挥之不去的腥膻味，同浓重的中药味交织在一起，无声地弥散。

"爸，我放学回来了。"

秦桑突兀地唤了一句。

秦升平半靠在床头，身后塞着大卷棉被，支撑着他无力的身躯。

他仿佛没有听见儿子的声音，混浊的眼睛直勾勾地盯着电视屏幕。电视屏幕一闪一闪，忽明忽暗，是这个弥漫着死亡气息的房间里唯一的生动。

秦桑悄然起身，准备回房间做功课。

秦升平突然喊了一嗓子："别走！"

秦桑吓了一跳，弯下身子凑近问："爸，你要什么？"

"给我，给我录一段。"话语有些含混不清，手指的方向却是明确的。

秦桑一看就明白了，那儿原本摆着一台老式录像机，秦升平还没病的时候，挺喜欢用那台录像机录下自己喜欢的节目，可是那录像机早坏了，那里此刻已空无一物。

秦桑耐心地解释："没了，爸，录像机没了。"

"没了？"秦升平有些迟疑地把脸吃力地转动了一下，仿佛这才看清眼前的人是自己的儿子。

秦升平有些沮丧地吸了一下鼻子，低垂下头，像是颈子断了一样的角度。

他眼睛努力朝上翻了一翻，嘴里嘟囔道："一会儿新闻重播就开始了，我中午在电视里头看见你了，我想录下来。"

秦桑怔了一下，一时没有反应过来。

而后明白过来他在做什么，心里突然像被电狠狠打了一下，痛得差点一哆嗦。

他想把儿子出现在电视上的画面给录下来。

原来他还记得自己是爸爸。

秦桑放柔了声音，安慰秦升平："没关系，不录也行。"

秦升平依然沮丧，却仍只能无力地晃晃头。

秦桑一低头注意到秦升平嶙峋的手背上乌紫一片，沿着凸起的青筋布满了密密麻麻的针孔。

这一瞬间，他突然心酸得无以复加，眼泪蓦地涌上来，咬牙忍住不让它往下掉。

"要不要喝水？"秦桑哑着声问。

他看到爸爸青色的唇已经干裂起皮了。

一个大男人，现在甚至连独自倒杯水都做不到了。

所以，这一刻，他理解了秦升平的恐惧害怕与扭曲。

见秦升平点头，秦桑去倒了杯温开水过来喂他。

秦升平吞咽太急，细小的水柱沿着他的嘴角蜿蜒地淌进衣服领子里。

秦桑忍不住出声："你慢点。"

秦升平不在意，动作僵硬地抹了把嘴。

"饿不饿？"秦桑说，"再等几分钟就能吃饭了。"

电视机里传来男主持人浑厚磁性的声音，秦升平挪开眼，只脑袋动了动："最近学习成绩怎么样？"

即便是这样枯燥乏味的寻常问候，秦桑也很久没有从父母的口中听到过了。

他压抑着情绪点头："还好，名次跟以前一样，没往下掉。"

秦升平欣慰不已，暂时忘却了一身的病痛。

他是个粗人，不太会表达，但这个儿子，却是他在这个世间最大的骄傲。

想到儿子，就自然想到了妻子。

想到妻子，刚刚明亮一点的脸色，忽地又阴暗了下来。

"你妈呢？"

不像询问，倒像寻仇。

"还没回。"

"怕是不想回吧，看着我这个病鬼晦气。"

分明是已经预设好答案，不过是咬牙切齿问出来罢了。

秦桑刚暖的心，一下子凉了下去，他下意识地把杯子端开了点。

秦升平却已经再次进入了自己的幻想世界。

他目光游离着，最后定格在儿子身上，忽地伸出唯一能动的左手，像一把鬼爪般，使尽全力钳住了秦桑的手。

他的声音里，蓦然腾起了异样的激动："儿子，你英语好，你给爸查查。听说美国研发出了抗癌药，你查查在哪儿、怎么去，你带爸上美国看病去……"

秦桑想抽出手，秦升平却使出全力钳得更紧，仿佛那不是儿子的手，而是他即将陨落的生命里最后能够抓住的一点星火、一块浮木，他必须以生命相搏。

秦桑甚至能够看到他们的手相接处渗出来一线血丝，他却不觉得疼。

他知道秦升平接下来要说的话，他不想听。如果听了，他知道会比身体上的疼痛，更疼一百倍。

然而，他摆脱不了他的病父。

正如他无法选择自己的出身，无法选择降生的家庭，无法选择一个健康的父亲还是生病的父亲。

他只能咬着牙面对，不能软弱，不能后退，不能回头。

他的人生，只有一个出口。

听不到儿子的回答，秦升平果然越来越激动，他用力晃动着儿子的手，混浊的唾沫星子喷飞到儿子的脸上。

"你是我儿子，为什么你也不想我好？你们一个个都想着我死是不是？我没用，我是个病鬼，我不会赚钱，我花光了家里的钱，你们就想要我死是不是？你们没有良心！"

在厨房做饭的老人听到儿子的咆哮，忙不迭地跑进屋来，看到病如鬼的儿子正抓着站在床边的孙子喊叫。

老人不知道发生了什么事，颤颤地上前劝解。

秦升平却已经红了眼，突然松开了秦桑的手，往后一仰，左手如枯骨般举起来抱住了自己的头，痛苦地嘶吼起来。

"好痛啊！好痛啊！救命……救命……救救我啊……老天爷……"

老人抹着泪手忙脚乱给秦升平找医院开的止痛药和止痛贴。

秦桑站在那里，虽然这五年已经经历了无数次这样的画面，然而每一次，都仍然像在炼狱中央。

他不知道挺过了这一关，他的人生还有什么不能面对。

他站在那里，接受凌迟。

秦升平的喊声渐渐如垂死的兽，嘶哑绝望，怨毒带血："李君你这个婊子，你去哪里了……你去找野男人了……你为什么不带我去美国治病……给我找药，给我找世界上最好的药……你这个婊子把钱拿出来……"

陪着儿子痛苦的老人不明就里，也开始跟着痛骂媳妇。

魔鬼的折磨下，软弱的人们似乎只有找到一个更弱小的对象进行欺凌，才能缓解他们对于不幸命运的耐受度。

"够了。"

在这鬼哭狼嚎的地狱里，秦桑冷静的声音，像一块冰砖，投进了父亲和爷爷奶奶的耳朵里。

"人终有一死，没有人有义务陪你一起死。所以，因为你们的恶毒，她再也不会回来了。"

Chapter

8

Hai Tang Hua
Wei Mian

路以宁写给秦桑的第八封信

（摘录）

嗨！秦桑。

最近，我犯了一些错误，冤枉了一个人。

有一个人，我原本以为他是个坏人，可是，几次接触后，却发现他其实是个挺不错的人。

习惯性思维和有色眼镜是多么可怕啊，先入为主的评价与判断，有可能会造成巨大的冤假错案呢。

我需要好好反省一下了。

现在我越来越觉得，人生不要那么急着下结论，许多事情，实在太复杂了。

就像我在某篇文章里看到的一句话：有时候，爱似箭，而恨却淬着蜜。

我需要学习和思考的，太多太多了。

祝我们都能少犯错。

——小七

窗外蝉鸣越来越聒噪时，路以宁忽然意识到夏天真正来临了。

天亮得越来越早，蚊子也越来越多。

凌晨五点，她被嗡嗡声扰了好梦，迷糊中摸着胳膊一数，鼓起五个小疙瘩，一时间痒得不行，不得不爬起来翻箱倒柜找花露水。

一番折腾下来，彻底没了睡意，她索性站在阳台上一边擦花露水，一边看这座城市慢慢苏醒。

朦朦胧胧的天光，笼罩在眼前，远方云层介乎于橘与蓝两种颜色之间。

楼下的凤凰木夏季开花，红而艳丽，像在晨雾中燃起一簇火苗。

日子如常过去，每日按时上学放学。

唯一掀起波浪的是教导主任饭后散步撞见一桩奇案。他在篮球场附近的空地上，发现一堆烧完了的烤炭和烧烤竹签。

一番推断下来，得出个显而易见的结论：昨天有人三更半夜来学校烧烤了！

"那么多吃夜宵喝啤酒的好去处，非要赶来玷污学校圣地寻求刺激，你们这些人存的什么心哪！而且多危险，有安全隐患知不知道！"

广播里正通报，抑扬顿挫掷地有声，唾沫快把话筒给淹了。

最后一句升华主题，非常语重心长："同学们，学校是我家，爱护靠大家！"

学校一时半会儿还破不了案，找不出幕后真凶，但卫生得要人打扫。好巧不巧，那一片划分在了12班的包干区内。

路以宁作为班长，一马当先，肩负大任。

得再喊个帮手，除了花蕾，也没人心甘情愿地跟她出去"历劫"。

花蕾踩着香樟树影，跟在路以宁身后叨叨："大中午的，愿意跟你一起扛着扫帚迎接烈日的炙烤，乖女儿，这是怎样感天动地的母女情深？"

路以宁请她喝汽水，这回是青柠味的，瓶盖也给她拧开。

"你该给我读首赞歌。"花蕾说。

路以宁满足她，酝酿好了情绪才开口："大堰河，是我的保姆。她的名字就是生她的村庄的名字，她是童养媳……"

花蕾脚下绊住一颗石头："我去！"

"跟艾青爷爷道个歉，我没有冒犯的意思。"路以宁深褐色的眼瞳里映着花蕾缩小的脸，语气郑重，"纯粹是为了应景。"

花蕾看她一脸淡定，嚷着好气好气。

整座学校，除了溜出来打篮球的学生，没别人在外边晃荡了，路以宁和花蕾算特殊情况。

她们赶到第一案发现场，满地狼藉，垃圾比想象中还要多。

这工作量可不小。

好在空地旁边有绿树遮挡，树影浮动，不至于让打扫的人完全曝晒在太阳底下。

"看来昨晚这里举行了一场盛宴啊。"路以宁感叹。

花蕾踢开脚边的塑料杯，里面还盛着少许残留的透明液体，不知道是雪碧还是二锅头。

她点了点数量："一，二，三……就三个人，这么多烧烤签，估计得吃撑了吧。不知道会不会消化不良？"

路以宁说："这你就别操心了。"

两人开始干活儿，不一会儿，汗珠就从额角冒了出来，一路滚过脖子。

耳边夏日里的蝉鸣声起伏不断，没个停歇。

一只青色的大螳螂停在修剪平整的矮冬青上，硕大的眼珠子似乎在瞅着她们。

见旁边也没其他人在，花蕾苦中作乐唱起了改编版《童年》："操场边的香樟上，知了在声声叫着夏天。矮墩墩的冬青上，有只螳螂停在上面……"

路以宁专程找碴儿："劳烦你录下来自己听听，看看有一个字在调上吗？"

"话筒给你，你唱。"

花蕾拿起台阶上的汽水瓶，举到她嘴边，赶鸭子上架："谁不唱谁尿。"

路以宁其实也五音不全，但她自以为比花蕾稍微好点儿，反正在好朋友面前不要脸，面子包袱都可以暂时卸一卸，于是不认尿，接着花蕾的那句往下唱："黑板上老师的粉笔还在拼命叽叽喳喳写个不停……"

开头的"黑"字，声调上扬，拉出一个怪怪的类似鸭子被掐了脖子的声音。

都怪自己一个不慎，调起得太高，路以宁差点儿没喘过气。

花蕾哈哈大笑，路以宁自己也红着脖子笑了。

可是，竟然还有一阵突兀的笑声横插进来，不属于她俩，是个男生的音色。

路以宁一惊，回头，隔着一个花坛的殷红月季，她跟易千树两两对望。

一个乐不可支笑容张狂，一个脸上的表情凝固僵硬了。

易千树是从旁边篮球场过来的，看到路以宁在打扫，就停下来瞅了几眼。

结果不知道已经当了多久的听众。

他淋漓尽致地打过一场球，浑身是汗，太阳底下星眸灿烂，盛满了戏谑。

此刻他直勾勾盯着路以宁，特别没诚意地夸奖了一句："真好听——"

路以宁恨不得挖个地洞钻进去，或者找块豆腐撞死算了。

她居然没注意到附近有人！

又想起之前在秀溪，与他打了两回照面，次次囧到不行。

她想问天问大地，这人是不是命中注定跟她八字不合。

易千树从花坛的一侧绕过来，借树乘凉，手里的矿泉水灌下去半瓶，没听见路以宁的声音了，还一脸挺遗憾的表情："咦，怎么不继续唱了，路以宁同学？"

他早已牢牢记住了她的名字，其中王昆功不可没。

樱之谷回程的大巴车上，王昆那通解释让人想忘也忘不掉："大马路的'路'，可以的'以'，苏宁电器的'宁'。"

串起来一句话，老子叉腰站在大马路上可以看见苏宁电器。

当时易千树还怼王昆："苏宁电器给你广告费了吗，老带它出场？"

不过这个很有画面感的解释，让他从此在看到路以宁的时候，脑海里都自动浮现出一个漫画Q版的路以宁叉着腰站在大马路上的画面，每次都能开心上半天。

不知不觉，竟把这个反差萌的班长当成他秘密的开心果了。

路以宁可不知道她对于易千树竟然有了这般特殊意义。

如果知道了，大概会想和易千树拼命。

此时有易千树在，路以宁不打算吭声了。她默默给自己打气，无论他说什么，她一概不理。

花蕾的目光在两人之间流转，识趣地配合路以宁噤声不语，甩了甩手中特大号的黑色垃圾袋。

袋子兜风膨胀，张开大口，路以宁迅速把扫好的垃圾七七八八倒进去。

枝条垂到眼前来，易千树随手扯了片墨绿的树叶，语气依旧很放松："喂，你怎么这么没礼貌，跟你说话呢。"

这要放在平常，女生捧着巧克力送到眼前来了，他也就睥睨一眼，拽着书包侧身越过走人。

他做事全凭心情，自己舒坦就行，没个准则。

现在路以宁不搭理人，但他乐意，偏生要自讨没趣凑上来。

而且一点都不觉得尴尬。

真是一个我行我素的人。

易千树踩在花坛上，居高临下，衣服上一团零落的树影。

"路以宁，还活着就吱个声。"

希望这世间,

有人与她分享这份心动,

却又害怕有人发现这份心动。

路以宁抬胳膊擦了擦汗，声音故作冷漠："你真吵。"

易千树哪壶不开提哪壶，戳人痛处："你唱歌我也没嫌你吵啊。"举起喝完了的空水瓶投篮，掷向黑色垃圾袋。

歪了，空瓶落在地上滚了滚。

路以宁觉得，这人是真的欠揍，严肃道："捡起来。"

"不捡。"易千树看到路以宁有点生气了，恶趣味地觉得甚好。

"你扔的，自己捡起来。"

"不捡。"就逗她。

一来一回，像俩小学生吵架。

路以宁气到炸毛，又拿他毫无办法，被逼得急了，口不择言憋出一句："我记你名字，告诉老师。"

她居然说去告状，小学三年级之前的班干部才玩这样的把戏好吗？

易千树笑到喝水都要呛肺："哈哈哈……大家都是九年制义务教育，为什么你如此优秀……"

花蕾在一旁看得右眼皮直跳，老有种不祥的预感，怕这两人能打起来。

她平时咋没发现易校草嘴这么欠这么无赖呢？

明明所有女生公认的，易校草是个高冷的人啊？

连校花许音音那般对他与众不同，也没见他多几个暖和脸色过。

这么和以宁杠上了，怕是中了什么邪哦。

再说，如果打架，双方实在实力悬殊，鸡蛋碰石头的感觉。

她就这么想着，路以宁还真径直朝易千树走了过去，手攥成拳头。

易千树大概没料到还有这出，有些讶然地望着路以宁。

这种心情好比华山论剑，无门无派的小虾米突然冒出来好像还要亮大招，他是不是该拭目以待？

路以宁在他的跟前站定，绷着张白皙小脸，紧蹙着眉。

天际浮云飘移，飞来只短嘴斑鸠落在花坛上。

易千树的目光锁定路以宁，防备她突然出手，就在怔然间，只见路以宁俯下身，拾起一块茶碗大的纸屑。

又往回走了！

压根儿就没有大招，这个屃货不过是到他面前捡个垃圾！

花蕾差点要大喊因为你太丢人所以我们绝交吧，可是说时迟那时快，原本站得好好的易千树，突然像一只矫健的豹子一般，身形毫无预兆地一闪，扑向了路以宁！

花蕾来不及惊叫出声。

路以宁只察觉到一阵少年炽热的气息突然贴住了她的后背，那温度仿佛是骄阳滚烫的余温。

她来不及转身，就被易千树握住了胳膊往边上一转。

整个动作一气呵成。

然而下一秒，就听到一声闷哼，身后的人仿佛失去了平衡。

路以宁吃惊地回过身，发现易千树已经倒在了地上，一只闯了祸的篮球正骨碌碌地朝旁边滚去。

他竟然替她挡了这一下飞来横祸……

02.她多无辜，被父子俩的怒火波及，一句话杀人于无形，把她贬到地底。

八组八号的座位暂时空了。

易千树摔断了锁骨，情况严重到需要动手术，已经去住院了。

路以宁擦完黑板站在讲台上，瞥见后排的那个角落，多少有点内疚。

这几天发的试卷和资料她都留了一份，按科目整理好，拿订书机一订，给易千树放进抽屉里。

他课桌上摊着本化学书，书下压着习题册的一角，最后两道填空题露了出来。

路以宁看了看，字迹虽然缭乱，但答案是正确的。

可见他上课也学了点东西，并不完全是在混日子。

下午最后一节体育课，路以宁跟老师请好假，搭车去医院。

病房号是从王昆那里打听来的，她考虑了许久，觉得自己应该跑一趟，否则良心难安。

不好空手去，就在路边买了一束马蹄莲。

病房里，易千树正半躺在床上，白色的三角巾悬吊着左手胳膊固定在胸前。

为了促进锁骨骨骼愈合，左半边肩膀被桎梏住了不能动。

前方是一台电脑，正在放游戏直播。

路以宁敲门进去，就听见一连串的"推塔推塔推塔"。

一抬眼看见来人和她捧在胸前的花，易千树挑眉，表情还挺意外。

路以宁束手束脚地站在床边，酝酿措辞："我……我来看看你。"

"哦。"

"你还好吧？"

"非常不好。"

好家伙，他就是这般有本事，三两句话就能把天聊死。

易千树见路以宁一脸苦大仇深的样儿，没端住，先笑了出来："你内疚个什么劲啊。"

怎么一看到她，他就自动回到小时候的样子，净想逗她急逗她气呢？

也是有趣得很。

他觉得，摔跤这事是他自己倒霉，不赖路以宁。

是他出于本能反应，替她挡了下球，纯属自愿，所以他之前也没想过路以宁会来医院看他。

不过她来了，他发现自己也挺高兴。

路以宁忽然觉得，这人看着比之前顺眼多了。

床头柜上有个空的广口玻璃瓶，瓶身泛着浅浅的薄荷绿，上头扣着木塞盖。

路以宁问："这是干什么用的？能拿来插花吗？"

易千树看了一眼："好像我妈喝的美容酵素，没用了。"

"那我把花插上。对了，阿姨人呢？"

"去超市买东西了，待会儿就回来。"

空调的温度调得很低，置物架上放着台加湿器，喷薄出轻盈的白色水雾。

窗帘拉开了一半，夕阳透过玻璃漫进来。

路以宁拿瓶盛了三分之一的清水，把马蹄莲放进去，刚刚好。

白色的素净花朵，映衬着绿色的透明瓶子，花瓣上晶莹的水珠未干，有一种格外清新的氧气感。

"你怎么会想给我送花的？"易千树的目光已经离开了游戏直播，看着她忙活。

"本来想买水果的，但看着都不新鲜了。"路以宁说，"又刚好看见路边有卖花的，就直接买了。"

她这自然的口气，颇有几分贤妻良母的味道呢。

易千树被自己脑袋里突然蹦出来的这个想法吓了一跳。

"还挺好看。"

路以宁觉得有些受宠若惊，觉得从易千树的嘴里听一句好话可不容易。

没高兴过两秒，易千树话锋一转："既然来了，你帮我个忙吧。"

原来是有所求。

"你说。"只要不太过分的，路以宁都能答应，毕竟她心里还是觉得欠了易千树一次。

易千树想了想，似乎在犹豫："你先答应再说。"

"哪能这样啊。"路以宁心里开始打鼓，怕被他坑。

电脑上亮起硕大的时钟屏保，易千树一看，心里估摸着时间差不多了，人应该快到了。

"我爸马上就要来了，你待在这里别出声就成，无论听见我说什么，都不许反驳拆我的台。"

"就这个？"

"就这点小忙。"

话音未落，易峥嵘已经从外面推门进来，他身形高大，走路粗犷，倒像携着一阵风。

路以宁主动跟人打招呼："叔叔好。"

易峥嵘看向她："千树的同学？"

"是我女朋友。"易千树抢先开了口。

路以宁心头一撞，被他惊掉了下巴，刚想发出疑问句，却想起刚才答应他的，于是什么话都不说，默默退在旁边。脑袋里却被满满的问号占满了。

奇怪，这俩人不是父子吗?

怎么随着易峥嵘的到来，病房里霎时变得剑拔弩张气氛紧张呢。

"你再说一遍?"看着儿子的表情，一股火直往易峥嵘脑门上冲。

易千树一笑，毫无畏惧地挑战父亲的权威，复述道: "向你介绍下，她是我女朋友。"

"老子交钱让你上学读书，是让你考个好大学……"易峥嵘怒不可遏，"你学人家早恋?"

易千树存心要给他找不痛快: "你上次找的小女朋友，就青城技校那个，也大不了我们几岁，你怎么不说耽误人家学习?"

这是完完全全地撕破了脸，不给对方留一丝一毫的余地。话都摊到明面上来讲，有多难堪，有多困窘，都得受着。

偏偏叫人无法辩驳，因为他说的，就是事实。

易峥嵘猛地伸手抓住窗台上装了水的花瓶，就想往病床上砸。

瓶子被他高高举起，白色的马蹄莲掉落了几枝，清水荡了荡，洒出一半。

易千树却自始至终看着他，没有要躲开的迹象。

那一双像极了母亲的漂亮眼睛寂静无声，透着倔强和不屈。

易峥嵘扬起的那只手，顿了又顿，最终还是颓丧地垂下。

他一手撑在身后的置物架上，似乎想要把身体的大部分重量转移过去，好让他能轻松点、舒坦点，语气是极度愤慨过后的迅速消沉，声音陡然变低：“你会找个跛子？你就是为了气老子，老子才不上你的当！”

他知道易千树一向眼高于顶，挑剔、苛求。

话里暗含的另一层意思，是指路以宁不够格，易千树还看不上。

路以宁一直静静听着、看着，她背对身后橙红的夕阳，心中五味杂陈。

她多无辜，被父子俩的怒火波及，一句话杀人于无形，把她贬到地底。

身体的残疾，是儿时不懂事留下的永远烙印。这些年，她努力让自己方方面面都变得更优秀一点，更懂事一点，也许潜意识里，就是特别害怕给人机会说出这个词：跛子。

她用优秀的成绩和完美的表现几乎给自己建了一个安全圈，安全得令她几乎忘记了自己的残疾。

然而，稍稍疏忽，到了外面的世界，一个小小的破口处，她就听到了真实的声音。

直到易峥嵘被气走了，摔门离开，她也没能把头抬起来。

地上的马蹄莲被皮鞋蹍压而过，白色而纯洁的花朵疲软地躺在一摊水渍中，仿佛很短的时间内迅速枯萎了。

只剩下两个人的病房里，又恢复了安静。

易千树渐渐从跟易峥嵘对峙的激烈情绪中抽离出来。

他看见后脑勺抵着窗户玻璃站着的路以宁，后知后觉地意识到，刚才那番对话里，她被他们父子俩莫名牵扯进来，好像受到了某种意外的伤害。

易峥嵘的那句"跛子"，还在耳边没散。

"原来……你的腿有问题啊……"这话易千树只说到一半，如同鱼刺卡喉。

很少有这样一刻，他变得笨嘴拙舌。

人变得敏感的时候，就好像刺猬竖起了全部的刺。

就连一丝微风掠过，也能清楚地感觉到那搔刮而过的疼痛。

这就是所谓的，人胆小起来，连触碰棉花都会受伤。

譬如此刻，易千树话里的意思是歉疚，而路以宁捕捉到的却是讽刺和嘲弄。

她眼眶一阵发痒，但忍着没揉。

她努力瞪大眼睛，目光的焦点却并没有落在易千树脸上。

她整个人被落日的余晖包裹着，镀上一层光晕，轮廓温柔，说出口的话却锋利带刺："欺负残疾人，很有本事哦？"

易千树噎住。

他觉得十分冤枉。

但是，随手拿她做武器来刺激父亲，又的确是他做的事，这样想来，他也不那么冤枉。

总之，一时间他竟然不知道该怎么自辩。

他之前是真的没有发现她有腿疾。

一来他盯着路以宁的时间也不多，几次正面交集，她不是坐着就是慢慢地小走几步，他也没往那方面想；二来他一向和班上同学没什么交往，因此也没听同学聊起过。

　　想来她这个腿疾，应该不是太明显的那种，所以容易遮掩。

　　难怪她常年穿着长裙，他还以为那是文艺少女病。

　　路以宁想来一直认真掩饰着，谁知道易峥嵘这个久经商场的老东西眼睛是真毒，路以宁在他面前只走了几步，竟就叫他一眼看出来。

　　这样说来，这老东西虽然好色荒淫，这些年能发财，也是有他的钻营之术的。自己还是太嫩了点，难怪对他只能玩这种幼稚把戏，其实是无可奈何。

　　这样想想，就更令人窝火而泄气了。

　　"我真不是故意的。"

　　"……"

　　"我根本不知道……不知道你的腿有问题。我真没看出来。"

　　"……"

　　"我就是想气一下我爸，如果是其他女同学在，也一样请她们帮忙，真不是故意利用你。"

　　"……"

　　路以宁一个字都不信，反倒越听越生气："你无耻！"

　　不小心被牵扯到的左肩传来阵痛，易千树疼得闷哼一声，顿时也没了耐心再解释："算了，爱信不信！自卑的人就是喜欢疑神疑鬼。"

03.易千树，其实是一个非常温暖善良的人。

放学后，许音音来医院看易千树。

才走到走廊上，就看见路以宁从病房里冲出来，眼睛通红，像是哭了。

许音音连忙追了上去。

还有几个中年人一同在等电梯，路以宁站在队尾，看着显示屏上跳动的红色数字，不断上升，又堪堪在下一楼停住。

许音音赶快赶过去唤路以宁，她小心地柔声问："你怎么啦？"

路以宁见是许音音，不自觉地吸了一下鼻子，低垂了头。

她知道自己现在很狼狈，最好背过身去找个没人的角落蹲着，放声哭一场，女孩儿的心思总如此敏感又脆弱。

可这一秒钟里，积压在她心头的更多是对易千树的怨怒，一时抵不过倾诉的欲望。

许音音把路以宁拉到走廊边的窗口，又追问她。

路以宁便把易千树用她的残疾侮辱她的事噼里啪啦说了出来。

但是内心深处，却还有一个小小的声音，似乎怀着某种期望，期望有人告诉她，真的是她小心眼，误会了易千树。

她其实是无法接受易千树是那样有心机又恶毒的人的。

　　许音音听完，立刻笃定地说："这一定是个误会。"
　　路以宁吸着鼻子瞅着她，心里却莫名地松了一下。
　　"我很喜欢他。"许音音突然没头没尾说了一句话，让路以宁的眼泪唰地全止住了，她愕然地看着许音音。
　　许音音像是突然冲动下脱口而出，又像是积压了许久的秘密，终于找到了一个不顾一切释放出口的机会。
　　"我喜欢他很久了，从小到大都喜欢。"从第一句的冲口而出，到下一句的语调渐低，许音音的眼睛，柔柔地望向自己的脚尖。
　　美丽的发丝在耳边轻轻晃荡，洁白如瓷的肌肤和小小的透明耳垂，透着一种少女独有的纯洁与神圣。
　　一时间，路以宁忘记了自己的委屈，竟然屏住了呼吸。

　　在徽阳一中，许音音是公认的小女神。
　　她美貌动人，性情温顺，成绩也不错。钢琴在小学时便过了十级，近些年更是以极高的专业水平屡屡参加各种青少年国际比赛，拿了不少大奖。
　　她在大家心目中，就是神仙姐姐王语嫣那种级别的。
　　路以宁记得，上学期班级搞篝火晚会，大家兴致高昂地玩游戏，写出你觉得长相最好看的人的名字。
　　他们那组，围成一个圈席地而坐，里面一共七个男生，其中五个写了许音音的名字。

路以宁没有想到，这么受欢迎的许音音，竟然会喜欢完全不靠谱的易千树。

熊熊燃烧的八卦之魂将她那点委屈瞬间烤了个干净。

她忍不住好奇地问："你……你喜欢他？你真喜欢他？是因为他长得帅吗？"

可能她问得也太傻了一点，许音音一下子笑了出来，原本有点儿莫名忧伤的气氛一下子拨云见日。

"是吧，你也觉得他很帅吗？他真的很帅对吧？"谈起某个人，她眼中莹然有光，"这当然是一个原因啦，但是我喜欢他，不只是因为这个。"

许音音好像很开心终于找到了一个人，可以说出这些积压在心里很久很久的话。

她不知道为什么那个人是路以宁。

明明她们平日里交集也很少。

但是莫名地，她对路以宁有一种安心。

而且，这些话，她真的在心里关了太久了，仿佛一颗种子，经过了寒冬，来到了春天湿润的土壤，那么迫切地想要发芽。

"我跟他小时候是邻居，我们就住在同一栋。我三岁起就开始学钢琴，别的孩子在玩耍的时候，我天天被逼着练琴。我家里管得很严，那么小的时候，每天要练近十个小时的钢琴，手指都弹破了，也不能停。更痛苦的是，这样的我，没有玩伴，没有一个孩子正常的童年，只有自己孤零零的一个人……

因为，我的父母非常凶，院里没有孩子敢来找我玩。只有他，易千树，他胆子特别大，他一点也不怕我爸妈，他总是能想到各种方法满不在乎地避开他们来找我玩，给我带各种各样孩子们之间的小玩具小礼物。那时，他是我童年里唯一一每天都在期盼出现的人。"

几乎没有任何停顿，这些话或许已经在她心里重复了千遍万遍，那么自然地一气呵成。

带着骄傲和满足。

她终于告诉别人了，终于有人听到她的心声了。

是的，易千树，那个别人眼里的坏小子，是她的英雄。

他是一个温暖的勇敢地拯救了她的像骑士一样的英雄。

"易千树，其实是一个非常温暖善良的人。"

路以宁几乎听呆了。

她立刻相信了许音音的话。

少女眼里那神圣坚定的光不会说谎。

"温暖"这个词，常被用来形容阳春三月的风，初秋时分的太阳，暮冬里的红泥小火炉和炉上烫好的酒。

然而许音音，用它来形容易千树。

但是，想到易千树在篮球飞过来的时候下意识地护在她面前的举动，路以宁问自己，一个人深思熟虑过的事可以伪装，下意识的事怎么伪装？

路以宁啊路以宁，亏你一向以聪明自夸，其实，你还不如许音音。

你是一个只看表象的笨蛋。

华灯初上，路以宁失神地走出医院，她站在岔路口犹豫不决。

前方红绿灯已经调转了几轮。

黄昏时分闷热的风吹来，胸腔里好像堵着一团棉花。连续两三辆摩的停下来，问她走不走，她摇头，终于下定决心般转身往回走。

去道歉吧。

她误会他了。

知道错了就要道歉，她路以宁腿有残疾，可心是健康的。

路以宁再次站到了易千树的病房门前。

许音音前脚刚走，外出的程瑾就回来了，拎回来许多零碎的生活用品和营养品，架子上桌子上都堆满了。

是程瑾先发现的站在门口的路以宁，疑惑地问她："你是……"

路以宁装得好像第一次来，一秒钟编好了借口："阿姨好，我是易千树的同学，来给他送学习资料。"

程瑾赶紧让她坐，给她倒水，又问她吃不吃樱桃。

洗手间里传来哗哗的流水声，程瑾去洗水果了。

易千树自她重新出现，就一直没出声。他靠在床头听歌，表情平静得像刚才什么事都没有发生。

这人安静下来的时候，在这雪白的病房里，真是如漫画美少年一样好看动人。

路以宁蹭到易千树的床边，嘴唇抿了又抿，到底还是有点不敢正视他。

易千树看着她的样子，心微微软了软，觉得有点好笑。

内心里默默叹了一口气，他右手摘下一侧的耳机，决定还是给她搭个梯子，于是漫不经心地问："又来和我吵架？"

路以宁赶快看了看洗手间，程瑾还没出来，她抓紧时间，声如蚊呐："对不起。"

易千树支起耳朵："我没听错吧？"

"没。"

"那你说说，你错哪儿了？"易千树兴趣又上来了，他压低了分贝，逮住机会了，好好为难为难她。

背着家长，双方窃窃私语，颇有点军营帐中雨夜挑灯密谋的架势。

路以宁抓紧时间剖析自己灵魂："我觉得我刚才不该那样骂你，确实是自卑让我太敏感了。我相信你了，你开始不知道我的腿有问题。"

最后，她还想努力扳回一城："虽然……我骂了你，但还是帮了你的忙，咱们之间算扯平了。"

易千树听得笑眯眯的，真像是温暖的小太阳："行，够深刻，那咱俩扯平了。"

路以宁看着易千树的笑容，心里一下子暖洋洋的，说不出来的轻松舒适。

这个人啊，真的有一种魔力呢。

难怪女神许音音都那么喜欢他。

不过，他知不知道许音音喜欢他呢？

应该知道吧，毕竟他对她那么好，又是一起长大的啊。

那他也那么喜欢许音音吗？

废话，这世界上哪有男人会不喜欢许音音那样完美的姑娘呢？

一念至此，路以宁未曾发现，自己的心里竟又隐隐地酸了一下。

她把自己胃里的不适归结为晚餐吃晚了。

这时，程瑾端着一盘晶莹剔透的樱桃出来了。

大樱桃个个殷红饱满，红得发紫，紫得近黑，挂着小水珠，简直诱人极了。

程瑾热情地招呼路以宁："同学，快来尝尝。"

Chapter

王昆的内心独白

我喜欢许音音。

我知道，许音音是很多男生心中的女神。可是，我觉得我是不一样的。我想照顾她一辈子。

我看不起那些男生，他们不过贪图她的美貌，成天叽叽喳喳起哄，却不敢有任何行动，最多买朵玫瑰写个情书送一送。

那根本不是她想要的。

包括易千树，他根本不懂许音音的心。

他不配拥有许音音，他照顾不好她，他是一个狂妄自大自以为是的浑蛋，但是许音音心里有他。

我要做的，是把他从许音音心里平安移开。

只有腾出了位置，我才有机会进入。哪怕暂时她不接受我，没关系，她心里的房子，先要腾空。

所以，我先和易千树成了朋友，他最信任的那种。

然后用他们最无法察觉的方式，给他们的关系里，撒下了一点点刺。

一次两次，许音音不是一个坚强的女孩儿，她所有的坚强都用来练琴了，剩下的，都是柔软无助和脆弱，她怕疼，怕得要命。

所以只要轻轻地疼几次，她就会退缩，就会开始后退，准备放弃。

而易千树，他那个骄傲到愚蠢的个性，他根本不会解释，不会去追。

一切如我所愿。

当许音音哭泣的脸被我捧入掌心，拥入怀中时，我知道，我成功了。

剩下的，只要耐心，只要坚持，岁月漫长，我可以用一生去走进她的心房。

我知道我对易千树够卑鄙，但是，我不后悔。

因为我可以失去易千树这个朋友，但是，我怕错过许音音，这一生我再也遇不到这么好的女孩儿。

她美好到让我想要把命都献给她。

真的，我不后悔。

易千树出院回学校上课。

医生嘱咐了，左肩仍要固定，绷带不能松。每天用冰块冰敷患处，减少疼痛。练习左手抓空握拳，一次十组，锻炼手臂肌肉。

均衡营养，多吃果蔬谷物和鱼。

他记了个大概，程瑾还特地拿手机录音，求医生再详细说一遍。

其间外婆来过一趟，易千树单手抱着老太太说，达令我可真是想死你了。这样亲昵的话他对着父母从来说不出口，到了外婆这边张嘴就来，蜂蜜罐都没他甜。

外婆照顾了他一天，见这小子活蹦乱跳的还能耍嘴皮子，没住几日又回秀溪了。

返校第一天，易千树就收到来自各方的慰问。

本班的、外班的都爱朝他瞅两眼，看他脖子上悬一块三角巾吊着手臂身残志坚，单手拎书包，单手拧瓶盖，成了独臂侠。

学姐们跨越楼层而来，主要盯脸，发现还是帅得一塌糊涂，那么问题不大。

易千树把塞课桌里的试卷一起拔出来，四处找笔，没往窗外瞥一眼，恨不得去服装市场扯块布过来挂着当帘子，遮住让人看不着。

王昆笑话他："你又不是大姑娘，还怕人看？"

"烦。"面前一摞要写的卷子，要背的课文，让他烦上加烦，"再看我要收费了。"

王昆幸灾乐祸："主要是外班有人造谣，说你摔到脸毁容了。所以你的暗恋者们都想亲自过来看看，到底毁没毁。你这张脸多招人惦记啊，大家可操心了。"

"谁嘴这么欠？"

"不知道。"

"啧！"易千树又翻了一遍课桌，"喂，我笔找不到了。"学渣总共也就这么一支笔，非常重要，书包里没备用的。

王昆说："别找了，暗物质空间。"

"什么玩意儿？"易千树皱眉。

"当一个东西丢了，无论你怎么找也找不着，它其实就是掉进暗物质空间里了，等几天自然会出来。到时候你不用找，它自动出现，就躺你眼皮子底下。"

"玄学。"

王昆把自己的扔给他："先用着。"

"你还有第二支？"易千树奇怪地问。

"没有。"王昆指指八组六号，路以宁的座位，"我跟学霸借，学霸不缺笔。"

说曹操，曹操到。

路以宁抱着一沓作业本回了教室，绕过讲台边正在掰手腕的两个男生，按小组依次把本子发了下去，顺带给易千树带了句话："黄老师叫你去趟办公室。"

"犯事了？"王昆讶然，"这才回来第一天啊。"

易千树右手给了他一拳头："你能不能想我点好？"

路以宁说："好像是文理分科的事情，咱们班其他同学的分科意向表都已经填好交上去了，只有你因为住院耽搁了。"

"我知道了。"老黄之前打电话给程瑾，说了这个事。

正说着，空气里隐隐约约飘来一阵香甜的气息，路以宁的鼻子敏锐地捕捉到了。

"请你们吃饼干，我自己做的。"许音音抱一盒蔓越莓曲奇过来，分量不多，原本只是给易千树准备的，见大家都在，只得一起吃。

"谢了啊。"

王昆手贼快，抢先一把抓过吃进嘴里，接着问易千树："那你选文还是选理？"

"理。"言简意赅一个字，没有犹豫，看样子事先已经做好了决定。

许音音的美眸中掠过一丝不易觉察的黯然，答案在她的意料之中，却遏制不住那点儿微末的失落情绪，涟漪一样在心湖上扩散开来。

她当然是选文，而他选理，那么之后，便是上课时偷偷看一眼，也不能够了。

王昆轻拍易千树的右肩："嘿，哥们儿，我选了文，以后去理科班叫你出来打球。"

他说完看向许音音，有明知故问的嫌疑："女神，你选了什么？"

"文科。"许音音回答的声音很轻。

口中的曲奇嚼起来酥且脆，渐渐地，却在舌苔上泛起一点苦涩。

易千树推开椅子站起来，朝他们摆摆右手，去了办公室。

路以宁回到自己的座位上，想想不久之后就要到来的高二，忽然觉得时光飞逝。

她现在还能回想起去年夏天刚刚踏入一中校门的情形，高挂的迎新横幅，摇曳的香樟树影，历历在目。

一旦高二来临，到时候将会是一个新的开始，也将面临更大的压力。

更何况，她选择了理科。

老师办公室里，易千树边跟老黄聊天边把分科意向表填了，毫不拖泥带水。

面前是台式电脑，宽大的显示屏映着师生二人的脸，一个年少清隽，一个已到中年微微发福。

老黄吞了颗降血压的药，桌上有学生给的核桃，拿起两颗盘了盘，一脸的感慨万千："岁月不饶人啊，想我年轻的时候……”

易千树顺溜往下接："你年轻的时候也帅不过我。"

"嘿，你小子……"怎么这么招打。

易千树笑了笑，把表格给他。

老黄从头到尾检查了一遍，又谈起他的成绩，苦口婆心一长串："易千树啊，把心思放到学习上来，抓点紧，高中三年一晃就过去了。不会的不懂的问老师，老师不在问同学，多向他们请教，路以宁、李斯他们几个成绩好的都靠谱……我现在说你可能听不太进去，但我还是要说，我是你班主任，得提醒你……"

易千树默默听着，并没有觉得烦。

易千树知道老黄为了这个班这群人费了多少心血，耗了多少感情。

每天有事没事过来教室巡逻转悠，但凡班上谁出点事他总能马上赶到，操心兔崽子们的学习成绩，还要留神他们的各种状况。

考试排名一落千丈的需要耐心开解帮着寻找退步原因，对于突然冒出的黑马给他加油打气。

老黄身上，大概就是许许多多个高中班主任的缩影。

"把你们这一届带到高三之后，我就不当班主任了，当班主任头发白得快，得少活几年。"老黄揶揄，"指不定高二高三你还撞我手里。"

易千树想了想，说："那挺好。"

老黄终究还是把手里的核桃捏碎，挑出核桃肉吃了，分点给易千树："吃了补脑。"

看易千树今天难得这么善良温顺的样儿，他不禁有点儿飘："怎么，小子，是不是舍不得我？觉得我当你班主任还挺好？"

易千树点了一下头。

"我也就想尽力带好一个班，肯定会有做得不太好的地方，多包涵，多包涵……你们也挺好的，单纯善良，是一群小可爱。"

"呕——"

易千树同学非常不给老师面子。

老黄煽情失败。

02.如果易千树他不能给许音音一个确定的幸福，为什么要占着这一席？

中午吃饭挤食堂，对易千树来说是个问题。

第一，他不能跑，上肢活动会引起伤口疼痛加剧。

第二，他没法挤，磕着碰着都是个麻烦。

所以，他非常明智地选择错开饭点，先去校医务室冰敷，完了再去吃饭。

校医务室新来的女医生叫钟灵，齐刘海，圆脸婴儿肥肉嘟嘟，每天化个淡妆来上班。

上个月刚满二十五岁，新恋情三个月，正处在跟男友蜜里调油的阶段。

易千树每次过去，都发现她便当盒里的菜式跟昨天的不一样。

男朋友的爱心便当，换着花样来，一星期不带重复的。

今天的是西兰花打底，烤肉和蟹棒摆成小房子，胡萝卜做烟囱加以点缀。

钟灵一边跟男友聊电话一边吃饭，甜甜蜜蜜。

易千树取了冰袋，熟练地裹一层纱布，自己上手冰敷左肩和锁骨处的皮肤。

钟灵分心扭头问他："需不需要帮忙？"

"不用。"易千树说。

钟灵移了移手机，喜滋滋地跟男友开玩笑："我们校草来了，超帅的。你要是对我不好，我分分钟移情别恋，投入他怀抱。"

被易千树听了一耳朵，他唇边挑起个轻笑，表示："不了不了，我不要。"

钟灵气得跳脚，电话那头的男友乐得拍桌。

医务室外是一道斜坡，斜坡背阴，长满了爬山虎。

有说话声从斜坡上传来，由远及近，穿篮球服的男生搀扶着他的队友进了医务室。

"钟医生，你快来看看，他摔了一跤！"

钟灵嚼两口咽下嘴里的米饭，利索地挂断电话跑过去。

没两分钟，又来了几个篮球队成员，平均海拔一米八五的大高个儿，在视觉上特别占空间，医务室里顿时显得拥挤嘈杂起来。

许音音端着饭盒在门外一愣，她来给易千树送午餐，没想到会有这么多人在。正赶上王昆也拎了盒牛奶过来送温暖，所有人都撞到一块儿了。

"这是？"王昆盯着许音音手上的米黄色饭盒。

"千树的午餐，他的手不方便。"二楼悬着的一块遮雨板正好替她挡太阳，她站在阴影中，单薄的小小的一团。

王昆被强劲的日光刺得眼睛微眯起来，视野中好像出现了蜉蝣一样的幻影，飘浮而过，又像上生物课时在显微镜下观察到的植物液泡。

他合了合眼睛，许音音已经进了医务室。

因为许音音的突然到来，室内的空气莫名静了一静。

又见她把手上的饭盒递给易千树，旁边几个篮球队的男生默契地拖长音调"哦"了一声，就连狠狠摔了一跤膝盖上磕出好大一个口子的那位，也暂时忘记疼痛，只顾跟着一块起哄。

在场的年龄最大的钟灵，作为过来人，脸上露出了意味深长的笑意。

王昆把手里的牛奶盒噗的一声戳出个洞，自己仰头灌了一口奶。

易千树问了一句："不是给我的？"

王昆坦然说："本来是给你的，看你这么爽，我突然就不爽了，想自己喝了。"

他说话的表情并不是平常带笑的样子，隐约压抑着什么。

易千树还没弄懂他话里的意思，又听见他问："易千树，女神和你到底是什么关系啊？"

他的语气带着一丝玩笑的意味，又带着几分执拗的认真："女神对你一个人这么好，说你俩不是一对，谁信啊？"

许音音脸庞染红，羞赧，局促，但没有逃跑。

也许不是最好的方式，可是，她想要一个答案。

易千树敏锐地察觉出了王昆此刻逼问的不妥。

他以为王昆是朋友，但王昆此刻，明显带着恶意。

王昆要把易千树逼上悬崖，然后二选一，要么王昆摔个粉碎，要么易千树自己跳下去。

其实，他算准了会是后者。

因为易千树是个少见的硬骨头。

硬到有点蠢有点迂。

可是，如果易千树他不能给许音音一个确定的幸福，为什么要占着这一席？

果然，沉默了几秒，耳边传来易千树语气冰冷的回答。

"我们不是一对。"

没有过告白，没有过确认，没有过正式的誓约，他们并不曾在一起。

而未来，谁也不知道。

这不是能够瞎调侃的话题。

他当然也知道，当着这么多起哄的人，回答出一个并不娱乐的答案，会是什么结果。

他再一次伤害了许音音的自尊心。

从上一次到这一次，都是王昆，把他们逼到这尴尬境地。

而以后，他和许音音，大约是做不成朋友了。

看热闹起哄的少年们自觉地闭上嘴，佯装无事发生过。

空气如预想中一样，忽然就充满了冻结的气息。

钟灵继续给人清洗包扎伤口。

伤员干咳了两声，小声叫了一句痛。

从窗口望去，外边的小坡，一片绿色汪洋。

许音音走了，没人能忽略她从身旁经过时发红的眼眶，微微颤抖的肩膀。

她知道易千树不会叫住她，也不会更改他的答案。

她想要的易千树，是像儿时一样，无视父母规则强权，想要来见她，就来见她的那个小英雄。

可她一直等不到。

其实，她这么急切，这么主动，她也问过为什么，为什么她不能等，等到易千树想清楚，等到易千树主动走过来，等到易千树没有一点犹豫。

后来她知道了，是因为害怕。

时间越久，她越害怕。不是易千树变了，也许易千树仍然是那个我行我素随心而至的少年，只是，他想去见的人，已经不是她许音音。

她怕易千树有一天发现这一点。

然后，她就被彻底地放弃，连主动退出的机会都没有。

许音音一边走，一边终于还是蓄不住泪，泪珠成串地流了下来。

她不知道在她的身后，刚刚离开的医务室里，易千树抡起拳头像一头眼里燃烧着烈焰的地狱黑豹一样，狠狠地砸向了王昆的脸。

03.并不是因为他俩同在一个班，而是她一直在刻意制造机会。

易千树揍王昆，结果他自己伤得比较严重，锁骨错位，再次进了医院。

他的主治医师恨不得揪住他的耳朵训一顿，头一回遇上这么不听话的病人，打人把自己弄进了医院，真能耐。

程瑾也问，你能不能让人省点心？

随大人们怎么说，他都闷着，也不哼一声痛。

再出院，赶上高考前夕，好巧不巧的是，围观了那一场高三年级发泄似的提前狂欢。

对面高三教学楼，每一层的走廊上都密不透风围满了人，不知道谁起的头，撕了一沓试卷往下撒。

随后，那些"雪"纷至沓来，许久没有停。

楼上都是下雪的人，第二个第三个……第几百个。

无数人喊着高考加油，声音震耳欲聋，有凌云壮志直冲九霄而去，惊飞孤鸿。

高一高二参与了一把加油打气，回到教室还得准备复习，应付自己的期末考。随着暑假越来越近，每个人心里也有了盼头。

座位又换过一次，易千树和王昆照旧固守班级后排，只不过一个仍在八组，一个去了三组，中间隔了好几号人。

事情发生后，他俩再也没有说过话。

易千树在学校里本来愿意说话的人就不多，以前王昆算是他最亲近的朋友，现在他索性彻底沉默，乐得清静。

结果和他说话最多的，最后排下来，居然是以前曾经形同陌路彼此严重看不顺眼的班长路以宁。

可见缘分轮流转。

许音音也没有再主动找过易千树说话。

他这才发现，原来他和许音音一直保持着儿时一样密切的联系，并不是因为他俩同在一个班，而是她一直在刻意制造机会。

比如现在，她不再刻意靠近他，他们之间，便经常连着几天，也难得正面遇到一次了。

人与人之间的联系，原本就是如此脆弱，所有的关系都需要经营。

他有一点明白了许音音对他的失望，却仍然提不起劲去挽回。

就在这样诡异的气氛里，易千树结束了高一，迎来了暑假。

将近五十天的假期，如果一直待在家里，指不定会跟易峥嵘打起来，于是，易千树在某天夜晚收拾好行李，第二天去了秀溪。

　　他在车上才给外婆打的电话，发现那头锣鼓喧天，他捂着一侧耳朵，问怎么了。

　　外婆的声音夹在一阵噼里啪啦的鞭炮声中。

　　老太太几乎用吼的回答小外孙子，说路家办酒，她在人家里帮忙，让易千树到了以后直接过去。

　　"杂货铺这家！门前有五棵柳树的这家！过两条巷子就是！"

　　老太太吼完，利索地把老人机挂断了。

　　易千树愣了愣，那不是路以宁她奶奶家吗？

　　踏上秀溪的青石板路，易千树给程瑾发短信报平安。

　　外婆家果然没人，他不假思索地挪开台阶上的第二盆茉莉，摸出钥匙开了门。行李包一放，便出去寻人。

　　踩着一路铺成红毯似的爆竹屑，呛了一鼻子的硝烟味。

　　杂货铺张灯结彩，檐下挂了灯笼，门上一副对联。

　　内容无外乎吉祥喜庆，百年好合。

　　老路家嫁女儿，在家办喜酒，当地人都来帮忙。

　　外婆选了个烧水沏茶的轻松活儿，易千树在杂货铺后院的葡萄架下找到了她。

　　只见一张刷了清漆的圆木桌，上面排兵布阵似的摆满了一次性纸杯，他家老太太正依次往里搁新鲜绿茶叶，跟地里播种撒菜籽差不多。

剩下两行停住，换成菊花甘草，夏天解暑。

再拎起烧水壶浇一遍，高温滚烫的细流缓缓注入杯中，蜷缩的茶叶舒展开变成喜人的碧绿，干瘪的花朵重新绽放成娇艳的金黄，在开水升起的小小白雾里，魔法般变得生机勃勃。

老太太这就算完工了。

渴了的人自己过来端一杯走，等这一桌差不多被喝完了，她又摆上新纸杯，再添一道水。

其余时间跟人唠嗑，悠闲得很。

易千树喊了一声外婆。

外婆看他来了，赶快递给他一杯菊花茶解暑，眼睛却直盯着他左边的锁骨，第一件事是问恢复得怎么样了。

"上星期五拆的绷带，可算不用吊着胳膊了。检查完医生说没有大问题，短时间内别做剧烈运动……"易千树托起左手前伸、上抬，"像这样，多活动关节就行，每天多锻炼。"

外婆稍微放心了。

周围都是人，择菜的、洗碗的、掌厨的，大多是易千树认识的，也有陌生面孔，看见他回秀溪了照旧要夸两句这孩子长得真高长得真俊。

外婆听了眯眯笑，得意都摆在脸上了，掏出兜里印着牡丹花的白底蓝边手帕给他擦擦汗。

"不去找你同学玩啊？"外婆问。

"同学？"

"路家的孙女，宁宁啊。"外婆说，"早上在这边吃面碰见了，我跟她还聊了几句。"

"你跟她有什么好聊的？"

外婆摇着蒲扇："听说她是你们班的班长，就跟她打听打听你的情况。"

易千树感觉不妙："她怎么说？"

"她说……你不太行。"

易千树被一口菊花茶噎住。

不太行？他哪里不太行？

这姑娘说话带不带智商的啊？

外婆帮他拍拍背，看笑话似的语气："人家说你呀，上课风都吹得倒，下课狗都追不到。"

易千树："……"

新娘子正午时分才露面，发喜糖，一群小孩儿凑上去看热闹，围着起哄。

点燃了礼花，在高空炸开，只是大白天的看不出缤纷的颜色，就光听着砰砰砰的响声。

易千树隔着几棵柳树发现了人群里的路以宁。

听说新娘子是她的堂姐，她今天穿得也很喜庆。

宽松的米白飘带衬衫，配上荷叶裙摆的红色半身裙，跟她奶奶站一块儿，两人正说说笑笑。

中午吃酒席，易千树在饭桌上被一个叔叔灌了杯啤酒，冰镇的，沁心凉，喝下去通体舒畅。

酒足饭饱之后，他想回去睡个午觉，还没跨过门槛就先碰上了路以宁的奶奶。

他脚步一滞，往后退了半步，主动打招呼："奶奶好。"

这是位面容慈祥和蔼但话不多的老人家，她也认得易千树，笑着应了一声后就准备赶去后院帮忙，但显然易千树跟她有话要聊。

"奶奶，我跟路以宁是同班同学。"

路奶奶一听，后面顺理成章就问起来："我们家宁宁平时在学校表现怎么样啊？"

"还行。"

"啊？"

"和我差不多。"

见路以宁的奶奶一脸迷茫，易千树满脸乖觉地补充道："一般情况下，她考试也就比我低那么几分，差得不多。您放心。"

"那你可要多帮帮她。"路奶奶果然拉起了他的手，"宁宁以前成绩不错的，肯定是高中的功课太难了。这孩子小时候被车撞过，可能反应慢点。"

易千树通体舒畅地"嗯嗯嗯"应答。

"客气，我俩互相帮助。"

外婆喜欢饭后一杯茶，多年来养成了习惯，改不了。她端着茶站在门后，全听见了。

回家的路上，外婆说："当年要是有你在，孟姜女也不会哭长城了。"

"嗯？"

"你脸皮比城墙厚啊，都能抵御外敌了。"外婆嚼了嚼茶叶，蒲扇顶在头上，"有你在，用不着把范喜良征去修长城，哪还有孟姜女哭的机会。"

易千树一手揽着老太太的肩膀："拐这么多个弯来骂我，为难您了。"

祖孙俩进了门，屋内一片阴凉。

蝉叫和鸟鸣声不断，窗外的百年老香樟撑开了大片树荫。

易千树听外婆的话，用湿毛巾擦了一遍凉席，躺下摊开双手双脚，占满整张床，全身变成个"大"字。

用了许多年的老风扇依旧坚挺，呼呼往外送风，吹飘了棉纱蚊帐。

易千树觉得很舒服，手机远远放在桌上"叮咚"了一声，他睡得迷迷糊糊，没去理。

这一觉足足睡满两个小时，易千树闭着眼从床上坐起来，穿上拖鞋，左右两只脚套反了，跟跄着往外走，仿佛成了不倒翁。

外婆在洗一对银镯子，易千树在她旁边的板凳上坐下来，忍不住嘟囔："睡久了，头疼。"

"坐着缓一缓。"

外婆起身，取出吊在井里的西瓜，抱着沉甸甸的。

手掌拍两下，嘭嘭嘭。

一刀劈开，鲜红的瓜瓤汁水四溢，再一块块切成半月状。

易千树啃着西瓜，慢慢醒着瞌睡。

在这儿总是肆无忌惮、随心所欲的，拖鞋硌脚，就甩了鞋赤脚踩在冰凉的地上。西瓜汁蹭脸上，挂下巴上，都无所谓。

还可以无聊到自己计数，看吃一块西瓜要多少秒。

吃完发一会儿愣，再拿起手机一看。

咦，QQ上有条通知，"宁静的小路"通过高一12班的班级群请求添加你为好友。

对方的备注上写着：我是路以宁。

易千树点击，同意添加。

对面立即发过来一条信息："你跟我奶奶乱说什么了？"

易千树没绷住笑，一个字一个字地回她："夸你和我一样优秀。"

"看什么笑得这么开心哪？"外婆吃完瓜继续洗手镯。

"跟一个傻子聊天。"易千树乐不可支地说。

"跟一个傻子聊天乐成这样，你说你傻不傻？"

易千树笑得打滚："没办法，我傻，谁让我智商随我外婆。"

外婆哼了一声，甩甩手上的水珠，拿遥控器把电视换到戏曲频道。

"有空多出去转转，散散心，你妈说你前段时间在家暮气沉沉，跟上了年岁的老头子一样。"

易千树闻言怔了一下。

"除了摔断了骨头，你前阵子还出了什么事？"外婆问。

别看老太太一把年纪了，可智慧都在白发里，她心里和明镜似的。

易千树头往后仰，看着白墙顶上裂出的一条细长的纹路，深深吐了一口气，胸腔往下沉，他笑不出来了。

良久，他回了一声："好像……跟朋友闹掰了。"

他说的是许音音。

至于王昆，他甚至不确定，对方有没有真的把他当成过朋友。

所以，那一阵易千树的情绪不好。

他又不是机器人，经历了那场风波，情绪能好才怪。

他以为程瑾没注意，没想到她都看在眼里。

她想问，怕易千树不说，嫌她烦。

在婚姻中长期处于弱势让她变得怯懦和谨慎，对待易峥嵘是如此，对待易千树也差不多。

隔着一层薄膜不肯捅穿，宁愿在背后劳心费神反复揣测，也没想过站到他面前来亲口问一句。

"我妈还有没有说别的什么？"

易千树问外婆："她跟我爸……"

"算了！"话讲到一半，不等外婆回答，他先自行截断，"不问了。"

Hai Tang Hua
Wei Mian

多年后，我们都幸福了
只是偶尔会有些遗憾
给我幸福的人
不是你

烟罗 ———— 著

YAN LUO
WORKS

海棠花未眠

下

贵州出版集团
贵州人民出版社

Chapter

—10—

Hai Tang Hua
Wei Mian

路以宁写给秦桑的第十三封信

（摘录）

嗨！秦桑。

暑假到来了，你在做什么呢？

我又回到了老家，虽然只有短短几日，却依然如每一次回去一样，充满了舒适与快乐。

这是一个美景独好的地方，也是一个民风淳朴的地方。我爱这里的小河，爱这里的垂杨柳，爱这里的晚风，也爱那些说着乡音笑容温暖的人们。

不知道你会不会喜欢这样的地方呢？岁月静好，时光悠长，好像可以无所事事地虚度每一天光阴。

你会觉得虚度光阴可耻吗？

不过，我居然在我的家乡遇到了同班的另一个同学，是个没脸没皮的家伙，他每天不是捉弄人，就是睡大觉。

我相信，他一定不会觉得虚度光阴可耻的。

想想，还真是羡慕他。

——小七

01. 奶奶，你别信他呀，他就是一不要脸的学渣！

夏日里的秀溪，迎来了一批前来写生的大学生。

路以宁正在河边喂野猫，碰到好几个背着画板、拎着工具箱四处游荡的年轻男女，前前后后逛过一圈，再挑个好位置纷纷支起画架。

路以宁面前在喂的这只猫，也不知道是哪家养的，体重明显超标，快赶得上一头小香猪。

黄白相间的毛茸茸身体"瘫"在地上，糨糊似的一团，懒洋洋地咬着路以宁刚给的小鱼干。

这是难得悠闲的几天假期，因为过来参加堂姐的婚礼多住了几晚，她明天就要回徽阳，还有各种暑期补习班要上。

一天时间就在这样放松状态里匆匆溜走，直到奶奶喊她回家吃饭。

"我不想回徽阳嘛。"路以宁抱着奶奶的胳膊。

奶奶笑着拆穿她："我看你是不想回去上补习班。"

饭桌上，爷爷也插了一句嘴："现在学习竞争厉害，尖子生多，落后就要挨打。"

路以宁垮下了脸。

奶奶给她夹一筷子红烧肉："多跟你同学交流，相互学习，听说易千树……"

一提这个名字，路以宁就爹毛："奶奶，你别信他呀，他就是一不要脸的学渣！"

奶奶看着孙女咬牙切齿的模样，就觉得好笑。

吃过晚饭后，天刚刚黑。

左邻右舍的老头儿老太太出来纳凉，人手一把蒲扇，为了不弄混，在扇柄上用剪刀歪歪斜斜地刻了一个姓氏。

路以宁晚上也想要出来转转。

碰上一群小孩儿在夜色里玩捉迷藏，一个穿蓝白条纹背心的小男孩站在廊下，捂着眼睛，正大声数到了十。

一群孩子朝四面八方散开。

路以宁看他们有的慌慌张张地躲在大门后，有的缩在柴堆后，还有的就比较牛了，三两下蹿上树，稳稳当当趴在树干上不动了。

十秒过后，还有年纪太小的找不到地方躲的，急得直哭，呜呜跑去乘凉的那堆人里找自己家爷爷奶奶，大人们一边看笑话一边哄着。

路以宁嘴角含着笑，缓缓散步，沿着巷子继续朝前。

走着走着，她的目光往旁边一瞥，发现相邻的两栋房之间开了一条狭长的窄缝，大约能容下一个人的宽度。

而地上恰好长出一丛低矮的灌木，挡在入口处。

路以宁听见一阵窸窸窣窣的动静，便伸头朝里探了探。

灌木丛后赫然蹲着一个人，挤在窄缝中，月光之下，路以宁恰恰与他四目相对。

今晚的月亮可真圆，少年头发丝上沾着的草屑都能看见。

易千树："嘘——"

路以宁："……"

易千树压低声音，朝她摆手："赶紧走，你站这里会暴露我的位置！"他个子大，可是好不容易躲进来的。

路以宁震惊："易千树你幼不幼稚啊，跟一群八九岁的孩子玩捉迷藏玩得这么起劲？"

少年一笑，神采飞扬："小爷乐意。"

那面容神情如此天真又耀眼，路以宁看得一滞，竟忘了当面向他兴师问罪。

窄缝的另一头临着岸边，野生的菌子和青苔在夜间疯狂生长。

河面碧波荡漾，白天在柳树下写生的几个学生雇了一艘乌篷船，船上摇橹的人，摇碎了跌落水面的月亮和两岸房屋的倒影。

美丽的秀溪，慢慢入眠了。

徽阳。

花蕾打暑假工的小饭馆晚上九点关门，关门后帮着老板娘
一块儿洗碗和打扫完卫生，她得将近十点才能下班。

她拎着两袋垃圾出门去扔，目光在路边的道行树下搜寻了
一圈，从正门往右边数到第七棵。

果然，许长阳就站在第七棵树下。

她说不用他接，他每天照旧来。

她前天来大姨妈脾气躁，尤其不耐烦，说让他走远点。

他就站得远了点，昨天是第六棵树，今天挪了几步到第七
棵树旁，果然很听话离她远了点。

她说是因为不想耽误他的学习时间，他就拿书过来，借路
灯的光背英语单词。

花蕾无可奈何地笑话他："你跟我演偶像剧呢？"

许长阳眼镜上折射着路灯的光，笑得有些不好意思，但又
十分坚持："你下班太晚了，一个人回家不安全。"

"明天如果你还是要来，可以进去坐着等，比站这里喂蚊
子舒服。"

许长阳挠挠手背上鼓起的包。

"再等我五分钟，进去洗个手就出来。"花蕾说。

"我不急，你慢慢来。"许长阳看她飞奔而去，地上拖

长的黑色影子也跟着雀跃不已，进门时仍忍不住回头，偷看一眼。

他冲她扬扬手，一个劲地笑。

他可真喜欢她，喜欢她喜欢到不知道该怎么对她再好一点。这种喜欢啊，跟数学最后一道大题最后一小问那样难解。

花蕾挎着帆布包从小饭馆出来，解开单车上的锁，把车推着走。

因为考虑到晚上下班以后已经赶不上最后一趟回家的公交车，她就每天骑单车早出晚归。

许长阳也有一辆小坐骑，靠在树下。

车铃铛上绑着一枝棕榈叶编织成的玫瑰，是花蕾许多天前弄的，叶子已经彻底失去水分变得干枯，他也没有扔。

路上行人已经不多，只剩下偶尔疾驰而过的车辆像一支拉满弓的箭，离弦而去，迅速消失在苍茫的夜色尽头。

两人骑着单车并排而行。

花蕾想象过，如果这时候只有她独自一人，她一定会飞快地踩着踏脚赶回家，如同背后有洪水猛兽在追，拼了吃奶的力气一头扎进路灯昏黄的光晕里。

而不是像现在这样，惬意地感受从河面吹过来的风。

偏头便能看见他的眼睛，说话有人回应，好像永远不会再害怕，所有遗落在晚风里的心情都能找到栖息之地。

尽管花蕾口是心非地拒绝过许多次，但她又觉得，能有一个人陪着自己，真是太幸福了。

而且这个人叫许长阳。

"累不累？"
"还好哇。"
"要不要跟我去个地方？"
"现在吗？"
"对，现在。"许长阳似乎有些迫不及待地说。

后来，在花蕾的印象中，她始终记得，那天他们骑单车爬了一个好长好长的坡。

渐渐地，道路越来越窄，两旁绿树密集幽深，像千寻误入了神隐之地。

最后一段路颠簸不平，他们把单车扔在草地里，徒步往上走。许长阳走在前面，领先了两步，回过头来去牵花蕾的手。

温热的掌心带着一点潮湿的汗意，牵引着她向前。

视线中，灌木竞相往后退去，直到眼前豁然开朗。
他们站在一处位置绝佳的高地上，能俯瞰到整座城市。
无数亮起的灯光如天际的星辰，在黑暗中闪烁，汇成一条银河。
如宇宙般辽阔旷远的宁静。
月光洒下，满城清辉。

走吧，亲爱的人哪，让我们一起冲破最深的夜色，去最远的未来。

Chapter

— 11 —

Lin Tang Hua
Wei Mian

许音音的内心独白

千树，你一定不敢相信吧？我居然和王昆在一起了。

其实他一直有在关心我，给我带早餐的牛奶，给我温好暖手宝，晚自习后远远跟着我，保护着我送我回家。

我很早以前就知道他喜欢我，从他还是你朋友的时候起，从你还毫无芥蒂地信任着他的时候起。

每个人都觉得我是一个不食人间烟火的纯洁女神，可是，千树啊，你一定知道吧，其实我是一个特别软弱没用还爱逃避的倒霉蛋。

当年，如果不是你一直在窗外陪着我，用尽各种方法给我打气，连弹钢琴这件唯一值得炫耀的事，我也是坚持不下来的。

我还特别敏感不自信，充满小心机。是的，我从来没有告诉过你，王昆没有你想象中的那么好，我也是。

我渴望你不给我退路地拥抱我、肯定我、赞美我，一生一世只会陪着我。

是的，我就是这样想的，我疯狂地这样渴望着。

可是，千树啊，你不会的，你不会这么做，我知道。

你从来都不是你表面上那般莽撞，你其实心思细腻，总在把前因后果细思量。

你只是不说出来。

所以，你一开始没有这样对我，以后，便也不会这样对我了。

　　因为，你不够喜欢我啊。

　　所以，我要逃走了。

　　对不起，千树，因为总有一天，你会发现，你的执拗是因为我在你心里没那么重要，而那时，你会头也不回地离开我，连朋友的位置，也许都不会再留给我吧？

　　所以，我先逃走了，王昆从来没有让我心动，但是，我总觉得，他不会离开我。

　　千树，你是阳光，而我，不是花朵。

01. 这种"朋友妻"也要欺的小人，人人得而揍之才对吧！

高二开学后不久，路以宁神奇地发现，许音音竟然和王昆在一起了！

发现了端倪的不只是她一个人，何况那两个人并没有特别避讳。

于是，在窃窃私语和指指点点中，所有人都存了同样一个心思：为什么抱得女神归的人，竟然是他？

王昆，成绩差，表现差，油嘴滑舌，爱强行搞笑。虽然长相还不错，但以往有易千树作对比，也不见得有多突出。

如果许音音和易千树在一起，大家似乎就没那么难接受。

不知道为什么，同样是学渣，易千树总给人一种只是渣着玩的感觉，仿佛他哪天觉醒，就能随便恢复贵公子的本色。

所以以往大家看到许音音老追着易千树跑，也没觉得多违合。

但是，王昆……

男生们呸呸呸呸呸差点用唾沫把地面砸出一个坑。

凭什么是他!

何况,这人上学期还是易千树的死党不是吗?

难怪易千树在医务室要揍他。

这种"朋友妻"也要欺的小人,人人得而揍之才对吧!

这样的愤愤不平在当事者的坚决沉默里,最终没有掀起更大的风浪。

何况学业更加紧张,很快,大家也就再没有一丝多余精力分给他人的八卦。

高二分科后各班重新洗牌,路以宁读理仍在12班,花蕾读文去了4班。

两人的教室隔了一层楼,中午在食堂乌泱泱的人群中碰见的概率却高达五分之三,也就是说吃五顿饭能撞见三次,简直是拆不散的缘分!

两人得以继续搭伙,共一张桌子扒饭。

"你在4班怎么样?"路以宁问花蕾。

花蕾垂头丧气地说:"暂时不怎么好,只有几个同学是原来咱们班上的,任课老师也都是陌生的……数学老师贼恐怖,喜欢喊人到黑板上做题,我最怕这个了。"她吃了口餐盘里的红烧茄子,"以宁,我还是比较羡慕你,老黄还是你班主任,认识的同学也多。"

的确,路以宁现在所在的新12班里,有许多高一的老同学被留了下来,易千树、梁祝、李斯他们都在,当然也有新添的以前外班的。

路以宁朝花蕾眨眨眼："放心，我会替你盯好许长阳的。一有任何风吹草动，就向你汇报。"

许长阳这次掉落到12班，像一块金元宝一样砸在老黄头上，可把他高兴坏了。

花蕾说："你们'三巨头'就差一个秦桑没有聚首。"

秦桑这次被分到了11班，跟路以宁仍有一墙之隔，好像冥冥之中注定了一般。路以宁微微有些失落，用筷子拨了拨被苋菜染成紫红的米饭。

花蕾忽然看着前面的方向愣了愣，坐在她对面的路以宁自然地转过头，跟着看了一眼，视线恰好捕捉到人群中，王昆伸出双臂护着许音音不被打饭的其他同学挤到的夸张画面。

花蕾啧啧惊叹："我以为许长阳就已经够像演偶像剧的了，比起王昆，他简直太节制了。"

路以宁也点头赞同。

王昆现在是唯恐没有人看出来他成了许音音的正牌护花使者，动作表情极尽夸张之能，真正把许音音呵护成了温室里的娇花，爱情里的公主。

花蕾又重复："他们好像在一起了，真想不通。"

这句她已经问过很多次了。

但依然没有答案。

其实，比她更纠结的，是路以宁。

她忘不了那天在医院里，许音音眼里的星光，那么美丽而神圣，坚定地对她说："我喜欢易千树。"

我从很小很小开始，就喜欢易千树。

路以宁相信自己不会看错。

许音音对易千树的喜欢，是刻进灵魂里的，她能看见那三个字，在许音音美丽的瞳孔里发光。

可是，转眼间，许音音就接受了王昆……而且，王昆还曾是易千树最好的朋友。

这几个人，都谈不上和她关系多铁，路以宁自然也只能沉默。

然而，她却有意无意地找易千树说话的时间多了起来。

她自己也说不上来为什么，或许就是看到他那张恢复了冰山表情的脸和独来独往的背影，脑补出了几分萧瑟来。

吃过饭后，路以宁和花蕾一起回教学楼，在四楼的楼梯口分手，花蕾还得往上走一层。

结果两人磨磨蹭蹭，一起趴在走廊的栏杆上说话。

花蕾想起一件事情："还记得上学期我们去樱之谷遇上的樱花盛典随手拍活动吗？有人匿名在班级群里发了两张'音音女神'的照片。"

路以宁点头，说记得。

"大家都在猜究竟是谁拍的。"花蕾说，"其实是王昆。"

路以宁惊讶不已，原来那时王昆就盯上许音音了。

花蕾继续说："王昆从梁祝那里偷的师，学的艺。他们平常不是老在一块儿打球嘛，梁祝喜欢摄影，王昆让梁祝教他的。否则直男拍照，你可以想象一下，会有多么惨不忍睹。"

"你怎么又知道？"

花蕾欢乐一笑："因为我们家许长阳呀。我跟你说过的。梁祝得管许长阳叫小舅舅。"

当时王昆偷拍樱花树下的许音音，梁祝还在一旁指点了两句关于构图和光线的问题。

随手拍比赛结果出来，一等奖是梁祝拍的他们一群人打水仗的情形。

徒弟没有赢过师父，没法做到青出于蓝而胜于蓝。

路以宁若有所思。

青春里这种叫作喜欢的情愫，其实是最珍贵的吧？她想。

像晶莹的水滴一般，仿佛能映照出那个心动之人的脸，在心尖上晃晃悠悠，怕它掉落下来，又怕它被岁月风干。

没有掺杂任何的目的，也没有任何的利益权衡和得失计较，喜欢就是喜欢了，随心而走，最后成为一段佳话或一份遗憾。

曾经的许音音对易千树是这样的。

许长阳对花蕾也是这样的。

她对秦桑……或许也是这样的。

只是她不知道王昆对许音音，是怎么想，从什么时候开始，他待在易千树身边，而心思千回百转的？

也许，他只是清楚地知道自己想要什么，放弃了想放弃的，选择了想要的。

路以宁长长地呼出一口气，像要把胸中的一口闷气呼尽。

上课铃响前一分钟，路以宁匆匆忙忙赶回12班教室，在门口跟易千树碰个正着。

两人从东西两个不同的方向拥过来，堵住门，撞在一起。

路以宁抬头，见他面色冰凉，宛若无波，她心里一动，下意识地往后让了让。

易千树低头看了她一眼。也许是路以宁的错觉，她觉得他的眼神似乎有那么一瞬间变得柔和了一些。

她又开始在心里安慰自己，也许易千树没有大家想的那么受伤，那么难过。

毕竟，他是那个天不怕地不怕，仿佛永远不会被任何人打败的嚣张少年易千树啊。

她张嘴脱口而出一个小小的声音："喂。"

易千树走到她的前头，听到她的声音，又有些意外地回过头来，瞅了她一眼。看着她那眼巴巴的模样，不知道出于什么心理，他忽地伸出熊掌，在她的头顶唰唰揉了两把。

像大熊揉小熊似的。

然后他就头也不回地回座位去了。

留下路以宁张口结舌，完全不知道自己在瞬间竟然微红了脸。

下午第一节课，拍校徽照轮到12班。大家因为躲过了课堂上的英语单词默写而雀跃，高高兴兴地排着队去一楼闲置的一间教室里照相。

听说是老校长听到了同学们的心声，决定响应民心。

因为之前的校徽是块牌儿，挂在脖子上，像个工作证，上面写着某某同学几年级几班。

毫无设计感可言。

新学期新开始，要换新校徽，干脆重新拍一次照。

之前拍得龇牙咧嘴的那些同学，要好好抓住这次难得的机会，挽回颜面。

争取漂亮一回。

教室门口排着一溜儿人，前面11班的还有十来个没拍。

但轮起来快得很，进去往红布前的凳子上一坐，摄影师提醒一句"背挺直，别伸脖子"，接着"咔嚓"一声就算过。

也就十几秒的时间。

女生把毛躁的头发捋顺，叫好朋友给自己拨一拨刘海。

细心的男生会整个衣领。

但大多数还是在插科打诨聊着昨晚的游戏。

路以宁照旧担任班长一职，站在摄影师旁边，拿着本班的名单一个个喊名字。

"易千树。"

路以宁知道他肯定不喜欢照相这事，以他的脾气，能老实过来排队就不错了。

果然，大步走过来的少年，没有好脸色。

在红布前的少年担得起"积石如玉，列松如翠"这八个字，他平素里就身板笔直，但脸上仍然没有笑，锋利的眼眉带着隐隐的阴鸷，同时脑门上写着另外四个字，"老子不爽"。

那副欠揍的表情就这样被装进相机里。

放学以后，跑道上还剩体育生在进行日常训练。

夕阳下，时不时响起口哨声，教练监督着、催促着。

易千树一个人在球场上默默打球，书包和一顶鸭舌帽扔在旁边的草地上。

王昆竟然找了过来。

易千树余光中看见他的影子，没有理睬，篮球在掌心和地面之间来回逃窜，发出砰砰的闷响。

抬手一掷，球狠狠地砸在篮筐上，跌落在地上，滚出去老远。

王昆走过去拾起球，跑过来递给易千树。

就像他过去很多次做的那样。

他甘当易千树的影子和陪衬，甘当搞笑小丑和活跃艺人，仿佛心里没有半点自己的希冀与欲望。

但现实是，他有，还很多。

易千树接过球，面色无波，眼神冰凉。

他没有再投篮，只是抱着球，等着王昆开口。

他知道王昆迟早会来找他，也一定有话对他说。

果然，王昆沉了沉声音，开口道："千树，我和许音音在一起了。暑假的时候，她答应做我女朋友。"

易千树的眼眸不易觉察地收缩了一下，表面上看，却没有任何触动。

王昆抬起头。

最重要的一句说出口，他镇定了许多。

他接着说："你看，你就是这样，装得很酷似的，什么心里话也不说。你明知道音音她追在你身后很多年，但你就是不肯先开口向她表白。在樱之谷那次，你只要随手把我找来的花递给她，也不会再有我的机会。在医务室那次，你只要开口说一个'是'字，也不会再有我的机会。你有过无数的机会，你都放弃了。所以，我上了，你不要怪我。"

易千树仍然没有说话，他的脸上微微泛起了某种表情，像是了然于胸的冷笑。

笑王昆的处心积虑，笑自己的后知后觉。

然而，他和许音音，没有走在一起，自然是因为缘分不够，而不是眼前的小子认为的，是自己的小心思得了手。

如果他和许音音都足够心意坚定，那便不会这么容易被这个人拆散。

他不配。

王昆看着易千树的表情，他心里有些发怵。

该说的也说完了，说完以后，好像把错误推给了失意的人，自己心里的罪恶得到了释放，自己变得舒坦。

他知道自己卑鄙，但是人不为己天诛地火，他老子从小就这么教。

他讪讪地说："那我走了，你保重。"

一转身，却听得易千树在身后语气平静地说："等一下。"

王昆茫然地回头，看到易千树从容不迫地弯下腰把手里的篮球放在地上，然后慢慢走两步，到了他面前。

下一秒，一个足够坚硬和有力的拳头闪电般击至面目，王昆来不及躲避，用自己的脸生生接下了这一记重击。

一时间，有血的味道在嘴里迸射开来，眼前一片金星闪烁，耳朵嗡嗡作响，却仍能听到易千树的声音清楚地传来——

"这一拳，是你算计我的惩罚。从此以后，我们不再是朋友。还有，好好照顾许音音，别让她烦。"

喉间干涩，易千树抱着篮球独自走远，留下倒在地上的王昆，听着耳边自己粗重的喘气声，节奏紊乱。

傍晚归巢的鸟群从他们的头顶掠过，像一片灰色的云翳。

晚上难得易峥嵘在家吃饭，程瑾正好也从学校回来了，于是特地做了一桌子好菜。

易千树却觉得格外讽刺。在外出轨的男人心情好，终于肯回家吃一顿饭了，妻子却感到受宠若惊，努力想要营造出一种其乐融融的幻象用来骗自己，完全无视这房子的空气里，还有着某个狐媚女子的香粉味在飘荡。

这要是放在小说和电视剧里，会被多少人评论二字真言，

"渣"与"贱"。

他如果只是一个事不关己的旁观者，大概也会这样轻飘飘地说一句。

可面前的这两个人，是他的父母。

他厌恶易峥嵘那副高高在上的嘴脸，他不想看见程瑾粉饰太平的模样。

他讨厌一切假的东西，可总有人告诉他，假是为了让更多的人少受伤害。

他想改变这一切，否认这一切，可他才十七岁。

他更讨厌承认自己无能为力。

晚饭没吃几口，易千树就搁下了筷子上楼。

易峥嵘放下手里的晚报，眉头皱得死紧，看了一眼儿子的背影，终究还是没有说什么。

程瑾自然地给他碗里添菜，盛汤。

"这小子怎么回事？"易峥嵘还是忍不住问。

程瑾不知道如何回答。

她当然知道易千树怎么了，也知道对面的男人想要什么答案。可是，她都说不出口。

于是，她只能继续逃避，继续沉默。

在学校里为人师表的优雅老师，在此时变得卑微如尘，连呼吸都仿佛是错。

果然，她的沉默换来对面带着怒意的一句："你是他亲妈，怎么什么都不知道？"话里带刺，责备的意味太过于明显。

程瑾继续沉默。

这太平，她早已无力粉饰。

从易千树长大了开始。

易千树洗完澡从浴室出来，坐在床沿上把头发擦干。

他的脑袋上顶着条毛巾，玩了一盘游戏，队友太坑，他耐着性子才坚持到最后没直接退。

房门被敲响，程瑾来给他送水果。

易千树越过她，朝楼下望了望，长形的大理石餐桌旁已经空无一人，只剩一堆残羹冷炙。

"人走了？"易千树问。

程瑾点点头："以后别老惹他。大人的事情是大人的事，你搞好自己的学习就可以了。"

"你看我这样子像能搞好学习？"易千树反问。

程瑾无奈，最后也只是默默又叹一口气。

没过几分钟，再次响起敲门声。

"又有什么事？妈，劳烦你一次性说完行不行？"易千树趿拉着家居鞋去开房门，握住门把手一拉，看见许音音抱着苏苏站在外面。

"阿姨给我开的门，打你电话你没接。"许音音说。

易千树忙不迭把苏苏接过来抱着，那龟仿佛嗅到了熟悉的味道，伸出前爪挠他胳膊，他把它放到地板上。

四只龟爪子立刻沙沙沙有力地摩擦着实木地板，开始兴致勃勃地在光滑的木地板上玩溜冰。

不知烦恼，憨态可掬。

两个人都默默地看着苏苏折腾，有一会儿都没说话。

良久，易千树才想起来招呼许音音进门坐。

他搬家以后，许音音也来过几次，对他家并不陌生。

但是这次来，彼此却好像都有了某种不祥的预感，这也许是短时间内的最后一次了。

于是两个人的脸上，都有些沉重和微妙。

易千树的房间摆设万年不变，和许音音上次来一模一样。

中间一张大床，床后的背景墙被刷成一半黑色一半木色。

旁边是书桌，桌面上散乱放着几本书，压着笔记本的一角。

临窗的地方铺一块地毯，上面放一个懒人沙发，坐着躺着都舒服。

他刚才就躺在懒人沙发上听歌。

"If you miss the train I'm on, you will know that I am gone…"

只打开了旁边的一盏落地灯，地板上满是深灰色的影子。

许音音并不坐下，只是张嘴问他："易千树，你认真考虑过我吗？"

易千树被许音音问得一怔，完全没有料到一向温润如水的许音音会问得这么直接激烈，像是一颗火种，毫不顾忌地投射过来。

一时间，他纷繁复杂的思绪交织在一起，竟得不出一个确切的答案。

这个问题，其实自从他感受到她的期待，同学们的起哄，王昆的逼迫和最后出击，他都曾无数次自问。

然而，始终没有答案。

说不喜欢，那肯定不是真的。

若说是那种想要笃定一生飞蛾扑火般燃烧自己的喜欢，似乎也不是那么回事。

许音音自然是很好的，好到她从那么小的一个粉嫩豆丁儿开始，就存在于他的生活里，变成了一种习惯。

但是，这是不是那种喜欢，他没有经历过，也无从对比，总觉得还差临门一脚想要表白点什么，生生差了点火候。

所以，他只能实话实说："我不知道。"

答案似乎早在许音音的预料里，她轻轻呼出一口气，仿佛放下了什么重担。

她说："我觉得，你是不喜欢我的。因为喜欢一个人，根本不需要这样认真思考，再三犹豫。"

她说："就像曾经有人问我，我会回答，我喜欢易千树，很喜欢很喜欢。一秒都不会犹豫。"

她说："就像王昆第一百零一次对我说，他喜欢我，可以用生命来保护我，也没有一秒犹豫。所以，我想给他一次机会，也给自己一次机会。"

她说："我把苏苏还给你了。龟箱我也要人送来了，就放在下面的客厅里，所有的用品都送来了。"

昏暗的房间好像变成了一座大大的水族馆，深蓝的水中许多鱼游弋而过，寂静无声。

许音音低声说："对不起，易千树，我太软弱了。我怕看到你走掉的那一天，所以，这一次，让我先走。"

房间里只剩下一人一龟。

一首歌已经单曲循环好多遍了，易千树摘掉耳机，把苏苏重新抱在膝盖上，盯着它瞧了会儿。

"哈喽，儿子，回家了。"

这是又要开始进行灵魂的交流。

先从生与死的哲学思辨问题开始，易千树跟苏苏说："我刚才突然想到一个很重要的事情，咱们俩以后谁先死？我要先死了，谁来养你？"

他想了想，自己马上找到了答案："那时候我应该有儿子孙子了，他们来养。我钦点你当他们的老祖宗。"

苏卡达龟一般寿命够长，养得好，这龟能给他送终。易千树摸摸苏苏的头："活久一点吧，陪我一辈子那么长。"说完惊觉，自己是有多寂寞，对着一只龟说情话。

果然，苏苏动动脑袋，对他表示鄙夷。

"既然回来了，就好好跟我吧，饿不着你的。

"之前把你放在许音音那儿，说被人举报了，有森林公安上门搜查，要把你捉去动物园，所以放在她那儿避难，想必她也知道是谎话了。

"我其实就是看她练琴枯燥，她那爸妈又不近人情，弄个理由让你过去陪陪她。

"给你铲个屎，换个水，喂个粮，也算休息了一下，吸收点地气。

"不过现在，她有男朋友了，用不着你了。"

这话说出口以后，竟觉得有一丝释然。

他对许音音，并非她所认为的那般无情。

每个人的温柔，可能程度与表达都不一样。

有像王昆那般炽热的，也有像他这般闷骚的。

而许音音既然已经做出了选择，他便希望她，没有牵挂地向前走。

他曾经对她的这份隐晦的温柔，但愿她此生再也不会知道。

03.但你记住，我是教书的，不是放马的！

数学课上，花蕾又中招了。

数学老师挑人上黑板做题："今天是星期五，那就请三组五号的同学上来做一下这道题。"

花蕾正躲在书堆下看小说，正看到"藏金阁内烛火一闪，熄灭了，外边电闪雷鸣，房梁上突然掉下一个脑袋……"，被同桌一推，她吓得一颤。

同学小声说："老师叫你呢，三组五号，上黑板答题。"

花蕾用目光一数座位号，还真是她。这位到了更年期的数学老师一定是故意的!

　　"还愣着干什么，赶紧上来。"数学老师说。

　　花蕾只好硬着头皮上，她捏了根粉笔，用力点在黑板上，粉笔在她手里断成两截。

　　眼睛盯着题，每一个字她都认识，但连起来之后，她读不懂了。

　　这题没法儿做，寸步难行，只好先写一个"解"字，打两点冒号。

　　窗外的一束阳光安静地照在黑板槽里，眼前飘浮的细小的尘埃无所遁形，花蕾明明很紧张，却在这一瞬间仍止不住走了神。

　　数学老师站在一旁看她写步骤，那道目光让她觉得芒刺在背，心里发紧。

　　花蕾写不出个所以然来，最后干脆放弃了，等着挨训。

　　"这道题很难吗?

　　"看黑板，刚讲过的例题摆在这儿，我还没擦。稍微变个题型你就不认识了?你同桌明天戴个帽子来学校你是不是也认不出他来了?他还是你同桌啊!

　　"我没有讲过一百遍，也有五十遍了。如果$\{a_n\}$是公差为d的等差数列，那么数列$\{a_n\}$中下标成等差数列的项组成的新数列仍然是等差数列……这句话很难记吗?"

　　花蕾觉得，还真的挺难记的，跟绕口令一样。

　　她在讲台上如同受刑，每一秒钟都难挨，等待刑满释放回座位的那一瞬间。

"下去吧。"数学老师说，"今天就放你一马。明天也可以放你一马，后天还能放你一马。但你记住，我是教书的，不是放马的！"

大家听了都在笑。

花蕾只觉得有点难受，她一贯把自己定位为差生，这时候也该没皮没脸跟着一块儿笑才对，她却好像没有这个心情。

数学老师还喜欢用优劣对比来分析问题："看看你们，再看看人家，12班的许长阳，刚拿了块奥数竞赛的金牌！现在理科数学可比你们文科难，上次月考人家照样拿满分！"

这位数学老师姓朱名蕉，对许长阳同学格外中意，常把他的名字挂在嘴边。

说起来，师生两人还有一段渊源。

朱蕉高一没教过许长阳，只不过经常在办公室能碰见，优等生的存在本身就能引起各位老师的关注。

朱蕉有个习惯，爱把搜罗来的难度变态的数学题一道道抄在小卡片上，操场上集合拿一道，大礼堂开会拿一道，闲暇时间拿一道，随时随地琢磨。

随身配一支笔，有解题思路了就唰唰记下来。

有一天，朱蕉的小卡片掉在地上，被许长阳捡起来。

捡了也就捡了，他偏偏还对上面那道题感兴趣，花费了半天工夫解出来，几步写下答案。

他不知道这卡片是谁掉的，就直接搁办公室的窗台上。

朱蕉上完课回来看见，惊喜得像结婚那天收到一枚大钻戒，连忙向办公室里的其他老师打听这事儿是谁干的。

一打听就问出来了，是许长阳同学。

从此，朱蕉对许长阳青睐有加，逮住机会就夸他。

花蕾坐在底下听着，不禁想，被夸的这个人，是许长阳呢。

她正在被这么好的许长阳喜欢着。

想到这里，所有的郁结与阴霾，好像忽然之间不翼而飞。

课间跑操时，花蕾站在班级队伍里，许长阳和几个学生会干部过来清点人数，他走过她身边时，她悄声告诉他："我上课又挨骂了。"

许长阳听她吐槽过许多次数学老师朱蕉，约莫与她八字犯冲，处处跟她过不去。

明明知道一百五十分的试卷，她大概只能拿三分之一的分数，就这么个水平，还偏爱喊她上黑板公开处刑。

许长阳什么也没说，手上一小本，记了两个跑操缺席者的名字，如同无事发生过。

再下一节课的课间，花蕾收到路以宁带过来的大堆零食，满满捧了一个怀抱。龟苓膏、烤肉饼、地瓜干、炸鱼丸、费列罗巧克力和卫龙牌小面筋，应有尽有，像搬来半个小卖部。

旁边其他人没忍住"哇"了一声，请问哪里还有这样的土豪朋友可以交。

伪土豪路以宁只是传话筒，替许长阳送一句话。

花蕾打开字条，上面就简简单单三个字：别难过。

花蕾脸颊发热，微微烫。

路以宁本以为会是一封情书，没想到是句三字经，笑了半晌。

世界上怎么还会有这么一本正经的男孩子，绞尽脑汁不知道怎么安慰人，买一堆零食，写一张字条，托人送去给你。

就想告诉你，别难过，我在这里呢。

梧桐街上新开了一家装潢精致的西点屋，花蕾前几天才偶然间发现的。她骑着单车从对面路过，只匆匆一瞥，被深深吸引住。

趁着周五放学后时间宽裕，她迫不及待地想去看看。

许长阳跟了她一路。

两人从学校单车棚里一前一后出来，混在熙攘的人潮中。

正是放学的点，众人一窝蜂地往校门外拥。花蕾的头绳上别着一个红白细格子的蝴蝶结，许长阳紧盯着，怕一眨眼就找不到人了。

他们中间隔着高矮胖瘦不一的同学，径直往前走，完全看不出来两人会是一路的。

直到出了校门老远，其余的人渐渐散了，他们仍然一前一后骑着单车在同一条小道上，像无形之中被一条线牵引在一起。

慢慢地，落后的许长阳稍微加快速度追上来，把前后变成了并肩。

他单车的铃铛上除了挂着之前的玫瑰花，又多添了一枚如意结，也是用棕榈叶编织成的。

花蕾手巧，这些都不在话下，她妈妈在世时喜欢做一些小手工，教了她许多。

她摘叶子随手编来玩的，被许长阳讨走，就一直留着。

"你说朱蕉要是知道你跟我在一起了，会不会气得翘辫子？"花蕾突然问。

许长阳有些无奈地笑了笑。

高二开学才不久，朱蕉和数学课两者都快变成花蕾的心理阴影了，指不定晚上做梦还在满手虚汗握着粉笔面对黑板做等差数列求和问题。

许长阳也算听过朱蕉的名号，这位老师爱钻研，还真有点学术精神。

教学生涯中贯彻落实"双标"二字，因此跟她关系好的学生毕业几年之后还回母校看望她，说讨厌她的学生也有一大堆，偶尔还有人忍不住发帖吐槽她。

"我本来有点难受的，但听到她夸你，心里又稍微舒坦了点，正负抵消啦。"花蕾说。

新开的西点屋冷冷清清，只有寥寥几个客人，大约是因为坐落在人流稀少的梧桐街尾，地理位置不太好。再者，各样西式糕点零售价偏高。

花蕾兜里的钱有限，一边挑选一边记着价钱，几样叠加起来花费多少。偏偏数学差，心算弱爆，脑袋里一团糨糊。

结账时许长阳等在一边，自然地掏钱，速度快过花蕾。

花蕾不赞同地摇摇头。

她因为家庭条件拮据，对钱更加敏感。在这段关系里，他们大多时候奉行ＡＡ制。

"是奖学金，我自己的。"许长阳眼底一片清明，"四舍五入……也相当于是你的。"

五分钟后，许长阳得到了一杯奶茶，是花蕾请他喝的。

他们坐在梧桐街公园的长椅上，开着白色小花的雀舌草一丛一丛，野性生长。

还有零星几束黄的、紫的点缀其间。

只开发到一半的公园如同被遗忘在了车水马龙的城市里，安静地沉睡在黄昏时分橘色的天光中。

软糯的红豆在唇齿间融化，暮色缓缓降临。

许长阳耳边飘来一句——

"许长阳，你真好。"

半个小时后，许长阳推着单车送花蕾回家。

绕过曲曲折折的深巷，头顶的电线越来越密集，编织成网。

原本就窄的过道两旁堆着杂物，颜色斑驳的油漆桶、三足鼎立断了一只脚的鞋架、老式的儿童学步车，还有支起的竹竿上晾着的大红裤衩。

"就送到这里吧。"

离家还有几百米的距离，花蕾怕碰见这条路上的熟人，坚持让许长阳先走。

"明天周六，有空吗？"许长阳期待地问。

花蕾疑惑地看向他。

"我可以帮你补数学吗？"

原来他还在记挂着朱蕉那茬儿。

花蕾觉得有点儿高兴，又有点儿甜蜜："周末你不是要上竞赛班？你应该比我忙呀。"

"上完课还有时间。"

"那我去找你！"

"下午四点，在蓝鹊广场的音乐喷泉那儿见。"

跟许长阳挥挥手道别之后，花蕾继续往前走，步速变得更慢了。

夜幕四合，许多窗口的灯盏接连亮了起来。

仿佛有看不见的小精灵在空气里舞蹈，让人的心变得柔软可亲。

花蕾嘴角含着一点笑意，人才到门前，一盆水从屋里泼出来，来势凶猛，避无可避。

扬起的一片水幕几乎贴着她的面，擦过她整个人，"啪"的一声砸在路上。

路太窄，对面的灰墙上也被溅出许多星星点点的水印。

"还知道回来啊你？"系着旧围裙头发乱蓬蓬的李珍手里举着空了的塑料盆，顺便瞪她一眼，噔噔噔地返身回厨房。

"今天值日，留下来打扫卫生了。"花蕾解释说。

"我看你天天值日，你们学校怎么不雇你当个清洁工？每天的卫生你一个人全干了算了……"

李珍一边收拾厨房，一边把锅碗摔得啪啪响。

花蕾环视一眼，爸爸还没有回来，大约打工的工厂又临时加班了。

花蕾不敢顶嘴，默默回房间放书包，只扫了一眼狭小的书桌桌面，又急匆匆跑去厨房问李珍："我桌子上的机器人哪儿去了？"

锅铲翻炒着青菜，刺啦炸响，李珍回头："你跟谁说话？"

花蕾噎了噎。

她经常避开对李珍的称呼，"妈妈"这两个字，对着李珍怎么也叫不出口。

生她养她的妈妈在两年前因为乳腺癌过世了，离异无孩的李珍迅速成了她的继母。

她知道这个家里需要一个女人，来照顾爸爸，也照顾她。

但是，李珍的刻薄和凶悍使她注定会是一个让人惧怕的存在。

她僵硬了半天，最终还是没喊出那个词，换成了："珍姨……我桌上那个用易拉罐做的机器人不见了，你有没有看见过？"

那是她到目前为止做过的最难的一件手工活，过程中手指还被划伤了好几次，费了好大的劲儿才完工。

是准备送给许长阳的生日礼物。

李珍冷笑几声，似乎料定了花蕾不会叫她妈妈。

"中午收废品的来了，当废品卖了，也不值几个钱。"她大声说。

这时，门响了，传来花蕾爸爸熟悉的咳嗽声与用力吐痰声。

李珍提高嗓门大喊："老花，快点滚进来摆桌吃饭！"

Chapter
—12—

Hai Tang Hua
Wei Mian

路以宁写给秦桑的第十六封信

（摘录）

嗨！秦桑。

你是不是知道我是谁了？

我有点不安，但是又觉得不大可能。

你那么忙，应该注意不到我吧，我想，一定是我的错觉。

如果你知道我是谁，会怎么样呢？

会嘲笑我吗？会觉得我幼稚吗？会想：哇，她居然是这样的，和平时看到的完全不同嘛！

先想一想，就觉得脑袋都要炸了，我还没有做好心理准备呢。

不过，我觉得更大的可能，是你根本没有仔细看过这些信的。

这么久以来，不过是我一个人在自言自语罢了。

因为你一定收到过很多类似的信吧，而我是那么平凡。

想起第一次听到你唱《白桦林》时，心怦怦狂跳的感觉，忽然发现，好像已经过去很久了，而现在，我和信中的这个你，更像是无话不说的老友。

有时候觉得，你可能只是一个我想象出来的树洞，装了我最多的秘密。

——小七

新校徽到了，路以宁去办公室找老黄拿。

好大一个塑料袋装着，全班人的都在。

其实，新校徽也没好看到哪里去，与旧的不同，不过换了一种丑法。

改为胸针式的，别在胸襟前。做成徽阳一中校标的形状，书页上托着一轮太阳。

太阳里是每个学生圆圆的脸庞，底下照旧印着小字，某年级某班某同学。

看着化身为太阳之子的每张熟悉的面庞，路以宁有些忍俊不禁。

老黄跟在牌桌上摸麻将似的，随手抽出一个幸运牌，是班上的梁祝："哦呀，小伙子看上去还挺精神嘛，人模狗样的。"

路以宁在旁边听着："……"

老黄继续欣赏着"兔崽子们"的绝世美颜，顺带吐槽一番："李斯这个不错，你看看，嘴边这颗痣都照出来了……邱楠楠的眼睛没睁开，可惜了……"

路以宁一边忍笑，一边也在里面翻了翻。

不知道出于什么心思，她特地留心着易千树的名字。好不容易才找出来，老黄赶快凑近一看，感叹："不愧是咱们班的门面担当。"叹完又说，"但他怎么看起来这么生气？"然后拿来邱楠楠那张，并排摆在一起，严肃地评价，"这就是咱们班的'没头脑'和'不高兴'嘛。"

路以宁哈哈哈笑足两分钟。

校徽照片上的易千树眉峰微皱，眼睛深邃，紧抿着的唇线像阳光照耀下的一脉碧波水痕。

老黄欣赏完，当即口述一副对联，说要送给易千树。

上联和下联分别是"笑一笑"和"十年少"，横批"少年你为啥不开心"。

"你赶紧发下去，给他们也乐一乐。"老黄笑着说。

路以宁拎着一袋校徽回了教室，来不及发，大家拥上来自己迫不及待去拿。

不管三七二十一，先找到自己的看两眼。

有的心里一声咆哮"妈呀，这个丑东西是谁"，赶紧把新校徽塞进口袋里退出战场，丝毫不给旁边人偷瞄的机会。

有的异常坦然，随便看随便瞅，老娘三百六十度无死角，看完你还得夸我三百字小作文。

路以宁不一样。

她的新校徽早就拿出来了，被她牢牢攥在手里，却万万没想到，趁她毫无防备，身后有人直接来抢。

　　易千树轻而易举地从她手心里把校徽夺过来。路以宁急疯了，要不是腿脚不方便，真会跳起来朝他扑上去。

　　易千树高高扬着手，看她身高够不到干着急的窘样儿，然后笑着把校徽举到眼前一看："哇，大头娃娃。"

　　别人拍的是寸照，路以宁拍的像大头贴。

　　照相那天，路以宁是他们班最后一个拍的。

　　摄影师那会儿憋尿，正着急拍完她这一个就去上厕所。

　　不知道怎么操作的，大概太着急，不小心把镜头推近了也没发现，草率地按下快门。

　　于是路以宁的头，像是被放大了。

　　不是普通的大，大概比别人大了两倍吧。

　　没过几天，大家的这股新鲜劲儿退了，校徽佩戴在左胸前，你想看就看，不收你钱，而对方这时候都已经懒得抬眼了。

　　唯独路以宁。

　　谁见了她都要发言。

　　"班长，哇，好大一颗头。"

　　"以宁，我才发现你脑袋这么大。"

　　"学霸，我终于知道为什么你成绩那么好了，因为大头聪明呀！"

　　旁边易千树叼着盒牛奶靠在座位上，听了扑哧扑哧笑个不停。

路以宁烦得想把手里一摞的《学法大视野》砸过去。

02. 或许只是碰巧他今天心情好，所以才对她分外宽容了
一些。

这一天，路以宁收到通知，学生会各部门干事明天中午
十二点四十分，去东教学楼201教室开会。

她高一就入了宣传部，在里面至今仍是枚小透明一般的存
在，经常因为上补习班而不得不偷溜走人，很多时候也没参加
举办的各项活动，她一度以为自己已经退部门了。

没想到组织还没有放弃她。

路以宁想了想，决定明天去开会。

第二天吃过午饭以后，路以宁看了一眼手表，已经十二点
半了。

还剩十分钟，不急，可以慢慢悠悠走去东教学楼。

上了二楼走廊，路以宁才发现不对劲。

201教室门口一个人影也没有，里面隐隐传来说话声。

她有种不祥的预感，再次抬腕看表，时针与分针组成平摊
成180°，照旧显示十二点半。

手表坏了。

路以宁站在门口偷偷瞄一眼。

学生会主席秦桑正在发表讲话，手边一个黑色封皮的笔记本，清晰地列着几条会议要点和接下来一个月的学生会工作安排。

午休铃还没有响，仍有许多人在外游荡，楼下飘着各种笑闹声，反衬得201教室外面的走廊上幽静冷清。

会议都不知道已经开始多久了，路以宁不敢再敲门进去，正打算撤，再溜一次又有何妨。 此时，秦桑的声音突然一顿，望向门外——

"请进。"

他的声音清朗干净，携着一丝不自知的温和。

路以宁心头一颤。

这下好了，不进去都不行了。

在座的其他人打量路以宁的目光顿时变得有点耐人寻味，还有点钦佩。

勇士啊，居然在主席主持的会上迟到整整十分钟。

厉害啊，迟到了十分钟还能被请进门。

要知道，秦桑上任之前的学生会散漫怠惰，嘻嘻哈哈一群人开会跟闹着玩似的，缺席迟到是常有的，大家都这样。

可是自秦桑上任以后，不知从什么时候起，就不再有人敢在开大会的时候迟到，哪怕一秒钟。

今天路以宁算当了一回吃螃蟹的人。

中断的会议继续，秦桑接着往下说，主要提到各部门招新的事。

一直到讲话完毕，他也没特别提到刚才迟到的那位。

大家心里又是一出大戏。

宣传部长默默盯着路以宁的侧脸看了好久，才想起她原来是自己部门的。

大会开完，各部门再开内部的小会。

路以宁已经成功地引起了宣传部长的注意，被逮住没放走，一起留下来商量怎么招新，怎样才能吸引高一的学弟学妹进宣传部。

大家纷纷出谋划策，路以宁还真没什么好法子。

部长却对她委以重任："高一的1至5班就交给你了，到时候你再带一个人去招新……"再把剩下的班级分配到另外几个人头上。

路以宁问："我能拒绝吗？"

部长说："就这么愉快地决定了。"

路以宁："……"

哪里愉快了？

部长安慰她："特别简单，进去跟学弟学妹吹一拨咱们宣传部牛，把他们骗过来就行了。"

路以宁："……"

一点儿也不简单。

等部门小会也散了，路以宁才终于得以脱身，想想明天的招新，简直脑袋疼。前方的楼梯口，秦桑站那儿像在等人。

路以宁犹豫许久，还是走过去跟他打招呼。

"主席，今天对不起，我的手表坏了，不是故意迟到的。"路以宁说。

秦桑的目光落在她身上，只是点了一下头。

一贯的冷淡，一贯的生人勿近。

这一瞬间，路以宁刚才怀揣着的各种小心思，全部消散了。

以为他对她是特别的，但其实又好像没有什么，或许只是碰巧他今天心情好，所以才对她分外宽容了一些。

路以宁高兴着，又失落着。

03.易千树纳闷了，他以前怎么没发现路以宁同学这么能屈能伸呢。

由于课程紧凑，各部门去高一招新也只能统一安排在中午休息的时段。

而且学校一共有十个部门，瓜分下去，留给每个部门自我介绍和宣传的时间并不多。

路以宁的搭档是个文科班的男生，关键时候掉链子，五分钟内跑了两趟厕所。

路以宁只好让他先去医务室，自己独担大任。

她一个人心里没底，也就昨晚连夜赶出了一张宣传海报，拿在手上，好歹有点东西。

高一（1）班的教室被广播站的抢先占领，而且他们站长亲自出马，往讲台上一站，一口能迷死人的播音腔，让在场女同学沉浸在低音炮中无法自拔。

2班被文体部捷足先登，开场就是一段劲歌热舞。路以宁在走廊看得叹为观止，暗叹大家真的好拼，都拿出了自己的看家本领。

再看3班，外联部好像没什么才艺可展示的，但人家嘴皮子厉害呀，废话都能说出一箩筐："学弟学妹们，快来加入我们外联部吧！这里是青春的舞台！让你的细胞爆发激情！让你的热情点燃希望！"

振聋发聩的声音，迫使路以宁往后退了退。

她仿佛听到了3班的同学们激情的回应声：好！就干了这碗鸡汤！

她可真愁啊。

愁得好像一江春水向东流啊。

她有什么能拿得出手的？

路以宁忧心忡忡地趴在走廊栏杆上静了静，恨不得老天现在赐她一个创意。

就在这时，她突然眼睛一亮，看到楼下有个人走过。

此人身材挺拔劲瘦，手里抱着篮球，戴着黑色的护腕。光看一眼轮廓，就已经能看出是个极品帅哥。

路以宁脑海中灵光乍现，看见他如同海上迷路的人看见了一座灯塔，沙漠中饥渴的人遇到了真实的绿洲。

她扯起嗓子用激动得变调的声音朝他大喊："嗨，易千树！”

易千树被这道感情充沛且过分热情的声音喊得全身一抖，鸡皮疙瘩掉了满地。

他抬头望向二楼的声源处，路以宁正朝他招手笑得像朵喇叭花。

"易千树同学，你能不能帮我一个忙？"路以宁问他。

"什么忙？"

"现在正在搞学生会部门招新，别的部门花样多，能吸引人过去，但是我好像没有什么擅长的，怕招不到人。"

易千树笑了："你给他们表演一个上黑板做题。"

路以宁："……"

她忍，谁叫她现在有求于人呢。

"你就说帮不帮嘛。"

"你想让我怎么帮？"易千树倒没有一口拒绝。

上一次校庆，路以宁提前看过节目单，她记得其中有一个节目是易千树的吉他弹唱《白桦林》，虽然最后他没有上场，但路以宁知道他一定很会唱歌。

"待会儿你跟我一起进去，你先唱首歌，我再介绍部门情况。"路以宁都想好了，"到时候你唱一半就收住。而且，最好唱情歌。"

易千树疑问："？"

路以宁头头是道，分析给他听："不能是《两只老虎》的这种，要挑稍微深情一点的歌曲，比较容易把人迷住，到时候大家头脑一热，就都去宣传部面试了，我的任务就完成啦。"

"我凭什么帮你？"易千树一盆冷水浇下来，浇灭了路以宁的幻想。

"咱们……是同班同学呀。"

听起来似乎不够有说服力，路以宁再加一句："是好朋友……"

"你说这话你自己信吗？"

"信呀，在我心里，咱们俩早就已经是好朋友了。真的，特好的那种。"

易千树纳闷了，他以前怎么没发现路以宁同学这么能屈能伸呢。

"当年要是有你在，孟姜女也不会哭长城了。"

"啊，为什么？"

易千树只是看着她笑。

这是他老外婆的经典笑话，因为脸皮厚——他才不把答案说给她听。

他把篮球顶在手指上转了转，话锋一转："也不是不能帮。"

路以宁一听，有希望了。

"想要我帮你的话……"易千树说，"明天我们社团招新，你去动漫社当吉祥物。"

学生会部门招新和学校各社团招新的时间只相隔了一天。

易千树是动漫社的主力，现在动漫社正好缺个吉祥物。

他看着觉得路以宁挺合适的。

"你考虑考虑，看要不要答应我。"

路以宁咬咬牙："不用考虑了，立刻成交。"

等前面组织部的人一离开1班的教室，路以宁赶紧冲进去了，怕稍不留神又会被其他部门的人员挤到后面。

易千树跟着她。

可路以宁有轻微的跛脚，放慢步速才能让人看不出端倪。

易千树像是有所察觉，突然越过她，几步冲到讲台上，替她轻松守住了领地。

"各位学弟学妹大家好，我们是……"他话一顿，看向路以宁。

路以宁无奈地接过话："宣传部。"

"对对。"易千树说，"我们就是那个宣传部的。"

路以宁扶额。

底下一片人已经纷纷把目光投向易千树。

路以宁已经听到有女生兴奋地扯着同桌的袖子开始窃窃私语。

"刚才别的部门都有才艺表演，那我们部门也不差，我就随便唱几句，你们随便听听。"

他说话时脸上挂着笑，随性而温和，一副好脾气的样子。

路以宁之前听许音音说过，易千树如果不装酷了，平易近人了，会非常要命。

看着站在身边的易千树，这一刻，路以宁莫名有点认同了。

易千树一开口，唱着很老很老的情歌，《廊桥遗梦》的主题曲。

"If I had to live my life without you near me, the days would all be empty, the nights would seem so long, with you I see forever…"

嗓音微微低沉。

非常的温柔，非常的动人，非常的……易千树。

路以宁听呆了。

她突然觉得那日自己对秦桑的一见倾心，似乎有点不那么靠谱。

如果那天……

上台的是易千树……

她不敢想下去，脸有点微微发热。

教室里安安静静的，全都在认真听歌。

唱歌的人唱了几句，刚刚入境，却忽而一笑，生生停了嗓，收住。

歌声戛然而止。

他记得，路以宁交代过了的，只能唱一半。

下面座位上的人纷纷抓狂了，哀号着，啊啊啊啊啊啊啊啊学长你为什么不唱完！

路以宁立刻站到讲台中央，微笑着说："我简单地介绍一下，宣传部平常主要负责的工作是绘画海报，检查各班的黑板报情况并且评分，还有宣传学校的各种活动……如果大家想把刚才这首歌听完，欢迎来宣传部参加面试，面试现场会有完整版的可以听喔。"

学弟学妹们直呼套路太深。

路以宁垂下视线，发现讲台上只剩下一些零碎的短粉笔，捏着已经不太好写字，又瞧见旁边的湿抹布，直接拿了起来。

覆盖着粉尘的黑板，一块抹布在上面行云流水地挥舞出一行字："请大家记一下宣传部的面试时间和教室，我写在这里了。耽误大家的午休时间了，打扰了。"

说完，她放下抹布，同易千树一起走出1班教室，赶场子似的去往2班，接下来还有3班、4班、5班。

事后，1班教室里有人小声说这位学姐好有礼貌啊，感觉好厉害啊，学长好帅啊，我们去宣传部吧。

"我觉得自己亏了，一首歌得唱五遍。"易千树说。

路以宁紧张地盯着他："不能反悔的，咱们都说好了。"

"宣传部面试那天怎么办？我还真得赶过去给大家唱啊，我又不是天桥底下卖艺的，我不乐意了，不唱了。"易千树开始摆谱。

路以宁出主意："那等你乐意的时候再唱，或者唱了录下来发给我，面试那天直接外放，效果一样。完整版的，不算骗人。"

她的馊主意再次让易千树对她刮目相看："路以宁，我发现你这个人有的时候……真有点鸡贼。"

路以宁："你才鸡贼。"

易千树："我机智。"

路以宁："你幼稚。"

易千树："我告诉你，你再这样，我永远都不乐意唱完整版的了。"

路以宁："好的，大爷，你机智，我幼稚。"

那天路以宁的部门招新任务虽然艰难，但总算完成，后来等到面试那天，报名去宣传部的人爆满。

当然，她也为此付出了代价。

第二天社团招新时间也在中午，略有不同的是，地点定在大礼堂，大家自己去看，去找感兴趣的社团参加。

现场非常热闹。

汉服社有人穿汉服，仙气飘飘。

英语协会有人秀口语，叽里呱啦。

围棋社有人当场对弈，风雨不动安如山。

盆栽社摆了一桌子的多肉，喊：看一看瞧一瞧，走过路过不要错过。

动漫社历来招摇，堪称全场最"骚"。

撇开各种动漫角色的cosplay（角色扮演）不谈，重点在于那个被号称为镇社之宝的吉祥物——啊啾。

啊啾是第一届动漫社社长和成员一起设计出来的作品，有如同福娃对于北京奥运会来说的那种重要意义，社员们还特地出钱定制了一套啊啾的玩偶服。

从此以后，每逢社团招新，啊啾必然亮相，成为全场的焦点。

这货通体米黄色，头上长绿草。两只耳朵竖起来，身后尾巴高高翘。大脸盘，圆眼睛，没鼻子，O形嘴。

重点在于全身上下唯一的一处装饰，是条碎花三角裤衩。

一眼看去，尽显猥琐本色。

再看，丑爆。

再看一看，居然还有点可爱。

可见啊啾是多么神奇的一个物种啊，竟然能将猥琐、丑与可爱三者同时集于一身。

这可真是一个伟大的设计。

路以宁穿上这件唯一的玩偶服的时候想，易千树该有多恨她，才会这么坑她。

"动漫社这么多号人，难道就找不出一个自愿来扮演啊啾的吗？"这是她发自灵魂的疑问。

"还真找不出。"易千树说，"主要大家都嫌丑。"

"……"

"赶紧穿上，别挣扎了。"

于是，路以宁就成了啊啾，站在那里让人看，让人摸，被摸完还要接受一拨吐槽。一天下来，头上的几撮绿毛都快让人给撸秃了。

易千树手持DV走过来，搂着啊啾的肩膀，笑得阳光灿烂——
"来，吉祥物，看镜头。"

Chapter

— 13 —

Hai Tang Hua
Wei Mian

路以宁写给秦桑的第十七封信

（摘录）

嗨！秦桑。

我的朋友，遭遇了一些非常可怕的事情。

我的心情也一直处在痛苦和低落中，我觉得无能为力，不知道怎么才能帮助她。

是不是每个人的路，最终都要自己去走的？

我意识到我们的弱小，我们的年轻，我们对这个世界和对命运的无能为力，我突然好想快点长大，长成一个坚强的有能力的大人。

那样的人，就能帮助到想帮助的人吗？

其实，我也不确定。

为什么这个世界上，会有人对于美好的东西存在那么多恶意呢？

为什么那么美好的人和事，大家却看不到呢？

并没有深仇大恨，为什么要用力地伤害？

我太难过了，我觉得呼吸困难，心里好痛。

可是，我相信，我的朋友，她处在这可怕的事件的中心，她一定，比我更难过，更痛。

——小七

01.母亲这些年咬着一口牙，撑着一口气，把自己变成了一个怪物。

花蕾和许长阳，上个星期的周六，约好在蓝鹊广场见面。

可是，许长阳第一次失约了。

那天约的时间是下午四点，花蕾提前半个小时到了，坐在音乐喷泉附近的长椅上等。

她太喜欢许长阳了，迫不及待想要见他的心情不需要掩饰，更不想矜持地故意迟到几分钟。

她只想要尽快地在第一时间见到他。

帆布袋里装着她很讨厌的数学书和习题册，平常她连看都不想多看一眼，拿去压泡面还嫌刺眼睛，现在却肯为了某个人咬牙翻开，一遍遍去啃例题，背公式。

然而，一直等到夕阳落山了，周围的天光都暗淡了，数学书上的数字变得朦朦胧胧看不太清。

接着街边的路灯亮起来，大妈们成群结队地出来跳广场舞。

许长阳却还是没有出现。

是忘记了吗，还是太忙了实在脱不开身？

花蕾猜测了许多种可能，自己和自己心中的小人来回问答，反复推敲。

在QQ的对话框上打出来许多字，又反复删掉，最后只剩下几个字："你今天还来吗？"

你如果能来的话，我等多久也没关系。

只要你出现，我可以从白天等到黑夜。

但是，她一直没有收到许长阳的任何回复。

晚上七点钟，她终于忍不住拨了一个电话过去。

响铃许多声以后，终于接通了，对面是个中年妇女的声音："喂，你是谁？"

不太客气的语气，还带着一丝质问的意味。

花蕾一慌，赶忙挂断了通话。

晚上八点，音乐喷泉准时开放。

随着不知名的曲子奏响，扬起的水柱开始不断变幻着形状与颜色，花蕾没有心情欣赏，她饥肠辘辘还没吃晚饭。

一个胡子邋遢背着军绿色登山包的男人走过来，在长椅的另一头坐下。他手里拿着一杯拿铁，还有一袋面包。

袋子上没有印出蛋糕店的LOGO，不知道是在哪家买的。花蕾觉得香味诱人，好想尝一口。

也可能是因为她太饿了，所以看见什么吃食都觉得香。

她决定再等半小时，许长阳再不出现，她就真的走了。

结果，那天她还是失望而归。

骑着单车回家的路上，花蕾想起许多个黄昏和夜晚，许长阳绕路送她回来，明明两个人的家不在同一个方向。

他不太爱说话，更别提是情话，偶尔一两句认真的关心，就能让她的心跳突然剧烈起来，好久才能平复。

冬天送到手上的热水袋和夏天的冰可乐，还有细心地询问你今天为什么不开心，对于女生来说，想要抵御这样平平淡淡的温柔实在太难了，所以只能放任自己一天比一天更喜欢他。

然而，是不是因为他对她太好了，所以一次爽约，就让她觉得分外沮丧和委屈？

第二天起床，花蕾看到手机里终于有了回音。

许长阳告诉她，昨天下午上完竞赛班以后出门碰见他妈妈在外面等，找他临时去见沪城大学的一位知名教授。

教授只从徽阳路过，住一晚，明天就走。望子成龙的单亲母亲总是想要尽可能地替儿子抓住一切机会。

跟教授见面谈话的过程中，许长阳的手机被调了静音，后来被母亲直接拿走没收。

他无法当场和母亲翻脸，只得耐着性子度秒如年，却因为无法集中注意力，表现不是上佳，回去后被母亲一顿猛训。话说得重了，母亲又是一顿崩溃，一把鼻涕一把眼泪哭诉自己这么多年的艰辛，说到生无可恋，哭到血压升高。

他忙着安抚她，一夜未眠，自然也没有机会从她的手袋里去偷拿自己的手机。

　　就这么拖到了现在。

　　有了回复，花蕾终于觉得安稳踏实了不少，回复他：没关系，我也只等了你一会儿就走了。

　　她知道许长阳的母亲性格偏激，许长阳曾经和她倾诉，说母亲一个人把他拉扯大，和家里的所有亲戚都断了来往，母亲这些年咬着一口牙，撑着一口气，把自己变成了一个怪物。她很容易受刺激，很容易负能量爆棚，很容易崩溃，甚至崩溃起来，欲挥舞菜刀自残。

　　优秀的儿子是她唯一的精神支柱与希望。

　　花蕾理解许长阳此刻的疲惫与忧伤，她其实很想和他约下一次，但是最终，只是安慰了他几句，没有把话说出口。

　　接下来的几个星期，花蕾在学校都没有怎么和许长阳碰面。

　　有许多次都是隔着人群远远看见，等她再走近时，他已经走了。

　　反倒路以宁继续当着两人的传声筒，替许长阳带话给花蕾解释。

　　最近理科班的年级前二十被单独拎出来开小灶加课，被数理化三科的老师轮番折磨，放学之后也得留下来。

　　路以宁自己同样顶着黑眼圈，一副疲惫至极的样子。

　　花蕾深表理解，午休时间让路以宁赶紧回去趴着睡会儿。

这个总是笑语晏晏、明亮灿烂的女孩，

像世间最干净最珍贵的水晶，

是他不长的生命里，

带给他真正快乐的宝藏。

Hai Tang Hua
Wei Mian

就这样，时间又过去了一个月。

这天，花蕾趁中午休息，一个人去小卖部买豆奶。

回来的路上，她明显感觉到有几组不认识的同学似乎在用异样的眼光偷瞄她，还指指点点。

她努力说服自己那是错觉。

《雀音》那次已经过去几个月了，被老师发现恋情的恐惧也已经慢慢淡去。

可是现在，她竟然又有了那种背上发凉的感觉。

心猛烈地跳动着，像是鼓槌用力地敲击着，眼前被阳光晃出了一片幻影，耳朵里开始嗡嗡作响。

不，不是错觉。

她最害怕的事，真的发生了。

刚回到教室，班上的一个同学跑过来提醒花蕾去看学校贴吧。

短短一个中午的时间，有篇帖子爆了。

那帖子讲的是花蕾跟许长阳之间的一些事，真真假假，最后甚至说他们俩已经到了去酒店开房的地步。

有图有真相，照片明显是偷拍的，角度不好，还很模糊，但熟悉他们的人可以辨认出来照片上的两个人是谁。

是去梧桐街新开的西点屋的那一次，是他陪她去的。

之后他们还去了那座只开发到一半就被废弃的公园。

夕阳收拢了最后一缕光的时候，不知道是谁先主动的，他们互相轻轻吻了一下对方，却被人偷拍下来。

好多人平常喜欢开着玩笑，起哄谁跟谁在一起了，等真真切切看到了照片，第一反应仍是鄙夷地说一句，咦，他们怎么这么恶心。

原帖下面跟帖的人越来越多，楼盖得越来越高，好奇的、窥探的、看戏的、担忧的，各种声音都有。

这么劲爆的消息出现在学校的贴吧里，如同一颗火种投入了油锅，以无法阻止的迅猛速度炸开，给所有人枯燥压抑的高中生活打了一针强心剂。

路以宁也火急火燎地赶来找花蕾。

"先别管其他的，最主要是删帖，不能让事情继续扩散了，否则老师们都会知道的。"路以宁说。

两个女孩躲在教学楼的天台上，拿着各自的手机，不停地给吧主发私信要求删帖，但时间一点一滴地过去，对方毫无回应。

花蕾干脆坐在了地上，她的头垂了下来，像被人扼住了颈子，双手撑着水泥地面，细小的沙砾硌着她掌心的纹路，像要深深往皮肤里陷进去。

路以宁看着她这个样子，心里像被火在烧。她急得团团转时，突然想到一个人——秦桑。

记得去年有人发帖大肆辱骂学校，是秦桑凭一己之力云淡风轻地解决了问题的根源，直接黑掉了对方的账号。

在路以宁心里，他就等同于半个黑客了。

"秦桑在电脑方面应该很厉害，我去找他。"路以宁从地上猛站起来，顾不得再掩饰自己的腿疾，像个小兔子一样疾跑出天台。

而花蕾只是呆坐在原地，看着她的背影，怔怔地掉下泪来。

路以宁冲去隔壁班。

午休时间，秦桑正趴在桌子上小憩，头朝墙壁的那一侧。

他枕着自己的手臂，只露出一双紧闭的眼睛。

他真的是一个极其克制的人，即使在睡梦里，眉头也锁得那么紧，似乎怕泄露了一丝心里的天机。

路以宁只犹豫了一秒，便用手指猛戳秦桑的肩膀，将他吵醒。

秦桑皱着的眉传递出不悦的情绪，不太耐烦地睁开眼。

他的视线里骤然出现了路以宁焦急的脸。

有那么一瞬间，秦桑的表情似乎有点儿恍惚，意识尚未全部清醒的软弱令他差点叫出那个名字。

Hi，小七。

你来见我吗，小七。

他的嘴角甚至浮现出一点恍惚而放松的笑意。

但是，短到连路以宁都未曾察觉。

他便回到了清醒的现实。

"秦桑，你能帮忙把贴吧里的帖子删掉吗？"路以宁顾不得想其他，直接发问。

她太着急了，她隐约觉得，那不是一个普通的帖子。

那是她最好的朋友初生的稚嫩爱情，那是花蕾的命。

她要救花蕾的命。

她似乎从未想过秦桑不会帮她。

秦桑彻底清醒了。

他望向教室前方墙壁上悬挂的石英钟，离下午第一课上课还有一段时间。

没有问详情，他说："你和我去学校外面的网吧。"

"怎么去？"路以宁急问。

秦桑带着路以宁直接从校门口出去。

他有学生会主席的特权，门卫都得给他开门。

那天中午，路以宁跟秦桑一起进了学校附近的网吧。

室内的空气不太流通，鼻子嗅到一股烟草味。

秦桑挑了一个后排靠角落的位置，开机上网，着手解决问题。路以宁坐在他旁边，按捺住内心的焦灼，安静地等待。

大约十来分钟后，他落在键盘上快速敲击的手指突然停住，偏过头来告诉她："可以了。"

路以宁再次刷新学校贴吧，关于花蕾和许长阳的那篇帖子果然已经没有了。

像是一口憋了一整个中午的浊气，终于在胸口散开，她又能顺畅呼吸了。

除了谢谢，路以宁不知道还能说什么表达自己的感激。

从网吧出来，一路上她把这两个字重复了许多遍。

"不要再谢了。"秦桑轻轻叹了口气。

午后的街道寂静，古槐树在两旁撑开了树荫，身上贴满花花绿绿小广告的报刊亭就在前方。

"实在过意不去，就给我买瓶水吧，渴了。"秦桑说。

02. 他不敢想象他想要呵护在心尖上的的那个女孩，这两天遭遇了什么。

路以宁本以为贴吧事件会渐渐平息，第二天却再次掀起高潮，一波未平一波又起。

课间跑操，各班队伍解散回教室，楼道里、走廊上堵得像春运，花蕾一时没留心，脚下突然被绊住，膝盖朝地面重重一跪。

四周的人看她摔得狼狈，避开她继续走，也不知道肇事者是谁。

花蕾没有多想，站起来拍拍裤子上的灰尘，去卫生间洗手。

连卫生间也正是最拥挤的时候。

洗手台前站了几个女生，对着面前的镜子整理头发和衣领，刻意压低了声音仿佛在分享一个天大的秘密，脸上的表情和声音却是兴奋的。

"贴吧里说的那个花蕾你认识吗？"

"没说过话，但知道是哪一个，喜欢扎个蝴蝶结装可爱，恶心死了。高一的时候就听说她在追许长阳了……"

"真是明目张胆啊，我说许长阳那种学霸怎么会喜欢这种女生呢……"

"当然了，人家是社会上混过的，许长阳怎么招架得住。"

"你说她是不是真的堕胎了？我听说有人拍到他们一起去小诊所的照片了。"

"哇，也太难以想象了吧。"

……

花蕾的双脚像被钉在地面上了一样。

她的耳朵捕捉到的那些字眼像一把锋利的匕首朝她直插过来，带着钩，淬着毒，她避闪不及，痛得骤然攥紧了手心，骨节绷得泛白。

流言已经生根，猎奇的心理成了最好的养料，故事长成了张牙舞爪光怪陆离的可怕样子，每一根枝条，都变成了畸形的形状。

可怕至极。

如同地狱。

花蕾颤抖着，抖得像风中的残叶一样，怎么都控制不住自己。

常年灰蒙蒙总擦不太干净的镜子里突然映出她的脸，把热烈八卦的女生们吓了一跳。

大家默契地闭上嘴，终止了话题。

花蕾一步拖着一步，慢慢走近，咬着牙绕过了她们，手抖了很多次，始终拧不开旁边的水龙头洗手。

也没有人伸手帮她，大家像躲开瘟疫一样，作鸟兽散。

到了中午，昨天被删掉的帖子再次出现了，言辞更加过分。

花蕾拿着手机躲在卫生间的隔间里一条条浏览下去。

回帖里全是不堪入耳的辱骂，和在卫生间听到的内容差不多，多数是女生在对她进行人身攻击，说她勾引许长阳之类的。

故事已经自动生长出了无数个版本。

版本与版本间充满了可笑的冲突与自相矛盾。

然而不重要，没有人关心真相，所有人只需要一场刺激神经的狂欢。

一直到路以宁找来了卫生间，告诉花蕾，许长阳跟人打架了！

花蕾不敢再逃避，开门冲出来，快要急疯了，问路以宁是怎么一回事。

原来，刚才在班上，两个男生一脸兴奋地凑上去搭着许长阳的肩膀打听花蕾的事情，说她是不是跟帖子里说的一样，很放得开，滋味是不是很好。

如同数九寒天跌入冰窖中，许长阳浑身一下就凉透了，冻得骨头僵硬，又立即似有火燎原，他那些冻住了的骨头被熊熊焚烧。

一向温和的人，谁也想不到，他能抢起椅子往对方身上砸。

这两天，他请了假在校外培训，并不知道帖子的事。今天一出现，就接收到暴风雨般的刺激。

他不敢想象他想要呵护在心尖上的那个女孩，这两天遭遇了什么。

而她为什么，什么都没有和他说。

花蕾和路以宁赶去的时候，许长阳和另外两个男生已经被教导主任带走了。

广播里的铃声及时响起，各回各的教室和座位，阻断了其他人的疯狂议论。

花蕾突然抱住路以宁，埋头在她肩上压抑地说："以宁，怎么办，我好害怕。"

她拼命地咬住嘴唇，嘴唇都被咬出了明显的血印，眼泪汹涌澎湃，但是没有声音。

从昨天就开始逐渐坍塌瓦解的心理防线，在听到许长阳被叫走后，被彻底击溃了。

和许长阳在一起，于花蕾而言，从开始的第一天，就不是一个童话。

她的家庭，他的家庭。

她的出身，他的出身。

他的老师，她的老师。

他的成绩，她的成绩。

还有他们，那些茫然无法预知的遥远未来。

这一天的到来，似乎早已注定，只是她一直不知道会发生在哪一天，以怎样一种面貌。

所以，她没心没肺地笑，在他面前笑，笑得像一个不知愁苦的孩子一样。

因为怕来日无多，她再也没有机会为他而笑，用笑温暖他同样惶恐不安的灵魂。

路以宁不知道该怎么安慰花蕾，她也从未经历过这样的暴风雨，不知道事情会失控到哪一步。

她只能一遍又一遍抚摸着好友单薄的脊背，无力地说着"会好的"。

03. 许燕芝发出了一声接一声的惨叫。

从小到大许长阳受过无数表扬，因为打架而被叫家长，这是头一次。

独自抚养他长大的单身母亲许燕芝接到班主任的通知以后，赶来学校，脚跟还没未站稳，就扑身上来，直接给了许长阳一耳光。

一声脆响，整个办公室内，清晰可闻。

班主任老黄和教导主任皆是一愣，反应过来之后，赶忙拉开许燕芝。

许长阳靠墙站立不动，从头至尾缄默着一言不发。

母亲的那一巴掌，把他的眼镜直接扇飞了，从挺秀的鼻梁上掉到地上。

他眼前的世界顿时变得模糊了，像镀上一层毛边。

连挂在对面白墙上的三角尺也如同被磨平了棱角一般，不再尖锐。

他看什么都不再真切，与世界隔开了一道屏障。

左边脸颊已经高高肿起来。

刚才打架挨了几拳，一侧颧骨青紫，嘴角破皮有血渗出来，清秀白皙的一张脸变得有些惨不忍睹。

不过，嘴贱的那两个男生伤得更严重，直接送去了医务室处理伤口。

所以，他还是维护了她吧？他的小女孩。

许燕芝打完后，并没有熄火，反而在看到儿子脸上的青紫后，一触即发陷入了更加失控的情绪里。

她像一头暴怒的母狮，疯狂大力拉扯着儿子的胳膊，狂吼着："许长阳，你有出息了！你打架！好，你不要读书了，跟我回去！我们一起回去！一起从桥上跳下去，一了百了！你这个畜生，学会为女人打架了啊？真有出息啊？我们同归于尽！同归于尽！"

班主任老黄和教导主任都被许燕芝披头散发歇斯底里的叫骂惊呆了。

在他们的印象里，许长阳是一个优秀文雅，如同古代书生一样的好学生。

前几次家长会，许长阳都是被赞美的那一个，所以他们看到的许燕芝也是清清秀秀坐在座位上微笑着的正常模样。

然而，当她的嘶吼旁若无人地响彻了整个办公室，再用无穷大的疯狂之力甩脱了劝阻的老师，拉扯着许长阳直奔教室时，老黄才后悔，感觉这次叫许长阳的家长来，恐怕是犯了一个大错。

然而，来不及等他有补救反应，更意外的事发生了。

拉着儿子冲到教室，径直冲到他的座位上，把他桌上的书本朝书包里一顿乱塞，喊着要带不听话的儿子回家的许燕芝，突然从许长阳的书包里，抖出来一本速写本。

小的时候她送过许长阳学画画，但是高中学业紧，他已经很久没有画了。

速写本在她激烈的动作下从书本里滑落下来，掉在地上，呈现出翻开的样子。

许长阳的眼镜还没有捡回来，所以他看不清状况，但是他知道自己的书包里藏着什么秘密。

他几乎是同时甩开了许燕芝的手，想要扑过去抢书包。

然而已经晚了。

那雪白的纸张上，一页一页，用淡淡的铅笔勾勒着同一个女孩的身影。

她的笑容，她的秀发，她的眼睛，她的嘴唇。

还有，她美丽而神圣的身体曲线。

像是月光下的蔷薇花园里盛开的第一朵花儿，带着晶莹的露水，羞怯而温柔地向他展开。

肌肤胜雪，触手温柔。

其实连花蕾本人，也不知道有这样一本速写本的存在。

这是许长阳的秘密。

无数个听着许燕芝发疯的时刻里，他便锁上房门，戴上耳机，沉浸在对心爱的女孩的肖想里，摊开洁白的画纸，用画笔去触碰她的美丽温柔。

学速写的人，对人体自然不陌生。

青春少年，把用眼睛测量的女孩的美丽胴体，变成了画面，偷偷在纸上呈现。

想象着有一天，能把她彻底拥抱在怀。

然而此刻，这一切，在疯狂的母亲眼里，都变成了淫邪和罪恶的证据。

许燕芝发出了一声接一声的惨叫。

她叫得那么瘆人，那么兽化，以至于班上的很多女生，都吓得哭了起来，甚至有人夺门而逃。

有几个年轻的孩子见过这样的架势？

这显然已经超出了他们对于猎奇的需求范围，变成了恐怖片。

许燕芝看不到其他人，她只是兀自惨叫着，尖啸着，手伸向空中，挥舞着那本速写本，喉咙里发出嗬嗬嗬的怪声。

"那个婊子在哪里！我要杀了她！我要杀了她！小婊子！勾引我儿子！你出来！我要把你千刀万剐！"

……

花蕾不在任何一个教室里，她已经走了。

她没有听路以宁的话回去上课，她提前逃跑了。

她的直觉救了她一命。

宽阔的马路通向远方，车流如梭，她奔跑着，奔跑着，没有方向，不知道去向哪里，然而，她只知道自己的脚步不能停下。

即使呼吸里已经带着血沫的味道，即使泪水已经将眼睛泡得肿胀变形，看不清前路，也不能停下来。

不能停下，一分，一秒。

她奔跑着，在奔跑中想起了不久前的那个夜晚，许长阳带她穿过树林爬上山坡，一起站在高处，他们沐浴着那晚皎洁的月光，眺望着整座城市。

当时的她在心里默默地祈祷，走吧，我们一起冲破最深的夜色，去最远的未来。

现在她知道，那大约只是太美的夜，给了她狂妄的幻象。

没有她，他或许才会有更远的未来。

学校里，教导主任和老师们都在找花蕾，许燕芝的表现令他们意识到了危险，他们担心出人命。

可是，发动了许多人，天台、卫生间、操场边全跑过一趟，也没发现花蕾的身影。

门卫大叔严守校门，说一只鸟都没放出去过。

直到有别的班上体育课的同学说，捡球的时候看见一个女生翻墙跑了。

许长阳被母亲以死相逼带回了家。

而花蕾，她父亲的电话永远处于无法接通，她的继母，只听老师说了几句事情的来龙去脉，就在电话那边骂了起来，嘴巴不干不净地诅咒着，最后干脆不耐烦地把电话摁掉了。

路家。

路以宁匆匆忙忙扒完碗里剩下的最后一口饭，正打算撂筷子，路谦又给她舀了一碗排骨汤，她推回对面："爸，我真吃不下了，我这个月还长胖了两斤。"

路谦说："长十斤都嫌少。"

"要真长十斤我会哭的。"

路以宁冲厨房喊了一声："妈，我要的便当准备好了吗？"

"别催了。"妈妈说，"你去把冰箱里的黄桃洗了，顺便给花蕾带几个。"

今天吃晚饭前，路以宁说花蕾病了，多做一份便当拿过去看花蕾。

她爸妈以为是两个小孩学习压力大，不疑有他，也没有多问。

"九点半之前必须回家。"

"知道了。"

路以宁接过妈妈手里的饭盒，穿上鞋子出门。

路以宁打车去了花蕾家附近的一间公益阅览室。

阅览室处在两条小街交汇的地带，左侧是拆迁区，低矮灰旧的楼房相继倒下，右侧有几家生意冷清早早关门了的五金店。

这间阅览室于夹缝中生存，又无任何收益，不知道还能办多久。

自从妈妈去世以后，继母李珍搬进了家里，花蕾便与她相处不愉快，经常一个人跑出来，无处可去，就待在这间阅览室里。

这里是属于她的秘密基地。

以前周末，花蕾带路以宁来过几次。两个女孩躲在书架后面分享隐秘的心事，看喜欢的漫画，待上一下午。

阅览室傍晚六点关闭，这时候门已经紧紧合上。

路以宁下了出租车，一眼望去，前方窗口黑漆漆一片，安静得像座坟冢。

路以宁走过去趴在窗口小声喊："花蕾，花蕾，你在里面吗？"

玻璃上透出了手机屏幕亮起的微弱的光，花蕾的声音喑哑："以宁？"

"是我，就知道你会躲在这里。"路以宁敲了敲窗沿，"赶紧过来给我开门。"

"等着。"

花蕾摸索到墙壁上的灯控开关，按下，一室的黑暗被瞬间驱散。

暖黄色灯泡的光线颜色温和，照在她脸上，仿佛也终于有了些许属于人的温度。

她把路以宁放进来。

一进来，路以宁就把饭盒塞她怀里："我猜你也没吃东西，让我妈给你准备的。"

"谢谢。"

花蕾下午一直待在这里。傍晚，管理阅览室的老大爷以为里面没人，直接锁好门走了。

如果路以宁不来，也不知道她准备要待到什么时候。

花蕾往嘴里塞着饭团，大滴眼泪从眼眶中滚落。

路以宁紧紧靠着她，想把自己的身体温度传递过去一点，然而对于现在的花蕾来说，也不过是徒劳。

路以宁想起不久前，她还时常拿许长阳来逗花蕾，她是多么喜欢花蕾圆圆的脸蛋上泛起的美丽红晕，嘴角压也压不住的甜蜜娇笑啊。

也许她们都还太年轻了，她们以为生命原本应该是这个样子的，是甜蜜的，是美好的，是健康的，是自由的，是充满希望的。

然而，现实展现在她们的面前，如此残酷。

那些以为，都不是的。

吃完饭后，两人默默地依偎在一起。

关了灯，呼吸也变得悠长。

路以宁含蓄地说了一下许长阳的妈妈出现后发生的事。

她要花蕾躲一躲，可能这两天都不能出现在学校了，怕许长阳那个疯子一样的妈妈真的会做出什么出格的事来。

花蕾静静地听着，比想象中平静。

她抱着路以宁的一只胳膊说："不是最近，是从此以后，我都不会再回学校了。"

"什么意思？"路以宁紧张起来。

"我不想读书了。"躲在这一方小小的空间里，花蕾已经想了很久很久，她已经想清楚了，"我爸身体不好，工资又低，我继母早就想要我辍学早点去打工。其实不读大学，也有很多工作可以做，不是吗？我本来就不是读书的料，学得那么吃力，那么痛苦，是因为有你和许长阳在那里，我才努力坚持……可是现在，我觉得该离开了。"

路以宁怔怔地眨着眼睛，她听出花蕾不是赌气，也不是冲动，而是考虑了很久了。

花蕾的话不无道理，条条大路通罗马，她明明有很多的优点，去寻找合适她的土壤并不见得是坏事。

只是，她怎么舍得？

"你……想去做什么？"路以宁声音干涩。

"我想去学烘焙。"花蕾回答，"你知道的，我一直很喜欢做这些事情，手工啊，焙烘啊，料理啊，花艺啊……你也说过，我一上手这些事，就变得很棒是不是？"

路以宁眼里含了一点泪，她知道花蕾看不见，但还是拼命点头："是。"

"我和许长阳，现阶段是无论如何也走不下去了。那不如暂时分开，各自努力。他有他的路，我有我的路。等我有一天变成超级强大的糕点师，开它一百家分店，变成无敌女富豪，许长阳可能还是个只会读书的清贫书呆子呢！到时候我就带着万贯财产来'娶'他，你说好不好？"

故作俏皮的玩笑像是要努力冲淡好友心中的不安和悲伤，花蕾努力让自己的声音听起来更阳光一点，更像那个没心没肺在人前笑得格外漂亮的她。

"好。"路以宁觉得自己就像个傻子。

她一直以为花蕾幼稚，却不知道，花蕾比她成熟多了。花蕾聪明、坚强，在最黑暗的逆境里，也在为未来筹谋努力。

所有看轻花蕾的人都是傻瓜，她明明是一块瑰宝。

"以宁，别伤心，我们就快要长大了。等我们成年了，就可以为自己的命运做主了。这一句话，你也帮我带给许长阳。"

花蕾最后说。

赶在晚上九点半之前，路以宁回了家。

她房间的窗台上有一盆绿色的植株，是她当初和花蕾一起买的那盆昙花。

她们约好轮流照顾，也细心呵护，可它总不开花。

深绿色的叶子长了又长，除此之外，却没有别的变化。

但花蕾并不着急，她说，她相信它迟早一定会开花的。

这一周，昙花正好轮到路以宁照顾。

　　而以后，很长的一段时间里，花蕾将居无定所，不再有能力照顾它。

　　所以，它不用再被送来送去了。

路以宁写给秦桑的第十九封信

（摘录）

嗨！秦桑。

最近我有一个想法，我想，毕业以前，我要勇敢地给你写信，约你出来见面。

我不知道你会不会看到那封信，也不知道你会不会来。

如果来了，我们会是怎样的情形呢？

我能像在信里对你说话一样自然如老友吗？

你会对我好奇还是嘲笑或是无视？

我无法预测。

甚至觉得这或许是一个很蠢的决定。

但是，有人说青春就是用来犯错的，因为以后变成了成熟的人，我们就会更加谨慎，步步为营，害怕犯错也害怕尝试了。

你觉得呢？

其实，我现在给你写信，已经和最初的心情完全不一样了，仿佛给你写信，变成了一种习惯。

希望看我的信，也变成了你的习惯。

——小七

周日那天，秦桑在城西一带遇见李君纯属偶然。

他想找一本老版的教辅书，翻遍了学校和家附近的所有书店，一无所获。

结果有个书店店主建议他去城西的葛家坝看看，那里有个大型的图书仓库，或许里面有他要找的。

从家这边去城西，距离很远，他转了一趟地铁一趟公交车。

下车以后在地图上找葛家坝，照着路线走。

好在他方向感强，分得清东南西北。

就在看见"葛家坝"三个红色正楷字的同时，他也看见了旁边挨着的不远的大酒店，以及酒店门口的妈妈李君。

白色的日光倏然就刺眼了起来。

他不敢相信自己的眼睛。

那真的是他的妈妈。

是他说要去加班的妈妈。

　　但是，她刚刚做了新的发型，穿着一身鹅黄的洋装，站在一个离她的上班地点十万八千里的地方，手指间旁若无人地燃着一根烟。

　　不多久，就见一辆白色的小车优雅地靠近她，停下。

　　车的牌子不错，低调轻奢，是有品位的人会选的。

　　车门打开处，一个穿着西装的男人钻出来，身形挺拔动作矫健，向着李君迎去。

　　李君随手将手里的女式香烟头扔在地上，踩灭，然后挽住了男人的胳膊。

　　男人似乎也满怀欣喜，低头在李君耳边说了些什么，李君便抬头笑了。

　　这一刻，隔着一条街的距离，秦桑也能感觉到李君笑容里的幸福与满足。

　　像被重物击中，脑袋霎时间产生了眩晕感，那辆小车已经开走了很久，秦桑仍然无法动弹。

　　之前，他一直为将死之人秦升平的胡言乱语而愤怒，他觉得李君虽然在照顾秦升平的过程里吃尽了苦头，但她一定还能再坚持一下。

　　他知道自己这样想是自私的。

　　然而，秦升平就要死了，他的眼睛已经彻底看不见了，清醒的时候也越来越少，整个身体完全瘫痪在了床上，大小便失禁，随时随地都可能咽下那一口气。

　　再痛苦，又还要忍多久呢？

秦桑没有买书，他不知道自己是怎么浑浑噩噩地回到家的。

推开那个两室一厅的门，看到苍老的爷爷正搬着小马扎坐在阳台上剥豌豆，驼着的背成了一张拉不直的老弓。

爷爷不爱说话，一双老眼是混浊的，时常没有焦距。

他的手机械地一动一动，剥出来的豆粒有时滚到地上，他也浑然不觉。

奶奶在打扫屋子，洗拖把的水是早上洗脸后留下来的。

秦升平昨晚痛了一宿，现在大概终于脱力地躺在床上睡着了。但是止痛药剂加到最大，也维持不了他多久睡眠，最多两个小时，他又会从剧痛里醒来，发出绝望的惨叫。

每个人都已经疲惫至极。

这难得的短暂寂静，已经是这个家中现下最好的时光。

餐桌上的花瓶里插着李君几天前带回来的一束香槟玫瑰，花瓣已经蔫了，颜色变深变干。

奶奶从白瓷花瓶里抽出花枝，一把扔进垃圾桶，嘴里念叨了很多遍浪费钱。

秦桑进了自己房间，把门关上。

他瘫坐在椅子里，单手解开了衣服上前两颗扣得严丝合缝的纽扣。

心里堵得慌，无法排解的情绪始终折磨着他。

李君和陌生男人的背影，秦升平呼痛时的狰狞咒骂和满头大汗的绝望喘息，压得他喘不过气来。

秦桑从小就不是一个调皮孩子，人家是少年老成，他甚至从幼年开始就比别的孩子显得老成。

别的孩子看童话故事的时候，他就已经在啃《孙子兵法》。

他对自己的要求，向来与他人不同。

或许这就是命运，命运在他的灵魂里打下了警告的烙印，告诉他，他要拼命奔跑，不停向前，一秒也不能耽误。

因为他的身后有着猛兽在追赶。

总有一天，它会露出它长长的獠牙。

秦升平病后，他知道了那只野兽的模样。

如果要改变自己未来可见的命运，不因父母的过错而永远陷于泥淖，那么，他就要拼命。

一直以来，他都是这般警告自己，也是这么做的。但是，不知道从什么时候开始，他的心里，竟有了一点点少年人都有的温情、犹豫和软弱。

被家里的气氛压得喘不过气来的时候，他竟然会偶尔希望有个人在他身边，听他倾诉，让他吐槽，夸奖他已经做得足够好，甚至，什么都不说，就那么静静地陪着他就好。

他察觉到自己的这种情绪是危险的，是掺着诱惑的糖。

但他真的很累。

他的骨骼还不够坚硬，没有达到刀枪不入的地步，他觉得自己快要扛不下去了。

右手无意识地拉开了旁边的抽屉，扒开订书机、备用笔芯、曲别针等这些零碎的物件，最里面，放着一沓相同的淡蓝色信封。

这一年多来，有个叫小七的女孩，始终在坚持给他写信。

她的生活、她的喜怒哀乐就装在小小的信封里，送到了他手上。

从毫不在意，到内心嘲讽，到好奇心起，到每月期待。

不知道从什么时候起，小七已经成了他最亲近的朋友。

而那一次雨天窥视，让他知道了她具体的模样。

长裙长发的少女，小巧安静的脸庞，她叫路以宁。

他想如果对她倾诉，她一定会耐心倾听，认真地看着他，一句也不插嘴吧？

他如果对她说些赌气的傻话，她一定会善良地不嘲讽他，然后对他说你可以任性，你已经很棒吧？

他知道她的成绩也很好，那么相约一起考大学，会不会在枯燥辛苦的学习时光里，多一份来自于她的力量？

感觉世界一片黑暗喘不过气来的时候，也想过如果握住她的手……

如果握住她的手。

她的手，应该微凉而柔软吧。

秦桑呆呆地坐了许久，他从来没有过这样失控的状态，但是他想原谅自己一次。

他突然抽出了一张白纸，拧开了钢笔。

笔尖点在白纸上，久久不动，洇开了一团墨痕。

他犹豫之后似乎终于知道该从哪一句话开始下笔，飞快地写了起来。

小七。

哦，小七，你好。

路以宁做了一个梦。

梦中的自己穿上白色的婚纱，走过了一条很长很长的铺满了白色玫瑰花瓣的路。

除了那条路发着光，温柔而安静地指引着她，路的两旁，都陷在没有一丝光亮的黑暗里。

可是，她并不害怕。

因为她心里知道，秦桑，就在路的尽头，等着她。

她仿佛跋涉了许久，翻越千山万水般艰难地走到了他的面前。

她一直在努力地笑着。

她告诉自己，要把最美丽的笑容给他。

少年你为什么那么忧伤？

而我想要温暖你，想要给你小小的太阳。

白纱让她的视线变得朦胧，她走得很慢，但终于走到了那个颀长的身影面前，稳稳站定。

一双手伸过来，非常非常轻地，掀开了她的头纱。

然后，是一个柔软的、清凉的、落在额间的吻。

她的心狂跳着，被幸福和不安轮流塞满。

然而，睁开眼睛时，她看到近在咫尺的那张脸，俊美无双。

是易千树。

路以宁直接从梦里生生惊醒。

她的心怦怦狂跳着，按都按不住。

她简直不知道自己该做什么表情。

秦桑？易千树？

这两个人？

她什么时候在潜意识里，把易千树和秦桑放在一起比较了？

她慢慢调整呼吸，让自己平静下来，不再抓狂。

看向带夜光的钟表，凌晨四点。

她的眼睛慢慢适应了黑暗，看向窗台的方向。

那里，放着她和花蕾一起买下一起供养的那盆昙花。

窗外月光皎洁，这样深的夜里，万物皆已沉睡，而月光下的植物，如若此刻开花，她难以想象，自己将会怎样欣喜若狂。

于是，她又想起了第一次给秦桑写信，在信里引用的句子——

凌晨四点钟，看到海棠花未眠。

她现在开始怀疑，秦桑是不是她的青春里，一个不曾存在过的幻梦。

即使这份情愫美如夜海棠，也只是存在于她的想象里，她不曾触碰，也不知写过的那些信，对方有没有真的看过。

她突然有了一个计划，她想，无论如何，毕业前，她一定要鼓起勇气，约见秦桑一次。

她要告诉他，自己就是小七。

她想知道，这场梦有没有结果。

02. 等他走的时候，我去送他，祝他前程似锦。

冬天来临时，徽阳一中校园里的梧桐树早秃了，光溜溜的树杈暴露在冷空气里，遍地的黄叶要被风卷到天上去。

路以宁浑身上下，数脖子最怕冷，早早裹上了围巾。

她现在把半张脸藏在围巾里，只露出一双眼睛，想伪装成冰天雪地里的爱斯基摩人避开许长阳，结果还是在走廊上被拦截住。

她已经记不清，这是第多少次了。

许长阳还没有放弃。

"花蕾在哪里？"

重复问着这一句，一直到如今入了冬。

论恒心和毅力，有谁能比得过他。

加上路以宁现在跟他同班，想逃也逃不掉，无论怎样，最后都会被他逮到问上这么一句。

连路以宁都觉得，有些不忍心了。

但她答应过花蕾的，不能说。

她只能继续告诉许长阳："我不知道。"

这些天持续阴雨连绵，被吹斜的雨丝飘进走廊，许长阳站在靠外的一侧，背上落了一层雨点。

路以宁把他往教室门口推了一把："赶紧进去吧，外面冷死了。"

"真的不知道吗？"他仍然问。

路以宁心下一酸，围巾里传出沉闷的声音："嗯。"

自从花蕾的手机停机，他们再也联系不上之后，许长阳能找的地方只有两处：一是花蕾家，李珍看他都看烦了，冷言冷语讥讽没少过，说那死丫头早不在家住了，你别碍着老娘倒洗脚水。

许长阳明知道不会有结果，却还是推着单车站在花蕾家对面的墙边等上一等。

寒风中默诵高考必背的几篇文言文打发时间，口中呵出的白雾飘散在暮色里。

他麻木地念着东坡先生的赋："壬戌之秋，七月既望，苏子与客泛舟游于赤壁之下。清风徐来，水波不兴。举酒属客，诵明月之诗，歌窈窕之章。"

句子里的迎面清风，朗月挂高空陪伴着他，而现实却是一片萧条。

他知道，许燕芝是养大他把全部骨血希望都寄托在他身上的母亲，他永远不能放下她，无论她如何疯，如何狂，如何不讲道理地撕碎他的幸福。

然而，花蕾是他压抑生活里勇敢活下去的明亮希望。

可是，她不要他了。

她害怕了。

她被他的疯子妈妈吓跑了。

第二处能找的，是路以宁这里。

许长阳分辨不出路以宁所说的是真还是假，他只是固执地想，他问的次数多了，指不定有一天她就愿意说真话了。

可这回，他等不了太久了。

"读完这个学期，我就要走了，出国留学。"许长阳告诉路以宁，"如果联系上花蕾，麻烦替我转告一声，我想在走之前跟她见一面。"

西维路一段，有家西点屋的生意始终不温不火。

知道的人不多，来的都是老客户，尝过店老板做过的蛋糕和甜品之后大多转变为死忠粉。

但这家店打不响知名度，因为它一年有三分之一的时间大门紧闭不做生意，原因是老板外出不在家。

这家店店面设计得也不起眼，招牌就是一个大写的英文字母"W"，坐落在街角，斜对面的一家茶餐厅的生意比它要好上十倍。

最近这段时间，花蕾就住在W的阁楼上，每天花十二小时在厨房。

教她烘焙的人叫姜柏云，是这家店的老板，她跟他拜师学艺，认了师父。

然后在店里吃住，像躲进了一个香甜的小堡垒。

如果她不探出头去，便没有人找得到她。

花蕾是在蓝鹊广场的音乐喷泉附近遇到的姜柏云，那一次许长阳爽约，她等他等到饥肠辘辘。

这时来了一个背着登山包风尘仆仆的男人在长椅的另一头坐下歇脚。

他只休息了一会儿就起身走了，可他走后，花蕾发现一根样式简单的项链掉在地上。

黑色的细绳上坠着一颗子弹，是男人不小心落下的。

花蕾捡起来，莫名觉得这一样东西或许很重要。

没多久之后男人果然返回来找，花蕾物归原主，他问她需要什么报酬。

花蕾说不用，肚子饿得咕噜叫两声。

姜柏云难得笑了笑，把手中的那袋面包递过去给她。

她犹豫着尝过一片之后问："哪儿买的？"

"自己做的，我开了一间小蛋糕店。"姜柏云说。

花蕾的眼睛顿时亮了起来。

"你刚刚不是要谢我吗，我想好报酬了。"她说，"能教我烘焙吗？"

她神色认真，看着不像开玩笑。

姜柏云觉得这是天意。

他那小店里正好缺个人，门上的招聘启事粘贴了快大半年也没人给他打电话，现在倒是捡个现成的。

路以宁推开W的店门。

一对年轻情侣在挑选甜品，她轻车熟路地去了后厨，花蕾正在用樱桃点缀装饰一块黑森林慕斯。

除了蹭吃蹭喝，路以宁今天主要是来给许长阳传话。

因为花蕾跟许长阳之间闹出的事情，许燕芝把儿子的出国计划提前了大半年的时间，想把人越早送出去越好。

在许燕芝的计划里，儿子一定要成功，要飞黄腾达，要有金光闪闪的未来。具体是什么，她也不知道，但她倾尽全力，把最好的给他。

如此这般，方可不负她一生孤寂，半生失败。

所以，送他出国留学，那必是好的。

"他说走之前想跟你见一面。"

路以宁鼻尖上飘着浓郁的奶香，咬着姜柏云递过来的一小碟华夫饼，犹豫着说："我跟他同班，他每天问我一次知不知道你在哪儿。不多问，每天就一次，估计是怕太烦人，觉得问多了会打搅到我……"

"但每天的那一次绝不落下。"

万人如海一身藏。

花蕾躲起来，许长阳就真的找不到了，可是他没有放弃过找她的念头。

"你去见见他吧，看在他找了你这么久的分上。不然……"

玻璃窗上凝着一层水雾朦朦胧胧的，外面的街景都模糊了，路以宁想了想，不然什么呢，她突然也词穷了。

"不然以后再想起来，我得多遗憾啊。"花蕾接了上去。

"你决定去见他啦？"路以宁高兴地问。

花蕾像是努力思考后才得出的答案："等他走的时候，我去送他，祝他前程似锦。"

我也会努力的。

她在心里默默告诉自己。

姜柏云无意偷听两个女孩讲话，给路以宁送免费小点心的时候耳朵难免捕捉到两句，心如老僧入定，又不由得感慨年轻真好。

他剃完胡子剪短头发以后，从山顶洞人变成妥妥的帅哥一枚，眉目端正，看上去五官硬朗。

今天的工作到此为止，他摘了围裙和帽子，坐在店里的高脚凳上休息，再过半个钟头就可以歇业关门，回家躺床上睡大觉。

花蕾送路以宁出去，厚重的玻璃门一拉开，外边的冷风扑到她脸上，从衣领里贴着皮肤猛地一路灌进去，她顿时瑟缩起肩膀抖了一下。

"我去对面搭车，你赶紧进去。"路以宁说。

花蕾返回店内，见姜柏云从储物柜里拿出罐啤酒，问她要不要。

花蕾摇头，给自己热了一袋牛奶，她想喝点热的暖暖胃。

啤酒碰上牛奶，姜柏云突然说："小家伙，人生还长，要加油啊。"

说完继续摆弄手里新淘来的古董收音机，调了调频，传出阵阵雪花噪音，过了会儿才有音乐飘出来，低沉的女声却唱着欢快的歌。

花蕾听不懂词，不太像英语，但又分不清是俄语、法语还是印尼语。

她晃着悬在椅子外的一条腿，跟着节奏轻点地面。

她忽然很想许长阳。

03. 这样的舒适，让人仿佛能想到时光静止，天长地久。

路以宁过人行道，朝西点屋对面的公交车站走去。

她留心瞥了一眼花蕾口中所说的生意比W西点屋要好上十倍的那家茶餐厅，隔着一层透明玻璃，看到里面果然满满当当都是人。

服务生来来回回在过道上穿梭，一个个忙得像上了发条的陀螺。

公交车站台冷清，只有路以宁一个乘客在等车。

她今天运气不太好，久久也不见有车来。

她把松散了的围巾取下来，重新在脖子上一圈圈绕好。

手藏进衣兜里，时不时轻轻跺一下脚。她无聊地朝四周张望，茶餐厅外面的几棵琴叶榕旁边不知道什么时候多了个人。

身上穿着统一的店员服，白衬衫配黑西裤，侧脸对着路以宁。

餐厅窗口的莹白灯光洒在琴叶榕上，叶子越发显得森绿，他的脸庞落满了深浅不一的阴影，路以宁却不到一秒钟就认出了他。

是易千树。

这么冷的天，他没披个外套就出来放风，撑不了多久，就转身回室内，似乎只为出来透口气，走前居然喂了自己一颗糖。

路以宁看着他把剥开的大白兔糖纸扔进了垃圾桶，绕过琴叶榕抬脚上了台阶。

从错愕中回过神来，路以宁鬼使神差地跟着易千树进了茶餐厅。

暖气瞬间从四面八方聚拢过来包裹住她，她一边走一边摘围巾，偷偷摸摸地张望，在人堆里寻找刚才那个熟悉的身影。

但是他已经不见了。

路以宁被女服务员领到一个双人座上，她拿着菜单犹豫，刚才在西点屋里蹭吃蹭喝肚子还撑得厉害，只好说："我先等人。"

服务员于是礼貌地先走了。

路以宁的目光继续在周围搜寻，身后传来一道声音："在找什么？"

她回头，易千树突然出现在眼前。

他右手上拿着木托盘，刚去其他桌送了一道菜。

窄腰长腿站在吊灯下，整个人都沐浴在光晕里，头发往后抓了两把，露出额头，眼睛形状漂亮又透着凌厉，这与以往他在学校给人的感觉很不同。

这是一个路以宁从来没有见过的易千树。

她是跟踪他进来的，被他问起，一下子紧张，支吾着说不出话。

幸亏易千树见她答不出，也不再提。

没多久，他又去而复返，端来一杯温热的奶茶搁在她面前的方桌上："请你喝的。"

那天易千树本来要到晚上十点才下班，但他在发烧，脚下虚浮着像踩了棉花，只好跟领班请了假，早点撤。

他换好衣服穿上外套，离开前把路以宁叫上，问她："走不走？"

路以宁是跟着他进来的，又跟着他出去了。

易千树要去买药，沿着马路走一段就有一家大药房。

他头重脚轻，脑袋被冷风吹得似乎清醒了一秒，内里却如同有火在烧。

路以宁跟上来："之前在外面，我看见你吃糖。"

易千树冲她笑了笑："哪条法律规定了我不能吃糖？"

"这倒没有。"

主要是，他这个人平时看着太桀骜太酷了一点，突然叼起一颗大白兔奶糖，还真的让路以宁很惊讶。

地面上是两个人被拉长的影子，步调一致地往前走。

易千树唇有点儿发干："没时间吃东西，肚子饿，含颗糖在嘴里舒服点。"

"会很累吧？"路以宁问。

"嗯。"

或多或少会觉得累。

这家茶餐厅要求严苛，但时薪还算高，他周末的时候过来兼职，人要连轴转，少有停下来休息的时候。

"为什么呀？"

"想看看众生百态，免得堕落。"他开玩笑似的说。

说实话，路以宁不太懂。

班上的同学都知道，易千树家很有钱，他这辈子就算什么都不做也能衣食无忧地过完一生。

在没有亲眼看到之前，绝对不会有人相信他居然在这么繁重的学业下还选择了兼职打工。

但她想起易千树摔断锁骨的那一次，在病房里，他与他父亲两人针锋相对的情形，又好像有点懂了。

也许易千树和花蕾，从来都不像他们表现出来的那样什么都没有想。

反而他们想得，远比她这种一心读书的人，要深刻得多，丰富得多。

易千树在药房门口停下来，路以宁才意识到他要进去买药："你怎么了？"

"发烧。"易千树说。

他不说，路以宁完全没有发现。

她想也没想地伸出手背，碰了一下他的额头："好烫。你要不要去医院打针？"

"直接吃退烧药就行，回去蒙头睡一觉。"

药店旁边就是一家粥铺，易千树买完药之后，路以宁拖他进去占了个座。

"你不是饿吗，怎么能不吃东西，待会儿空腹吃药更难受。"

"饿过头了，不想吃了。"

路以宁像是没听见，仰头看墙上张贴出来的菜单，口味有甜有咸，张口报了一大串像在说相声："养生粥、养颜粥、润肺粥、香芋蜜桃雪梨粥、松子核桃红枣粥、燕窝粥、腊八粥……"

易千树轻轻鼓掌："好口才。"

"你要哪一样？"路以宁问。

易千树咳嗽了一声："怎么我感觉自己现在好像被我外婆管着？"

"不敢当，不敢当。"

"你说你怎么这么能操心呢？"

"我是你的老班长嘛，"路以宁顿了顿，"也是朋友。"

朋友这个称谓，早就担得起了。

路以宁跛脚的事从来不用在他面前遮遮掩掩，他从来不觉得她特别，也不特殊对她，只当她和正常人没有两样。

至于他的事，她也不多问。

为什么会跟父亲针锋相对，为什么许音音会跟王昆在一起。

他们默契而自在地相处着。

这样的舒适，让人仿佛能想到时光静止，天长地久。

"刚才你请我喝奶茶，现在我请你吃粥。"

最后点的是老板推荐的葛根粥，解肌清热，生津止渴。

粥冒着腾腾热气，往外飘着扩散。

易千树嘴里发涩，没尝出太多的味道，只不过那股热流吞咽入喉之后，缓缓淌入胃里，确实让人好受不少。

"上星期五，在办公室里，我听见老黄跟其他科任老师夸你成绩进步了。"路以宁突然没头没尾说了一句。

易千树突然被夸，握着瓷勺，满头黑人问号。

"我就发一次烧，你至于这么费尽心思安慰我？"他眼睛睁大，差点翻出个白眼。

路以宁被逗笑。

她这不算安慰他，说的也都是事实。

易千树同学好像开始努力了，努力学习，努力生活。

他不总三天两头地翘课了，不老往篮球场上跑了，不会每节课趴在课桌上睡觉了。

老黄盘着核桃的样子像个算命先生，预告他以后会是匹黑马。

乾坤未定，以后的事且等着以后来瞧。

Chapter

—15—

Hai Tang Hua
Wei Mian

许长阳在飞机上的回忆

那个女孩，是他生命里，最灿烂的阳光。

他知道，她和他从来都不属于同一个世界，但是，并不是妈妈说的那样，她配不上他。

不是的，是他配不上她。

他早就知道，迟早有一天，他会失去她的。

她那么灿烂，那么美好，她是阳光，而阳光被握在手心里，其实从来都是一个幻觉。

天黑的时候，阳光就会消失，谁也留不住。

他一次又一次地回忆起初次对她心动的那个黄昏，夕阳像最纯净的一款颜料，染亮了天边的云，而他因为害怕回家，拖延着脚步，在街上闲逛。

是的，他是个软弱的人，他知道此生都不能离开他那病态而强势的母亲，因为他害怕她。

怕她死去，怕她发疯，怕来不及孝顺她，怕无法达到她期望的高度。

怕那个永远都处在压抑和紧张气氛里的"家"。

就在那个黄昏，他看见了在街角喂流浪猫的花眷，女孩的笑声像铃子一样清脆，她给每一只小猫取了名字，唤着它们，摸着它们。

她的手一定很柔软，她的心一定很善良，小动物是最敏感的，那么多小猫围着她，不怕她，因为它们知道她不会伤害它们。

她是和他的母亲完全不一样的存在。

她轻盈、活泼，脸上永远笑得甜蜜，好像没有阴影能够停留在她的眼中。

她叫花蕾。

他不可救药地喜欢上她，那么喜欢，那么喜欢，就像一株在黑暗中待久了的植物，疯狂地扑向阳光。

许长阳离开徽阳的那一天，是个难得的晴天。

分布在城市上空的阴霾散开了，云层中央像被劈开一个巨大的洞，灿金色的阳光一缕缕漏下来，降临人间。

在去机场的路上，许燕芝开车一路叮咛各种注意事项，千万个不放心。

许长阳一一答应着，转头看向窗外。两岸风景迅速倒退变成一片虚无的幻影，像某部电影里上演的情节。

他无意识地摊开手心，发现竟然攥出了一手濡湿，汗津津的。

离别的时刻即将来临，他要孤身奔赴大洋彼岸。

而花蕾答应了的，来见他一面。

他感觉自己已经很久很久没有见过她了。

要跟她说什么呢，"不要放弃我""等我回来"，还是"祝你幸福"？

哪一种，是她想要的，他都给她。

可他猜不透她的心思。

看上去那么小小的瘦弱的一个人，坚决起来却像是心硬如铁。让人怎么也找不到她，不给人留一丝机会。

约定好的时间是下午四点。

许长阳坐在候机厅里，一直等着。

时间一分一秒地过去，他几乎一边盯着手表上的秒钟在走，一边留意四周。面前走过各色的面孔，都是陌生的人。

他突然想起自己爽约的那一次，蓝鹊广场，下午四点。

又是下午四点。

这个时间对于他和她来说仿佛是一个永远解不开的魔咒。

随着时间一点点地流逝，许长阳心中隐隐有了一种不好的预感。

外面长空万里，蔚蓝天际望不到尽头。

老黄提前给他写了毕业寄语："从此天高任鸟飞，海阔凭鱼跃。许长阳同学，老师祝你鹏程万里。"

是，离开徽阳以后，他会有更广阔的天与地，更多发展的机会，更灿烂的未来。

他莫名想起一句话：后来的我很好，只是，生活里没有了你。

只想一想，眼泪就快要掉下来。

期待的心情逐渐落空了，许长阳整个人焦灼又煎熬，连许燕芝跟他说话也没听到。

"宝宝。"许燕芝叫他的小名，"到点了，你该进去了。"

无数纷乱的念头如清晨的白雾被风吹散，转眼消失得一干二净。

他被猝然拉回现实。

花蕾不会来了，他知道。

她没有打算原谅他，也没有打算再陪他走。

她有她的人生，她的人生计划里，没有他。

他拥抱了一下许燕芝，拍了拍她的背脊，轻声说："妈妈再见。"然后转身进了安检口。

就像小时候每一次去上学，背着书包站在家门口跟母亲告别那样。

飞机划过天际，载着远行的人离开故乡。

花蕾被几页薄薄的纸困住了四五个小时。

整个下午，她呆坐在椅子上失去生机般无法动弹，脑袋里如有烟花炸开轰鸣作响，过后又死寂得没有一丝声音。

她看着时钟嘀嗒嘀嗒在走，许长阳也在走。

她清楚地知道，再不出发，再不出发，你就赶不上了，见不到他了。

可她的双脚像被冰霜冻住了，禁锢在原地，挪不开一步。

手中的报告单清楚地宣告着她接下来的命运。

乳腺癌中期。

外婆与妈妈都因这个病而过世，她一直知道，她属高危人群。

然而，她没有想到，会这么早，这么早。

外婆四十八岁，妈妈二十八岁，可是，她才十八岁呀！

十八岁呀……

她莫名地想起了在电影院那次。

她因为怕痒，一下子笑出声来，打断了他的探索。

其实，她不仅是怕痒，她还怕被设定好的命运。

她的眼泪滚烫地流下来，流下来，打湿了医院的报告单。

亲爱的少年，此去经年，后会无期。

祝你幸福，愿你来年待她，如昔年待我一样。

哪怕身处万里，山高水长。

02. 他的人生里，从来没有风花雪月，也没有朗日晴空。

隔壁房间传来巨大的响声，打破了夜晚的宁静。

秦升平还在挣扎。

上周秦桑去医院给他领管制类止痛针剂的时候，连他的主治医生都叹息他生命力之强。

一般人痛到这个份上，几乎已是身在炼狱，精神上早已放弃，甚至只求速死。

但秦升平熬了一个月，又一个月。

把自己熬成了一具可怕的骷髅，夜夜哀号，却仍是不肯咽下那口气。

但是，约莫就是这两天了。

腹水已经充满了他的肚子，高高肿起如一个畸形巨大的球，皮肤撑到极致，已经薄得透明，仿佛随时会爆炸。

他已经尿不出来，渐渐陷入昏迷和呓语。

李君终于回来了。

秦桑打电话给她，问她要不要送父亲去医院度过最后的时间。

她放下包，似乎对眼前发生的一切毫不意外，倒像是这期待已久的一刻终于到来，有一种如释重负的麻木感。

她手中竟然还抱着一捧鲜艳的玫瑰，这次是粉色的，衬着气色良好的容颜，也彰显着她与这个家庭的格格不入。

自从断断续续不回家，李君在肉眼可见的回春中，无法掩盖，她也不欲掩盖。

对于这个家来说，她像是误入进来暂时歇脚的旅人。

正在收拾饭菜的奶奶突然就激动起来，儿子就快死了，老人终于情绪爆发，指着李君破口大骂。骂声中夹杂着哭音，恨不得将儿媳拖去十八层地狱下油锅。

李君却并不再沉默，尖起嗓子回击，字字句句正中要害，毫不留情，击得老人摇摇欲坠。

昔日也曾贤惠过的女人，此刻心狠起来，竟如巫婆。

秦桑坐在漆黑的房间里，眼神空洞地望着天花板。

他手指僵硬地拧开台灯，把耳机塞到耳朵里，将音乐的声音调到最大。

所有的叫骂都听不见了，只剩下如雷的鼓点冲击着耳膜，一个沙哑的男声在唱着摇滚曲。

他知道，隔壁的房间里，父亲正在咽下最后的气息。

那个给了他一半骨血的男人，就这么悲哀地、可笑地在自己的妈妈和老婆的恶毒对骂声里，慢慢消失在这个世界。

仿佛他来过的时间，都是毫无意义的悲剧。

人的一生，怎么可以这样度过？

如果一生要如此悲伤地度过，那么，他宁愿自己也不曾来过。

目光无意间落在抽屉里的一沓淡蓝色的信封上，他缓慢抽出夹在其中的一张纸，是那天他写给小七倾诉心情的信，始终没有送出去。

开头是龙飞凤舞的两个字，小七。

小七，小七。

那是属于少年的幻梦，他也做过的。

但是，那不是他的梦。

他从来都不是少年。

从他出生开始，他就是一个世故的老人。

他想要风光地活，成功地活，不再像他可怜的父亲一样，被每个人踩在脚下，如同一团恶心的烂泥，没有人在乎，他是不是消失了声息。

他突然发泄似的将信抓成一团，扔进了废纸篓。

他是一个不配拥有幻梦的人。

所以，在他的人生里，不允许有一个浪漫的小七出现。

她是甜美的毒药。

她是危险的禁果。

而他，只能在不为人知的黑暗的地底爬行，唯有自己咬牙坚持向前，四周布满冷硬的石壁与泥泞的沼泽。

他的人生里，从来没有风花雪月，也没有朗日晴空。

只有不断地向前，向前，向前。

03. 哭吧，就这一次，反正在雨里，谁也看不到。向她的梦，告别。

升入高三以后，所有人都变得异常忙碌。

路以宁在紧凑的生活中背着"不积跬步，无以至千里；不积小流，无以成江海。骐骥一跃，不能十步；驽马十驾，功在不舍"。

当初读《劝学》只为完成任务，现在成了对自己的激励。

许多人桌上刻着不同的名言警句，或者贴着某位偶像的照片，用来鞭策自己不断前进。

老黄别出心裁，在课堂上说了一番话，是他从网络上读来的，用来鼓励"兔崽子们"，哪怕能对他们起到一丝安慰，也算成功。

"'我们人体大约99％是由氢、碳、氮和氧原子组成的，这就是你和宇宙的深远关系——我们体内的氢原子是在宇宙大爆炸中产生的，而碳、氮和氧原子则是由恒星产生的。也就是说，你的指甲是碳构成的；每一秒，都会有成千上万的不稳定的放射性碳原子在你的细胞内和细胞之间爆炸。当你割伤自己时，星星的残骸便撒出来'……

　　"所以，不要害怕，也不要孤独，你体内的无数细胞在陪伴你，你身上带着你的整个宇宙。

　　"当你开心的时候，它们陪伴你。

　　"当你难过的时候，它们陪伴你。

　　"在无数个奋斗的深夜里，它们陪伴你。

　　"同学们，记住了，你是一个将军，有无数士兵在同你一起作战。"

　　这真是路以宁被喂过的一次最浪漫的鸡汤。

　　她埋头投入题海之中，看着日历上的日子被一道道斜杠画掉，像虫蛰伏入土，潜心等待来年的六月七号、八号。

　　等到那时候，她还有一件重要的事情要去做。

　　一年后。

　　他们顺利地从徽阳一中毕业，跨越高考这道分水岭，去看更远方的风景。

　　秦桑收到了来自小七的最后一封信，她在信中约他见面。这周日下午三点，她会在学校南门口等他。

那时候，秦升平的坟头，已经长出了一层茸茸的绿草。

而李君，也已经很久不回家了。

秦桑过早开始了一个人的生活，但他心有目标，也并不害怕。

他知道，他不会赴这个约。

那天的路以宁认真打扮了一番。

她对着镜子照了照，镜里的少女容貌依旧娇嫩，但眉梢眼角，依稀多了几分真正淡然的味道。

她并不确定秦桑会出现。

但是她早已想好，出现也好，不出现也好，这是她对自己这段青春的一个交代。

在这段不算漫长的岁月里，她和秦桑，因为这些有来无回的淡蓝色信件，而建立了某种浪漫的联系。

她没有对他说过"我喜欢你"。

也不确定自己对他的心意，是不是真的喜欢。

但是她知道，在某年某月的某一刻，秦桑温暖过她的心灵，而她的信或许也陪伴过秦桑，那就是独属于他们的故事。

她不后悔。

到达学校的时候，天突然变得阴沉。

正值假期，学校附近显得冷清，没有了昔日学生们追逐嬉笑的热闹和喧嚣。

路以宁站在约定好的地点，安静地望着空荡的街道和两旁幽静的古槐。

她知道，秦桑如果来了，就一定看得见她。

风渐渐大了起来，吹起了她的长裙和长发，猎猎作响。

乌云压得越来越低，远处传来闷雷的响声，像千军万马正在慢慢迫近。

后来，雨哗啦一下就下来了，像是倾倒了满天池的水般，没有一点温情地狂泻而下。

即使站在屋檐下，路以宁身上的淡蓝色长裙依然被打得透湿，裙摆像折翼的蝴蝶一样覆盖在她的脚踝上，一片冰凉。

风太大了，她必须紧紧抓住身边的白色栏杆，免得自己被吹走。

风雨迷住了她的眼睛。

她知道，那个人不会来了。

她给一个人写了近三年的信，可是，并没有打动他一分一毫。

或许，他甚至没有看过那些信。

毕竟，梦只是梦，醒来的时候，谁也不会向梦里遇见过的人告别。

路以宁其实早就想到了这个结果。

但是不知道为什么，她还是有些眼眶发热。

她仰起脸，让雨水用力地打疼她的面庞。

哭吧，就这一次，反正在雨里，谁也看不到。

向她的梦，告别。

路以宁不知道的是，在她的视角盲区内，与她相隔一堵墙的教学楼内，秦桑站在四楼的走廊上也正在看着她。

她在那里等了多久，秦桑就在那里站了多久。

他希望时间停止，自己就停在原地，不用继续向前走。

然后他看着小七，小七等着他，他们处在同一片雨幕下。

他的眼里闪过无数次挣扎与犹豫，想要走向她，告诉她，我来了。

可是，他清楚地知道，那个倔强地站在瓢泼大雨里的身影，具备着多么强大的魔力，她会把他带向浪漫，带向软弱，带向平和。

他将在她的笑容里不再冰冷，不再愤怒，不再压抑，不再那么害怕失败。

不，那不是他想的人生。

那不是他敢想的路。

她，太过温暖，所以他不敢走近。

时间一点一点溜走，天色渐渐暗下去。

路以宁站成了一具石像，秦桑也站成了一具石像。

而他也始终没有踏出那一步。

Chapter

16

Hai Tang Hua
Wei Mian

易千树的内心独白

对骆以宁表白的时候，我一秒都没有犹豫。

话语就那么自然地说出口。

原来，这才是爱情。

完全不会怀疑自己的感觉是不是正确，心它清清楚楚地知道，哦，我想和这个人，永远在一起，永远不分开。

从什么时候开始喜欢上她？

不知道。

也许是从在秀溪捉弄她开始，也许是从在教室盯着她的后脑勺发呆开始，也许是看她老老实实穿着啊啾的服装当吉祥物开始，也许……

管他的。

反正，骆以宁，余生漫长，有你不慌。

这辈子，别想我放手。

01.他在大洋彼岸过得很好。一家四口，儿女成双。

十二年后。

圣诞节前下了一场雪，于深夜悄悄降临，窸窸窣窣落在屋顶上、树梢上。

花蕾是睡了一觉醒来才发现的，开了灯，床头柜上的小木钟指向三点过五分。

这样万籁俱寂的时刻。

她的瞌睡跑得无影无踪，一时半会儿再也睡不着，从被子里钻出来喝水，看见窗外隐约飘过的洁白，如羽毛一般在风中荡荡悠悠，再落到地上。

她站在窗前看了片刻，察觉到冷又赶紧缩回床上，后来索性找了部电影看。

电影琐碎平淡的日常和舒缓的配乐让人放松，虽然没看出太大的兴趣，反倒意外起了催眠的效果。

花蕾这几年开始有点近视，配了副眼镜戴在鼻梁上。

现在眼镜歪了，一半的脸埋进被子里，又浅浅地睡着了。

电影旁白还在继续，响在宁静的室内，像是谁的梦呓。

她这一觉还算睡得舒畅，就是早上起不来，又赖了床。

十点多才打着哈欠去洗漱，楼下的店早已经开始营业，几个店员各司其职在忙碌。

这是花蕾开的烘焙店，叫"酵真"，面粉发酵的"酵"，真诚的"真"。

店有两层，一楼做生意，二楼是花蕾的个人起居室。

店里巨大的透明落地窗前摆着装扮好的圣诞树，吸引着外面的行人，尤其是小孩。

花蕾挑了窗边的位置坐下，不紧不慢地吃早餐。

不一会儿，落地窗外来了个小男孩，戴着米黄的毛线帽，两颊肉嘟嘟，指着圣诞树夸漂亮。

花蕾喝着牛奶，唇上沾了层白色的奶膜，又笑眯眯地叉了块小西饼咬一口，心说这孩子真有眼光。

视线慢慢往上抬，她看清了小孩旁边的女人，竟然是认识的人——曾经的英语老师章沁。

身为学渣中的学渣，花蕾之所以能这样深刻地记住一个老师，是因为当年她心底产生的无法排解出去的巨大恐惧。

她曾经与许长阳去电影院看《雀音》，电影放映结束后，灯光亮起来，却发现前座就是认识的人，还是认识的学校老师。

她为此狠狠地慌了一把。

几个月后，她和许长阳的事情彻底爆发，改变了她的人生轨迹。

她不知道是不是与章老师有关。

但是，时过境迁，也已经不重要了。

她现在过得很好，相信他，也很好。

章老师也吃惊地认出了花蕾。

这个连高中都没有读完就退学的学生。

时隔多年，师生再重逢，免不了相互夸赞一番。

提及往事也都云淡风轻一般，章沁问到花蕾近况，她也一一告知老师。

"当时看到你和许长阳两个，你不知道我心里有多惊讶，但是憋着没跟任何人说，替你们保密来着……没想到你们最后竟然没有修成正果。"章沁带着一丝遗憾地说。

不知道为什么，看着那个天真活泼的小男孩，花蕾相信，章沁说的是实话。

所以，她和许长阳的分离，不过是定好的命运罢了。

一念至此，她摆弄着桌上金黄的稻穗摆件，心下还是酸涩了。

索性放任自己，沉默了下去。

最后，还是章老师叹道："都过去这么久了。"

是啊，都过去这么久了。

十几年时光悄然流逝，来不及整理快乐或悲伤，也来不及回头。

她现在已经是业界小有名气的烘焙师，靠一身好手艺开了一家完全属于自己的店，收入稳定。

都过去这么久了。

连她与继母李珍的关系都慢慢缓和了，即便仍旧看对方不太顺眼，但也能心平气和地坐下来一起吃顿饭了。

都过去这么久了。

够她前后做完两次乳腺癌全切手术，把自己曾经玲珑的身体，变得像男人一样扁平，变得像怪物一样丑陋。

但幸运的是，全切手术去除了转移的微小可能，她至今的每年复查，仍然是幸运的。

只是，头上仍似悬着一把利剑，总担心它何时会落下。

这样的恐慌，她想她只能一个人承受，不能拖他人入局。

所以，都过去这么久了，她还是孤单一个人，也许终将一个人老去。

与花蕾一直保持着联系的只有路以宁。

傍晚六点，路以宁牵着一个粉团团嫩乎乎活蹦乱跳的小姑娘推开了店里的玻璃门。

小姑娘一见花蕾，朝她飞奔过去，奶声奶气唤："干妈——"

花蕾忙不迭应声："豆豆，我的心肝儿。"

路以宁笑着看两人抱作一团亲来亲去。

晚饭是花蕾下厨做的，路以宁帮忙打下手，路以宁的女儿小豌豆也在厨房跑来跑去凑热闹。

路以宁两次差点绊着她，只好把难缠的小家伙抱起来送去客厅，替她打开手机视频，给她找点事情做。

"你跟爸爸聊会儿天好不好，他可想你了……"

因为爸爸出差在外地，豌豆已经有好几天没见到他。

一听，小粉团子立刻点头如捣蒜，乖到不行，等着拨过去的视频接通，认认真真的语气："我也想爸爸啦。"

三个人的饭桌上暖意融融。

花蕾想喝酒，但医生嘱咐，她需要禁酒，所以最后还是忍住了。

两个大人跟着小孩一起喝牛奶，碰杯，把豌豆高兴坏了。

冬天昼短夜长，窗外已经天黑了。

两旁路灯和悬挂在树上点缀的小彩灯接连亮起，把街道照耀得如同白昼。

又一场雪随着暮色降临了，落地窗外是纷纷扬扬的雪花。

室内温暖如春。

到最后，花蕾不能喝酒，却像醉了。

她的眼神一瞬间变得迷蒙，转头看向窗外的大雪，好像在看着十二年的时光一帧帧从眼前溜走。

晚上，花蕾打开了微信，突然发现，有陌生人申请加她好友。

她点开一看，却倏然僵住，浑身的血液在霎时间沸腾，又霎时间凝固。

——那是许长阳的好友申请。

他的名字，他的头像，哪怕时空流转十几年光阴，她只需看一眼，便能猜到。

她不知道他怎样找到她的号码。

她发了一会儿呆，看着窗外的雪，依然没有停的样子。

她想，他在哪里，他在的地方有没有下雪？

她一边想着，一边设置了自己的朋友圈，把自己的头像换成了豌豆的可爱照片。

然后点了申请通过。

许长阳几乎是秒发消息过来。

仿佛他一直一直，就在那一头等待。

从来没有离开。

十二年的时间在人的皮肤上足够留下刀削斧砍般的印记，在人的心上却仿佛只是一瞬掠过，什么都不曾改变。

在彼此面前，他们还是那个会为对方心头狂跳的少年少女。

许长阳先开了口。

他小心地打招呼，她自然地回应。

成年人的世界，都懂得掩饰与周旋。

许长阳告诉花蕾，他早已毕业，在美国定居，已经连续有多年没有回国过年了。

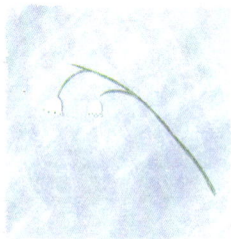

他不可救药地喜欢上她，

那么喜欢，

那么喜欢，

就像一株在黑暗中呆久了的植物，

疯狂的扑向阳光。

他终于问起："你的头像……是你的女儿吗？"

花蕾反问："是不是跟我一样漂亮？"

许长阳："是。"

接下来横亘在两人之间的是无边无际的沉默，顿时冷了场。

许长阳在手机上打出一行字，删掉，又打出一行字，又删掉。

其实，这些年，他有许多的问题想问她。

比如你当年为什么不给我一个机会就决然逃跑。

比如你当年为什么没有来机场。

比如你最后嫁给了谁。

比如你现在过得好不好。

可最后，还是只发出了一句话。

"你幸福了，就好。"

对不起，我心爱的女孩啊，我没能给你的幸福，有人给，温暖了你，那就好。

即使我曾想念你在无数个夜晚，心如刀绞。

花蕾突然狠狠捂住了嘴。

她没有再回复，而是放下了手机，穿着一件单衣便走到了窗边，推开了窗。

外面冰天雪地，大雪渐渐掩盖住了一切人为的痕迹，仿佛世界归于初心。

花蕾沿着墙缓缓蹲下来，再也忍不住失声痛哭。

她留在床上的手机屏幕还亮着，上面点开了许长阳的朋友圈。

他在大洋彼岸过得很好。

一家四口，儿女成双。

妻子笑容温柔，儿女玉雪可爱，而他事业有成。

是的，就像许多许多年前就预见过的那样，他一定会很好。

只是那些好，都与她无关。

她除了祝福，什么也给不了。

02.路以宁一怔，感觉到秦桑的手掌干燥而温暖。

临近新年，路以宁开车去参加省作协的年会。

她现在已经是一名小有名气的作家，时不时也露一小脸。

易干树点评她的作品：善煲心灵鸡汤。

她回敬，让你这辈子喝个饱。

雨雪天路滑，高架桥上堵车堵得厉害，路以宁也不急。

她听了会儿广播打发时间，又想起给花蕾打电话："仙女啊，明天你干女儿生日，记得定做一个大大大蛋糕。"

"没问题。"

赶上今天店里有两个员工请假，人手不够，她换上工作服干活，抢在开门营业之前打扫一遍卫生。

她拿着洁净的白色抹布从长形的原木餐桌上一路擦拭而过，头顶悬挂的白色吊灯造型漂亮，像麋鹿的角。

　　"你家易千树出差回来啦？"花蕾戴着耳机边和路以宁闲聊边做事。

　　路以宁说："昨天才从北京回来。"

　　"这小子就不能消停点，当警察就算了，还是刑警，还成了全国警察之星，出尽风头。让坏人瞄上，你和豌豆的安全可不是闹着玩的。"花蕾担心得很。

　　"路是他选的，我和女儿支持他就是，相信他有分寸。"路以宁很能护夫。

　　花蕾感叹："真没想到，你们俩成了一对。想当年，你俩一度多么水火不容啊。"

　　路以宁选择性失忆："我怎么记得，我俩当年是干柴起烈焰？"

　　"呕……"花蕾吐出声来。

　　上午十一点，路以宁终于抵达了举办年会的山庄。

　　她对着镜子整理好着装，下了车。

　　在电梯里遇到几个相熟的人，作协主席问她发言稿准备好了没有，说今天上面有重要领导出席。

　　在这次年会上，路以宁需要作为畅销书作家代表发言。

　　她有备而来，表示没有问题。

　　一路看着电梯往上升。

　　走廊上厚厚的地毯安静地吸纳了所有人的脚步声。

路以宁远远看见前方西装革履的一群人拐了个弯，消失在视野中。

她收回目光，为了保险起见，在手机上调出发言稿，开始一路走一路背，争取烂熟于心。

进了会议大厅，路以宁找到有自己名字的座位，在指定区域坐下。

桌上已经准备好了的茶水清澈碧色，透着清苦的香气。路以宁轻轻吹开了浮在表面的几片茶叶，饮了一口茶。

静静等待着年会开始。

年会并没有什么新意，与往年一样，走着稳妥的流程。

如果说有什么不同，那就是这次来了几个重要的省里领导。

比如新上任分管文化的史上最年轻的副省长：秦桑。

这表现了上级领导对于人民群众的精神文化生活的高度重视。

路以宁又开始在专心背自己的稿子，耳朵里把主持人的话当成背景音乐，根本没注意听。

直到秦桑这个名字入耳，她才骤然惊醒。

坐在第一排的人中，有人起身，周围掌声热烈，几乎要把手拍断。

那人从容地走上台，转过身来，站在聚光灯下。

微微有些中年谢顶，微微有些中年发福，只是依然气质从容，一身淡定，仿佛从很久以前开始，他就是这般模样。

路以宁几疑最近时光隧道开启，不然为何旧人频频重遇。

开始是花蕾和许长阳。

今日竟是她与秦桑。

只是，台上那人，可还记得她？

那个曾经能在成绩榜上与他追逐一番的路以宁？

当然，他断然不会记得小七，也不会记得那些投递了近三年的淡蓝色信件吧。

那些，只是属于她一个人的记忆。

而从来，与他无关。

轮到路以宁上台发言，她顺利完成，没有错漏。

站在过强的灯光下，看着台下的一张张脸，然后定格在秦桑那张微笑得极有尺度的脸上。

他轻轻地为她拍手，他周围的人，赶快疯狂附和。

一时间，掌声如雷，如梦如幻。

最后，省里领导与作家们一一握手。

轮到秦桑与路以宁的时候，秦桑伸出了两只手，将她的右手握在中间，微微躬身，面色如常。

路以宁一怔，感觉到秦桑的手掌干燥而温暖。

记者们感觉到大领导对省内重要作家的重视与礼贤，纷纷重点拍照。

相机的光芒闪烁，一时间路以宁有些恍惚。

她的耳边仿佛还能听到等他的那一日，大雨灌进耳孔的巨大声响。

那也是很久很久以前的事了。

03.是他亲手放弃了那个少年此生摘下面具的唯一一次机会。

近来天气严寒，养在家中阳台上的两盆棕竹忘了搬进室内，现在已经枯萎了。秦桑倚靠着栏杆，沉默地站在阳台上。

这是城中最好的一片住宅区，一边是临河观景，绿地如茵；另一边开阔，是城市的万家灯火，尽收眼底。

千年的徽阳河穿城而过，在月色下泛着粼粼波光。

住在这里，感觉自己俨然已是这座城市的主人，一切都有了定数。

他点燃了一根香烟，放到唇边。

这是他岳父名下的房产，老人家已经退休，在商场做得风生水起。

而他尚在仕途，自然一片清明。

偌大的客厅里，传来了电视新闻的声音。

平日里他很少看自己上电视的新闻，今天却破天荒地回头走进了客厅。

电视上正在播放今天中午他和作家们握手的画面。

尤其是一个长裙长发的女作家，和他相互握手的画面，给了个特写。

她长发长裙，素面含笑，和多年前一样，几乎没变。

她一定认不出他了吧。

他希望她不要认出他来，那样的话，也许在她的心里，还会永远有一点点那个曾经唱着《白桦林》打动过她的少年的影子。

他已经不是那个少年。

是他亲手放弃了那个少年此生摘下面具的唯一一次机会。

而那次机会，她永远不会知道，便是来自于她。

化名小七的路以宁。

他现在的面具，已经严丝合缝，不露半点真颜。

所以，他祈祷今天只是他一个人的回忆。

怔忡间，卧室的门打开了，妻子从里面走出来，看见他手上的烟直皱眉，嗔怪道："你怎么又抽烟了？"

"抱歉。"秦桑随手将烟掐灭，脸上仍然没有一丝波澜起伏。

妻子把他拉到餐厅，指着桌花："今天去买了你最喜欢的花。"

大理石餐台上，盛着清水的水晶瓶中插满了新鲜的香水百合，硕大的白色花朵绽放着，簇拥在一起，开得异常热闹，不像在冬季。

"很好看。"秦桑说。

他轻轻搂了搂妻子的肩。

窗外，星子寥落，人间烟火。

路以宁开车回家的途中，看见街边有卖花的小推车。

她停下来放下车窗，卖花的小贩一看，立刻热情地同她介绍各种各样的花与绿植盆栽。

路以宁犹豫着要不要挑些新的植物回家。

这时，不远处的中学响起了铃声，陆续有上完晚自习的学生走出来。

两个背着书包的年轻女孩在马路对面看见卖花的推车，立刻兴致勃勃地跑过来。

"大叔，你这里什么花最好看哪？"一个圆脸女生脆生生地问。

学生的生意当然比成年人更好做，小贩立刻扔下路以宁迎过去介绍。

"这盆是昙花，昙花一现听过没有？虽然很难开花，但是一旦开花，就是世间奇景，举世无双！"小贩说得真诚，"只有用心的人才能把它养开花！"

"多少钱？"女生们的好胜心立刻被激发。她们觉得，她们一定能成为用心的人，也一定会收获世间奇景。

路以宁索性停下手里的挑选，饶有兴致地看着她们选。

"两百！"小贩看出两个女生真心想要。

"我们没有那么多钱……"两个女生面露难色。

路以宁看不过去，插言道："八十块一盆，卖不卖？小妹妹，我家有这个花，要不我送你们一盆？"

两个女生一听，大喜过望，立刻点头。

小贩闻言立刻妥协："八十就八十，拿走拿走！"

两个女生捧着花，喜滋滋地向路以宁道谢。

路以宁笑着问："一盆花，两个人，你们谁养？"

两个女生互看一眼，异口同声道："轮流养！"

其中一个补充道："看看它会在哪个的手上开花！"

两个人好像有了一个很了不起的约定，你看看我，我看看花，一起咯咯笑起来，笑得灿烂如霞。

路以宁眼角有些发酸。

似乎是很多很多年前的画面重演。

那时，她和花蕾也是如同面前的少女一样天真，一般浪漫。

她们一起凑钱买了一盆昙花。

约好轮流养。

直到花蕾离开了家。

"后来，你们养的昙花开花了吗？"听到路以宁说起以前的事，两个女生立刻好奇地问。

后来，它开花了吗？

路以宁沉默了。

后来，它没有开花，在一个冰冻突至的夜晚，她忘记及时把它从窗边搬离，醒来的时候，它已经死去。

"我不记得了。"她最终这样回答两个小女生。

看着她们手挽手高高兴兴捧着那盆花而去。

她回过头，带走了小贩车上最后一束香水百合。

04. 而那时的每一天美好，都如同凌晨四点钟见到的海棠花开，不可重复，亦不会再来。

回到家中，一室安静。

落地灯的柔和光影投向了天花板，映出一个温柔的环。

豌豆已经在自己的小床上睡着，小脸红扑扑的，抱着她的毛绒小兔子，两只雪白的长耳朵耷拉着，或许也进入了她甜甜的美梦。

路以宁先把女儿的被角掖好，再轻轻退出去。

到客厅找了个花瓶接好水，把买的香水百合插好。一时间，满室暗香浮动。

主卧的门开着一半，里面透出隐约的光，她知道那人就在里面，应该是前几天出差累坏了，这么早就睡着了。

她知道他这些年睡不好，易惊醒，便也不急着进去打扰。

插好花后，先把室内的空调温度重新设定到合适数字，再轻手轻脚地推开了阳台的门。

听到声音，已经长到了五十多厘米的超级大龟苏苏从自己的龟箱里探出头来，用前爪砰砰敲玻璃。

给粮，给粮。

路以宁安抚地摸它的龟壳，嘴上轻答好好好。

身后有轻微的响动。

路以宁一回头，便落入了一个熟悉的怀抱。

穿着家居服的高大的身躯紧紧抱住她，像个巨大的泰迪熊，和她无耻撒娇。

她强行转过身来，扳正他的脸，轻轻揉揉他的一头乱毛，把他领到柔软的大沙发上坐下，再抓过毯子把他裹好。

全国有名的英雄刑警，就这么乖乖任她摆布，一脸享受得不得了的样子。

到底还是把他惊醒了。

又或许她不回来，他根本不肯真正睡着。

"回来这么晚。"易千树在路以宁面前，早已不是当年酷帅拽的模样，他就是一条善摇尾巴的大狗狗。

蹭着她的脖子，他哼唧。

"对不起，散会后几个老熟人拉着聊天，不好意思强行走。"她柔声哄他，亲吻他挺直英俊的鼻梁和桀骜的嘴角，"饿了吧？想吃什么，我给你弄。"

"钟点工过来做过饭了，我和豌豆都吃过了。"易千树打个哈欠，又蹭她几下，"但是我还是想吃你煮的小馄饨。"

"那你先乖乖看会儿电视，我去煮。"

她轻轻拿开他的大爪子，又被他腻歪了一会儿，才终于脱身。

等路以宁端着热气腾腾的小馄饨出来时，她好笑地看到易千树居然又睡着了。

就着她开始给他裹好的姿势，像个大玩偶一样歪在沙发上，他本来就长得好看，又耐老，人到中年面容几乎没有变化，表情线条柔和下来，更是叫人怎么都看不厌。

路以宁放下馄饨，在他的头边蹲下，静静地看着他。

这些年，她和他在一起，越来越觉得，这个人是真的好。

时时都好，处处都好，没有哪儿不好。

她总是奇怪自己当年刚遇见他那会儿，怎么会看着不顺眼呢？

所以，一定要把欠他的爱，千倍百倍还给他。

她用自己的脸颊轻轻贴着他的。

眼角余光处，瞄到打开的电视屏幕上，晚间新闻又在重播今天的作协年会。

她和秦桑握手的画面被重点放大。

窗外下起了夜雨，打在玻璃上，连绵不休。

年少时的易千树、花蕾、秦桑、王昆、许音音、许长阳……他们的脸像放电影一般，一一在眼前闪过。

每一张脸，都青春洋溢，眼底如有星芒闪烁，饱含着对未来的无限向往。

而那时的每一天美好，都如同凌晨四点钟见到的海棠花开，不可重复，亦不会再来。

没有人能够预见到多年后，他们会去向哪里，和谁在一起。

而她，她很开心，命运指引着她，最后和易千树走到了一起。

她听着他的呼吸，他的心跳，微笑着，慢慢闭上眼睛。

长长的睫毛，有一点点湿润。

亲爱的人啊。

路途遥远，余生漫长，我们会一起走下去。

END

/

这一生，

从春燕剪雨，

到夏至蝉鸣。

与你在一起的每个日子，

都是好时光

/

好时光

烟 罗
作 品
YANLUO

试读

Hao
ShiGuang

Hao
ShuGuang

楔子

十五年前，冬至。

一场大雪过后，城市似乎安静了许多，只有中心区的灯光依旧热闹，乐此不疲地在夜晚的幕布上描绘着城市绚丽而躁动的灵魂。

风不大，但依然冰凉，像无数的牛毛细针，在裸露出来的肌肤上轻刺。

恋家的人，都想早早归家。

与热闹的中心区隔着几条街，就是刚起步的开发区。

一处规模不小的建筑工地上，不知是因为天气的原因停了工，还是资金断链烂了尾，此时只余几排简易工棚在没有点灯的环境里影影绰绰立着，可见薄薄的一层雪盖在上面，荒凉又寂静。

小小的风刮动角落里的鬼魅，仿佛有什么东西在借着黑暗肆意地窥探着人间的温暖灯火。

它们太冷了，总是那么不甘心寂寞。

可是太黑了，什么也看不见。

远处，一束灯光乍然而现，伴着刹车片的刺耳响声，骤然把夜幕撕开一条缝。

季珍珠气急败坏地从出租车上下来，嘴上骂骂咧咧地把司机的家属问候了个遍。

那司机却一踩油门扬长而去，留给她一团混浊尾气。

季珍珠果然呛得咳嗽了几声，又追着咒骂了几句。

她今天运气差得要死，打牌输了一天，好不容易在最后有了回本的征兆，出差在外的老公突然打来电话说今晚提前回来。

她当然不甘心，可又不敢让老公知道自己一个人跑出来打牌，把儿子独自丢在家里了，于是只能恋恋不舍地下了牌桌，火急火燎地往回赶。

谁料中途司机看她穿得珠光宝气，以为她是没有金钱观念的阔太太，竟然想带她绕路。

哪知季珍珠可不是那种不接地气的贵妇人，对于钱的事，她一向在梦里也容不得别人占她一分便宜。

于是，一来二去，两人竟然大吵了起来。

那司机也不好惹，直接把她扔在了半路。

缺德!

季珍珠拢了拢自己身上的皮草大衣，越想越气，越气就越尿急。

她后悔刚才没在牌友家解决一下这个问题，主要是她家黎教授今天回来得太突然，她又素来知道他最讨厌她打牌，所以一下子慌了神，脑子短路了。

她四下看了一圈，这里离家里估计还有二十多分钟的脚程。

罢了，活人还能被尿憋死?

她没当上教授夫人以前，可也是县里一枚风风火火小辣椒，胆子大得很，性子辣得很。

干脆找个无人处就地解决。

她抬眼一看。

后边不远处是一片停工的工地，黑漆漆的一片。

有几排简易工棚立在那里，昨天下了一天小雪，工棚周围的地面都是白色的，却没有脚印和踩乱的痕迹。

正合她意。

季珍珠小腹吃紧，顾不上许多，深一脚浅一脚地踩着雪过去，直接绕到了第一排工棚后面，皮草一撩裤子一拉，往下一蹲，水声立刻欢畅地响起。

季珍珠原本出身贫寒，偏生长着一张俏脸，所以不甘心命运的埋没，刚满十八岁便独自来到了大城市打工。

能遇上黎教授，是她的命运发生天翻地覆大逆转的奇迹所在。

所以自从嫁给了黎教授，这些粗俗的举动在人前她都不曾再做，但今夜四下无人，如少女时代一般撒个小野，内心里竟然有一种莫名其妙的畅快和得意。

一时间竟冲淡了前面的倒霉带来的气闷。

寒风不停，呼呼作响。

一滴融化的雪水顺着棚檐滴了下来，"啪嗒"一声掉在地上。

有那么一瞬间，角落里好像有什么东西动了一下。

季珍珠站起来舒畅地缓了口气。

她先摸了摸她那件昂贵的皮草大衣下摆，确认没弄湿，接着准备系好裤子。

忽然，身后的一间工棚里，猛然蹿出一个高大的黑影，像一座山一样，重重地把她按在地上！

像是骤然间遭遇了几百斤的重锤攻击，季珍珠一瞬间眼前金星乱冒，全身剧痛到分不清东南西北，只有裸露的皮肤突然和雪地用力接触带来的强烈刺激拉回了她的一分神志。

她恍恍惚惚意识到发生了什么事。

有人。

有人压在她的身上，在她的耳边像一条疯狗一样喘着粗气，一只像鬼爪一样尖利粗糙的大手已经狠狠伸向了她的大腿间，尚未整理完的裤子瞬间被重新拉开。

极致的绝望与恐惧，令女人的喉咙里发出了一声非人类的尖叫，在冷风夜里显得格外瘆人。

转眼就被一只巨掌生生按回了喉咙里，只余沉闷的呜呜声。

正是晚上八点，绘商大楼顶上的石钟蓦地响了几声，听起来有些绵软无力。

到了该交班的时候了。

花盛停好公交车，检查了一下车子上的设备，确定无误后才到值班室在交班表上签上自己的名字。

今天是他最后一次开502路线了，明天开始就可以去开另一号线。

新的路线路过他家那站不说，还路过女儿学校，偶尔排到班了可以送她上学。

宝贝女儿有这么大的车接送上下学，她在班上得多风光啊。

这可都是老爸的爱。

一念至此，这个高大的男人刀削般的面容上不禁露出了孩子般期待的笑意。

回家的公交车上人不少，他原本坐到了位置，后来又让给一个老太太了，自己便站着。

人家看他牛高马大一男人，让个座理所当然，其实没人知道，他此刻脑门上有点儿冒虚汗。

老胃病又犯了。

他揉了揉胃部，痛苦地弯了弯腰压住那个痛点，但并没有什么用。

反而加重了想呕吐的感觉。

这样子回去，被女儿发现，又该数落他替他担心了。

离家还有两三站的时候，花盛提前下了车。

他知道这附近有个熟悉的小诊所，于是他去找医生拿了点胃药，喝了点热水。

在诊所坐了会儿，果然感觉好多了。

他暗赞自己机智。

他嘴里哼着歌，路过那片荒芜工地的时候，刚好是九点半。

不知什么时候，天上又开始飘起了细碎的绒雪，落到颈子里凉飕飕的。

花盛拢了拢身上的衣服，正准备加快步子，却听到一阵女人的尖叫声！

那声音自那几排原本无人的工棚处传来，虽然只有短促的一声，却听得出痛苦。

花盛立刻明白发生了什么。

他神色一凛，本能地大吼一声："干什么呢？"然后掏出随身带的强光手电筒，没有丝毫犹豫，朝着声源处大步冲了过去。

一转过第一排工棚，便借着雪光银辉，看见两个身影在雪地上蠕动。

上面的在撒野，下面的在挣扎。

花盛以前当过兵，骨子里还有着北方人的一腔热血，他当下怒目圆睁，飞起一脚端在了上面的人背上。

那一脚力道之大，竟把上面的人端得滚出了一米开外。

下面衣衫不整的女人也算机灵，立刻连滚带爬朝反方向逃去。

歹徒很快回击。

一个被兽欲烧红了眼，一个愤怒在燃烧，加之两人都算身形高大，一时间，竟看不出谁占上风。

仿佛都拼上了命。

季珍珠连滚带爬地逃到角落里。

从小在乡野生活的经验令她比一般柔弱的女人要更快地看
清了局面，恢复了身体的知觉。

她庆幸自己力气也不小，奋力挣扎间竟未被那个禽兽得
手。但如果这个英雄不及时赶到，她成为鱼肉也就是分秒间的
事。

如果失身在这里，她的人生将从天堂跌回地狱，不，是跌
向比来处还要悲惨一万倍的地方。

她颤抖着手指狠狠扣上自己的衣服裤子，因为用力过猛，
指甲划过手背的皮肤，血痕道道，她也毫无感觉。

她脸上的妆已经全脏了。

原本红艳的唇色从嘴角边划了一长条到脸上。

在微弱的月光下显得格外诡异。

忽然，一声沉重的奇怪的闷哼传来。

周围的空气好像发生了什么变化。

季珍珠愣了一下，僵硬地抬起目光，鼓起勇气看向两人搏
斗的方向。

血，温热黏腻的血液不断地冒出来，像是漏水的热水袋。

血是从那个英雄身上冒出来的，他单膝跪在地上，痛苦
地弯着腰，而那些血就从他卡其色的工装大棉袄里不断地冒出
来，在雪地上蜿蜒浸润。

而歹徒穿着一身脏污的黑棉袄，手里拿着一把半尺长的小刀。

血顺着冰冷的刀刃一滴一滴地掉下来，像是黑色的小花，衬着杀人者的狞笑。

花盛没想到对方会带刀子。

他原本已经在体能上占了上风，眼看就要把对方制伏。

谁知腹部一阵剧痛，他才发现不妙。

看着歹徒扔下他，又像个疯子一样准备扑向那个女人。花盛调整呼吸，从地上摸到一块砖头，用尽全力跃起，毫无保留地将全部力道砸向那歹徒的后脑勺。

歹徒被砸得脑袋开花，刀子也脱手飞出。

歹徒一回头看到花盛如金刚铁塔般的身影，恶狠狠地盯着他，仿佛完全没有受到刀伤的影响。再加上后脑剧痛，歹徒心里不禁一怵，拔腿就跑。

直到歹徒的身影消失在夜色里，花盛强撑着的身躯才轰然倒下。

季珍珠跪坐在地上，整个人狼狈又凌乱。

她的脑袋里像有一万台推土机在碾压，巨大的嗡嗡声令她崩溃，但强健的身体素质还是令她凭借着本能站了起来。

一切都在瞬间发生，看电影时可以嗑着瓜子唾沫横飞地点评很久，然而搁在自己身上，只觉得电光石火。

该做什么？

现在该做什么？

逃跑？

对，逃跑！

她踉跄了几步，突然想起什么，又猛然站住，回头看去。

那个救她的英雄安静地趴在雪地里，无声无息。

她的心猛地一抽，像被一只巨手狠狠捏住，人的本善和愧疚之心令她立刻转身朝着恩人奔了过去，没走几步，脚下一软，恰好跪倒在那人面前。

明显的动静令地上的人又恢复了一点神志。

花盛吃力地翻开眼皮，看了一眼来人是那个受辱的妇女而不是歹徒，心下松了一松。他的意识在渐渐涣散，感觉很累很累，好像很久没有这么累过了。

但那女人的遭遇还是令他想起了家中的妻女。

他当下放软了声音，用自己能控制的最温柔的语调安慰对方："没事了。"

然而他不知道，他发出的，只是一些含混嘶哑的模糊语音。

季珍珠哆嗦着，想伸手去扶地上的人。这时，银白色的手机从口袋里滚了出来，刚才那么剧烈的挣扎对抗，它居然一直牢牢躺在内袋里，这会儿倒是自己跑出来了。

但它提醒了季珍珠。

报警，叫救护车。

她颤抖着手指去按键，还未按下拨出，突然手机上一阵欢快的振动，屏幕上出现了一条短信，显示发送人正是她的丈夫，国际海洋生物学家黎教授。

像是有什么东西重重地锤了一下脑袋，季珍珠下意识地停住了手指。

不，不能用自己的手机拨打。

不能留下证据她来过这里，不能让任何人知道，她，黎教授光鲜亮丽的夫人，遭遇了这可怕的一切。

谁能证明她的身子还是清白的？

那些平日里就妒忌她的妇人和同乡，谁不会津津乐道为这件事编出无数个八卦版本？

一件当事人会痛不欲生的遭遇，在局外人嘴里，也许就是一桩刺激的香艳秘闻。

还有，她的丈夫和儿子，他们会怎么看她？

黎教授之所以会娶一个来自县城的高中都没毕业的穷苦姑娘，她深深知道，一个很重要的原因，是他觉得她清纯美丽善良，或者说，他把对家乡的美好印象安在了她的身上。

而她认识黎教授时，才十九岁，比他小十五岁，未曾谈过一次恋爱。

她深知自己被视为珍宝的原因。

多年来也一直小心呵护。

换得家庭美满。

如今，这桩遭遇，假若曝光，对她的人生，意味着什么？

她不敢想象。

她触电般放下了自己的手机，呆怔了几秒，立刻伸手去恩人的口袋里掏弄，嘴里喃喃念着："恩人，你忍一忍，我给你报警，我给你叫救护车……”

运气很好，她竟然摸到了他的手机，也老实躺在大口袋里。

用花盛的手机拨打完110和120，季珍珠已经差不多冷静了下来。

她站起来，深呼了好几口气让自己镇定，整理头发衣服。

地上的中年男人，面容刚正，骨骼粗大，露出来的皮肤有些干裂，但衣物却是干净保暖的。

是一个为生活辛苦奔波但有一个温暖家庭的好男人吧。

季珍珠呆呆看了几秒，突然又"扑通"一声跪在了花盛面前，用尽全力磕了三个响头。

然后把花盛的手机在自己的皮草大衣上用力蹭干净，小心地放回他的手边。

做完这一切，她跌跌撞撞向着灯火明亮的方向跑去。

身后的人无声无息地躺在雪地里。

她始终未敢回头。

十五岁的青柚背着画板走在路上，今天晚上的风格外凉，毫不留情地吹在少女脸上。青柚抬头看了一眼，天空竟又飘起小雪来了。

她加快了步子，去另外一条街上的舞蹈培训班接妹妹青苗。

两人虽然是双胞胎，但兴趣性格截然相反。青柚一直在学国画，而青苗一直在学芭蕾舞。

辅导班在各自不同的街面上，因为生源爆满，课程都安排到了晚上。平时下课晚的话，都是爸爸过来接姐妹俩放学。

　　但今天爸爸出门时在雪地上摔了一跤，脚踝扭伤了。

　　于是两人接到妈妈的电话，嘱咐她俩下课一起回家，青柚下课的时间早半小时，正好过去接上青苗。

　　爸爸本来不放心，但妈妈说姐妹俩都十五岁了，个子也和成人一样了，都是熟悉的路，相伴而行不会有问题，青柚也一再和爸爸保证自己会和妹妹一起回来。

　　于是爸爸只得妥协。

　　但是，青柚放学时发生了一点意外的插曲，她肚子疼，去厕所蹲了一会儿，出来的时候就比预计时间晚了十五分钟。

　　她一向疼爱妹妹，生怕到晚了妹妹着急，于是加快了脚步。

　　十五岁的少女未曾经历过坎坷，理所当然地认为那些罪恶和恐惧都是发生在电影和小说里的事，她的自信让她做了一个错误选择，为了弥补那十五分钟的缺失，她选择了抄一条近路。

　　那近路，白天时她也曾多次和同学走过。

　　只是在夜里，便因了少有人烟，路灯缺失，而有些黑暗寂静。

　　青柚却并不怎么害怕，她虽然文静，但一向有主见，胆子不小。然而，不知道是不是幻觉，进入小巷子后，她依稀感觉身后不远处，有个脚步声在接近。

　　白色的道路衬托中，小巷子两边破败的旧墙显得格外黑，只有清冷的细雪淅淅沥沥地落在墙头。

阴影处窸窸窣窣的声音，像是脚步，又像是雪落的声音。

青柚心里蓦地一麻，试着加快了步伐。她越走越快，最后跑了起来。

可是身后的那个声音也清楚起来。

不，不对，真的是有人。

青柚开始狂奔，她已经看到了巷子的出口，只有十来步，她就能扑入光明的怀抱。

但是，命运没有给她机会。

青柚一声"救命"都来不及喊出来，背后的人就像是一只猛兽一样扑了上来，捂住了她的嘴。

风掀开云层的一角，看着唯一的一盏昏黄路灯下发生的罪恶。

那人满脸的血渍，兴奋到狰狞的表情，身上有一股令人犯呕的恶臭，如同从地狱爬上来的森罗恶鬼。

竟然是那个刚刚从废弃工地上逃过来的险些强暴了季珍珠又拿刀捅了花盛的中年男人。

他恶狠狠地捂住了少女的嘴，把她拖向黑暗里。

刚才落败的所有不甘和骨子里的变态狂妄令他把所有力量都用在了这个纤细柔弱宛如娇花的美丽少女身上。

青柚拼命挣扎着，发出呜呜声，但她的力量根本无法同一个成年男人抗衡。

她蹬着腿，感受着自己被拖进更深的黑暗里，绝望地明白，自己离那个明亮的世界正越来越远。

青柚背着的画具散了一地，一支铅笔无力地滚到墙角撞上墙壁，又来回动了动。

世界如同按下了暂停键的老电影，一下子就安静了下来。

角落一摊雪沾满了泥水，脏兮兮地堆在那里，来不及融化，又有新的雪花盖了上去，好像什么都没有发生过似的。

好像所有人的夜晚，都安然无恙。

良久，恢复了安静的小巷子里，竟然又有动静。

从一角垃圾桶后，爬出来一个干瘦的全身裹在黑色羽绒服里的人。

他双手艰难地发力，向着罪恶发生的地方爬去。

不知道爬了多久，像是有一个世纪那么漫长，他才终于爬到了青柚散落的画具旁。

少女早已不见踪影，也许已经堕入地狱。

黑色的羽绒服里，露出一张消瘦的小小的少年的脸，他怒目圆睁，大大的黑色眼瞳在苍白的脸上格外瘆人，但是他的手指徒劳地抠挖着自己的喉咙位置，却怎么都发不出声音。

而他的双腿，也像残疾了一般，使不出任何力气，甚至无法正常站立。

他恨自己。

恨自己如此愚蠢，如此懦弱，连自己的身体都无法控制，一遇到惊吓和恐惧的事，就会发生全身麻痹和失语的现象，因为这样，自小便被人欺负。

也因为如此，那个总是笑容甜美阳光像一只美丽天鹅般舞蹈着的天使女孩，在他被人捉弄时给他安慰给他鼓励，才会让他倍感珍惜。

可是，今晚无意看见她路过，他想悄悄跟着她保护她，却因为自己的无能无用，目睹了这场人间最恶心的惨剧。

一切都在他的视线里发生，而他，一如既往因为恐惧，瞬间失去了语言和行动的能力，只能像垃圾一样，看着她被拖过自己的身旁。

甚至连凶手，都没有发现他这团垃圾的存在。

他悲伤的泪水疯狂地涌出来，像倾盆大雨般打湿了面庞，打湿了衣物，再流到雪地上。

他的知觉在十几分钟后才慢慢恢复，然而，一切都晚了。

他用尽全力才按出110的号码，发出了含混的"救命"二字。

然后，他僵直的手指慢慢抓住了雪地里滚落的那支铅笔，一点一点，把它死死握在手心，再慢慢举到自己的眼前。

他的天使女孩。

他突然把握着铅笔的那只拳头伸到自己的嘴边，用尽全身力气，一口咬下去。

像是把全部的恨与绝望，都发泄在了这一口上，浓黑的血几乎是瞬间流了出来，但他浑然不觉得疼痛，只是拼了命地继续用力再用力。

他发出的带血的声音，只有自己才听得清——

"何青柚……"

Hao
ShiGuang

Chapter.1

所以今天她必须拿下这人！
啊不！这房！

十五年后。

刚好赶上下班高峰期，地铁上层层叠叠地堆满了人，横着看就像是一个什锦千层蛋糕一样。

花深一手举着电话，一手拎着纸袋，那是她排了两个小时的队才买到的网红烧鸡，珍贵得不得了。

地铁到站，人们一窝蜂地往门口堆，花深本来没想跟他们挤，可是人在江湖身不由己，脚没沾地，就被前前后后的人夹着进了地铁。

车门一关，花深的脸瞬间成了平面照片，紧紧贴到了地铁门上。

可是她的鸡呢？

刚刚还在她手里的网红烧鸡，此刻凄凉地躺在外面的警戒线上，跟她一副阴阳两隔的样子。

花深隔着玻璃看着她亲爱的烧鸡离她越来越远。

她顾不得自己已经成了平面的脸，优先开始思考这个网红的"鸡生"了。

过了几站，下去了几个人，她终于得以站立身体，喘了几口气，然后立刻掏出手机发了条微博："在1号线竹叶海那站看到一袋网红烧鸡的朋友，那只新鲜热乎的网红烧鸡刚跟我分开的，捡起来还能吃。那只鸡和我感情深厚，我对它思念已久，请你务必对它好一点。"

刚点击发送，她妈妈电话又打过来了。

花深还在惦记自己的鸡，接起来还没来得及说话，谁知站在门边的那位背着书包一脸严肃的小弟弟好巧不巧，也接起电话大喊："妈！"

这句"妈"清晰无比地传到了花深的电话那端，花深隔着听筒都能感觉到那边气氛的沸腾之势。

于是，她赶紧解释："妈！你听错了，你女儿在这里，那是别人的儿子，跟你女儿没关系。"

"放心，你妈还没老糊涂到听见个男的声音就觉得跟你有点什么。"孟媛媛语速惊人，仿佛在和女儿比赛，"但是你也挺敢想的，脸皮不薄，随我！不看看你现在多大了，那声音听起来就是一小孩，你说真叫我妈我也不信啊！"

"……"

花深心想姜果然还是老的辣，赶紧敷衍道："好了行了，妈，你今天不打牌吗，我还有事呢，晚上回来给你带好吃的。"

母女俩又嬉笑怒骂互怼了几句，花深这才挂了电话。

三十岁的花深本职工作是在青山区的一家宠物医院做宠物医生，但她同时也是民间组织流浪猫保护协会的负责人之一。

协会是几年前大家在网上自发组织的，后来发展到线下，做得还不错，但始终没名没分的，最大问题是始终缺钱，穷到灵魂里。

所以她们的基地是在郊外租的农房，费用低廉，胜在面积感人，小家伙们能有一定的活动空间。

谁知最近整治违章建筑，这栋看起来貌不惊人面目朴实的小平房竟然被卫星发现，说也属于违章搭建，要求房主立马拆除。

　　房主只得对她们下了逐客令。

　　这变化来得措手不及，一时间上哪里去租又便宜又大的场地？

　　尤其是有一些老弱病残的猫，总不能直接把它们放归山野吧，于是协会里的会员们暂时各自分配几只，领回家照顾，再同时解决新场地问题。

　　大家各自派完任务，最后只剩下一只被人戳瞎一只眼的老猫和一只只能靠简易猫轮椅走路的残腿猫无处可去。

　　身为协会的精英，花深当然当仁不让接收了它们。

　　老猫叫"花想想"，残腿猫叫"花咕噜"，没有绝育前正是一公一母，一个捣蛋鬼一个黏人精，行了，她圆满了，一"儿"一"女"给带回来了。

　　但有个问题就是，她妈孟媛媛有哮喘，对动物毛发尤其过敏，所以这双"儿女"还不能养在自己家里。

　　怎么办？

　　租房呗。

　　为了事业，损失点房租……也是有点心痛。

　　不过好处就是，可以租间离上班的地方近点的房子，每天能省下一小时睡眠，想来也是美滋滋的事。

　　于是，开始看房。

　　谁知同意养宠物的房东还不太多，花深好不容易找到一间同意租客养宠物装修风格她还特别喜欢的房子，现在她就是赶去跟房东见面的。

看房子为什么要先见房东？

为什么不是直接去看房子？

这个花深已经问过了，对方只冷冷地回复了两个字：面试。

行吧，现在连租个房都要面试了。

于是她特意收拾了一下自己，吹了发型，穿了套装，还给自己化了个烈焰红唇的精致全妆。

为了花想想和花咕噜，她忍。

"花深？真名？"

花深点了点头，优雅地坐下来，打量着眼前的男人。

他叫云商，如果顺利的话应该会是她的房东。

人长得还挺不错，高大英俊，穿着也时尚又随性，完美地彰显了他身上那种玩世不恭的气质。

就是思想怎么有点跟不上外表的样子。

但，这些不重要，重要的是，据她观察，这人……有钱。

别看他行头简洁，可是他身上的每件遮体之物，大到外套小到手边的车钥匙挂件，无不是低调奢华的牌子货。

有钱就好啊。

有钱就不会计较她那点房租，是吧？

美滋滋，美滋滋。

花深开心过度，很卖弄地拨弄了一下自己的头发，自认为颇有风情地问："怎么，看我长得像哪个明星是不是？"

"哼。"

云商在肚子里闷笑了一声。

眼前的女人有点意思，她是漂亮的，但她的漂亮和现在大多数小清新的女孩又不一样。

她艳丽耀眼，红唇如焰，微卷的长发携带着一种浑然天成的风情感，也带着一种天然美人儿特有的洒脱自信。

哪怕故意搔首弄姿，但也一眼能让人识穿她就是故意的，无所谓的，好玩的。

但最妙的是，她有一双和她本身的长相气质完全不符的纯真又无辜的大眼睛，她那双眼睛，甚至是明亮的、天真的。

这种混搭造成了一种特别的气质，让人过目难忘。

他想这姑娘在成长过程中，一定没少遭遇桃花。

云商起身，问："点点儿什么？"

"随便。"

云商就等这句话。

没一会儿给她端来一份儿童套餐，连着那个表情奇怪的皮卡丘赠品一起送到她面前，还笑嘻嘻地说："不客气。"

小老弟，你是怎么回事！

花深在心里愤怒地翻了个白眼，幼稚！

但是现在是自己有求于他，而且他要是真成了自己的房东，不哄着要怎么办？

花深笑眯眯："帅哥，你是不是做HR（人力资源）的？租个房子还得面试，下一轮是不是还要笔试？"

云商掏出工作证，推到花深面前："仔细看看。"

花深瞟了一眼，差点被刚喝下去的牛奶给呛死了，这个人居然是警察！

花深惊愕地放下杯子，看看工作证上唇红齿白的人，又看看眼前一脸得意的人。

现在公务员待遇都这么好了吗？这一身名牌的警察是怎么回事？

而且平心而论，他长得这么好看怎么执行公务？没有小女生为了见见他故意犯罪吗？

花深脱口而出："你这证是不是找墙上办假证的办的，还挺真的，要不介绍一下，我还挺想当个海洋生物学家的。"

云商惊了一下，为花深的脑回路之曲折："你志向挺远大，看不出来。"

"我也看不出来你居然有好心愿意为人民服务。"

花深回击。

两人斗了半天嘴才想起正事。

"我就奇怪了，警察同志，租个房干吗要面试？是不是对我有什么不良居心？"

"因为房子是我一手装修设计的，是我喜欢的风格，我希望住的人能爱惜它，也是懂得欣赏它的人。"

突然出现这种认真的问答模式，还真有点诡异。

花深连连点头。

爱惜，绝对爱惜！

她可爱惜东西了，上学时经常一本新课本从开学到期末，连个折角印儿都没有，洁白干净宛若新生！

欣赏，绝对欣赏！

网上那么多的房子，她一眼就看中了这一套，还曾经嘀咕过，这么好的装修怎么会有人舍得拿出来放租？

所以今天她必须拿下这人！啊不，这房！

这时，落地窗外面忽然传来一个女人的声音："抢包了！我的包！"

云商神色一凛，瞬间仿佛变了一个人。

花深反应过来的时候，他已经如离弦之箭冲了出去。

花深吃惊地看着男人势如破竹的身影，这回是真的相信他是警察了。

麦当劳外面的街道上，一道人影正横冲直撞地狂奔着，身后十米的距离跟着一个体形格外富态的大妈，正被越甩越远。

要不是她正用超级分贝叫唤，根本就看不出来她是在追人的，她太慢了。

云商从麦当劳里扑出来，眼神凛冽，如同一只猎鹰，迅速地摸清了情况，几乎没有耽误一秒，已经朝着抢包的人追去。

他现在已经不是当年的瘦弱小子，这些年来，刻苦的体能训练和豁出命去的意志力，令他拥有了一个在警校里名列前茅的体测成绩，早已今非昔比。

因此这点距离，他完全自信能够追上。

然而，意外总是猝不及防，不要命的劫匪居然先他一步蹿过了街道，而他则慢了一步，被拦在了车水马龙的车队外。

更要命的是，他发现街道对面竟然停了一辆无牌摩托，上面有人没熄火在等候。

好家伙，抢个包居然还装备齐全同心协力！

知道的是抢个大妈的包，不知道的还以为是抢好莱坞电影里的绝密文件！

只见劫匪立刻跃上了摩托，还嚣张地朝他比了个手势。

云商沉着目光，正在分析路线。

劫匪二人却像是故意炫耀似的，闯过红灯朝着云商冲过来，准备与他擦肩而过，扬长而去。

就在这时，一道身影横空出现，手里还举着一件重型武器。

说时迟，那时快，只见她拿着武器狠狠砸向了那辆摩托。

车上两人万万没想到一片黑影会从天而降，情急间猛打车头，却仍然失去了平衡。只听一声巨响，连人带车摔倒在路中央。

一时间，四处响起的暴躁汽车喇叭声，云商呵斥"不许动"的声音，劫匪的惨叫声，路人的欢呼声，此起彼伏。

而那件重型武器居然是麦当劳的一张儿童座椅，只是此刻已经成了七零八落的碎片了。

此时的建功立业者——花深，一脸深藏功与名的表情站在旁边的花坛边上，拍了拍手上的灰。

她非常满意自己刚刚那招"天王盖地虎"，忍不住又在脑内重演了一遍。

要知道，她刚刚可是直接踩上花坛，然后跳起来砸下去的，不然也没有那么猛烈的气势。

沿街商铺的保安和路上的交警已经纷纷冲过来协助云商制伏那两人，警车也很快就到了。

花深看云商跟警察说了些什么，感觉这年轻警察表情还挺嚣张。

小老弟，身手不错哟。

她准备等他过来就给他一个赞许的大拇指。

可云商的表情，就不像她这般轻松了。

"刚刚是你扔的椅子？"他沉着脸走过来，和刚才聊天时的纨绔子弟模样判若两人。

花深笑嘻嘻："警察同志，不客气不客气，我也就是尽到了市民该尽的责任和义务，表彰什么的就不需要了。"

"你知不知道你这么做多危险？"并没有接她的玩笑，不正经的态度反而激起了云商更大的怒意。

花深一愣，这才意识到云商是真生气了。

他这么大的怒意让她有点莫名其妙："我不出手他们早跑了好吗！"

"如果他们有枪怎么办？如果伤到了路人怎么办？如果你为了这一时出头直接挂了，你父母怎么办？"

云商一连串的问题问得花深哑口无言，心里竟一时对这个家伙多了点刮目相看。

不是绣花枕头，是有社会责任感的好青年。

云商继续说："你可以抒发你的正义，但是你不能仅凭热血而不带脑子，路见不平的后果不是你想得那么简单！"

花深怔了一下，眼睛里有什么一闪而过。

不简单，当然不简单。

十五年前，世界上最爱她的那个人，就是因为见义勇为，永远地丢下了她和妈妈。

她比任何人都更加知道，这么做可能面临的后果。

然而，骨子里那股他留给她的热血，却总在猝不及防间冒出来，冲昏了她的头脑。

"活在世上，谁没个困难时，都不伸把手，这世道会变成怎样呢？"

那个人，她亲爱的爸爸，在记忆里，总是这样把她抱在怀里，一边夹着花生喝着小酒，一边和妈妈闲聊。

"就你是好人。"妈妈总是一声嗔怪，但语气里全是骄傲和认可。

那时啊……

花深掩盖住自己的情绪波动，转瞬又是嬉皮笑脸："哇，这年头抢个大妈的包还带枪，有这么菜的吗？"

云商他一口气堵在喉咙，咽不下去又吐不出来，许久，喉结上下滑动了一下，说："走。"

"去哪儿？"花深忽然之间尿了，"你不会要抓我吧……"

扔坏了儿童座椅她赔啊！

不至于吧！

她是来租房的，可并不想进牢房啊！

云商白了她一眼，转身迈开腿，没好气地说道："去看房。"

幸福来得太突然了，花深一时还没从这跳跃的情况里缓过劲来，于是赶紧追上去："哎，你同意把房子租给我啦？"

云商没说话，但花深还是很奇怪："你是看上了我身上哪些优点才答应把房子租给我呢，请列举十条！"

"安静一分钟房租少一百，多说一个字房租加三千。"

那还不简单，花深立刻闭嘴。

她在心里打着如意算盘，感觉自己还能挣不少钱。

可是没过十分钟就忍不住了，她坐在副驾驶，给驾驶座上正发动车子的云商发了条消息：

"云商，你真是个好人。PS：我没有说话，我是在打字。"

云商瞟了一眼，刚好看到自己手机屏幕亮了，然后把目光移到花深身上，咬牙切齿："我说你这人怎么就这么欠呢？"

Chapter.2

没有经历过的人，
不会知道那是多么冷，多么痛。

晚上九点，生物研究院大楼二十三层的灯还亮着。

新办公室已经收拾得差不多了，黎海洋把一张纸放进抽屉的最里面，然后走到窗边，默默点燃一根香烟。

橙黄色的火光在他指间亮起来，眼前既明亮又迷离起来，仿佛点燃了一整座城市的灯火。

黎海洋目光沉寂地看着这座城市，眼睛里透着比这夜色还要浓郁的黑。

他已经习惯再多的情绪，都用力压下去，不动声色。

黑色的手机，数次被拿起来，又放了回去。

"黎老师……"

助理敲门进来，看见落地窗前的身影，忽然愣了一下。

她一直都跟在黎海洋身边做事，自然知道他是在这座城市长大的。

原本以为他回到这里会觉得开心，可是现在看来好像更寂寞了些，而且戒了许久的烟，居然又开始抽了。

她又喊了一声："黎老师？"

黎海洋回过神来，掐灭了手里的烟："怎么了？"

"这是你明天要用的资料。"

"嗯。"

助理有些不放心，试探性地问："黎老师……你身体不舒服吗？"

不知道是不是自己的错觉，她觉得黎海洋的背影顿了一下。

"是吗？"

嗯，不舒服，有个叫心脏的地方，不舒服。

因为某个人。

黎海洋笑了笑，轻声道："忙完你就先回去吧。"

"是。"

助理走了之后，黎海洋盯着手机屏幕看了许久。

上面安安静静地躺着两个字，花深。

这大概是他所有不正常的情绪的根源了。

他两年前喝醉酒无意间拨出去过一次，但是那边已经是空号。他知道她已经换了号，也许是为了躲他，也许根本不想通知他，也许早就忘记了他。

只是他不知道自己为什么这么没用，一个空号，竟然还没有删。

这么久了，那些原本以为会随着时间的洗涤荡然无存的心思和惦念如今依旧新鲜，到底是时间从来就没动过，还是因为人总是会回到原点，黎海洋不得而知。

他握着手机，手上不自觉地用了力。

甘心吗？

不甘心。

为什么要回到这座城市？

因为听说她一直在这里。

他幻想着，幻想着，有那么万分之一的可能，她是在等他。

不敢离开这里，怕他回来时，找不到她。

黎海洋按亮屏幕。

这一秒滋生的浪漫幻想令他再也控制不住自己。

他迅速找到另一个号码拨了出去。

花深的妈妈一直在开水果店，现在是网络时代，水果店都搞配送，搜到她家店里的电话并不难。

那么之前为什么不回来找她，为什么不打这个电话找她？

他想，他还是在赌气吧。

赌气她的狠心抛弃，赌气她的临阵脱逃，赌气她对他可以说放就放，赌气他爱她，竟然远远胜过她爱他。

但是，最后不还是认输了吗？

只要认输，就可以重新见到她，不是吗？

那就认输吧。

他回来了。

他不能停止想念她。

黎海洋颤抖着手指，又点燃了一根新的香烟，却任它燃烧着，没有塞进嘴里。

等待的过程被无限拉长，短短的几秒钟却仿佛有一个世纪。

这让他忽然想到了海洋深处，深蓝色的世界寂静而空旷，那些海洋生物安然地漂浮在其中，仿佛凝固了一般，连同时间也变得缓慢。

电话响了几声，骤然被接了起来。

封闭已久的空间里，似乎有一道强光刺了进来。

电话那边的嘈杂一下子把黎海洋拉进了另外一个世界，鲜活又热烈。

"等一下，我自摸呢！清一色，给钱！"

高亢的调子正属于花深的妈妈孟媛媛，多少年了，她那风风火火的性格和清脆快速的语气竟一点没变，一如当年。

黎海洋心里一暖，又一酸。

孟媛媛稀里哗啦地收完钱，趁着洗牌的间隙才记起来听电话："哪位？保险不需要！门面不需要！推销不需要！有话赶紧讲！"

黎海洋没怎么准备好，急忙说道："孟阿姨，您好。"

"说什么！声音大点！"

黎海洋乖乖拔高了音调："孟阿姨，我是黎海洋！"

"黎海洋啊！"孟媛媛只顾着理牌，压根没想起来黎海洋哪位，"你们家那水果别急啊，我家送货员出去了还没回！等他送完上一单回来，我就让他给你送过来！抱歉抱歉！哎哟妈哎，等等你刚刚出什么，三筒我碰啊！"

黎海洋在电话这头揉了揉眉心，深呼一口气，索性直接问道："阿姨，您能告诉我深深现在的电话吗，我是她同学……"

他还没想好怎么说，又生怕孟媛媛不耐烦直接掐了电话，那样的话就会掐掉他唯一的一条路。

一向冷静自持的成年男人，却像一个莽撞的毛头小子一样，难以抑制地紧张和忐忑。

幸好，那边直接丢过来一串数字，噼里啪啦像放鞭炮一样，丝毫不带犹豫。

孟媛媛声音嘹亮："等等，等等！我杠呢，截和！"

"谢谢。"

黎海洋苦笑一声，把手机从耳边拿开。

而后拿起笔，缓缓地在纸上写下一串数字，这才长长地舒了一口气。

摊开手心，竟然全是汗。

深深，深深……

这两个字从心里无声地辗转反侧，终于变成了唇齿间确切的音节。

孟媛媛和牌收钱笑得花枝乱颤后，这才觉得不对。

黎海洋？

刚才那人是不是说他是黎海洋？

黎海洋，不是当年上学的时候老和深深玩在一块的那个木讷小子吗？

也是那年深深大学毕业去国外短期培训一个月时，重新遇上结果谈了一个月恋爱的小子啊？

话说这辈子她这个宝贝女儿就谈了这么一次恋爱，还迅速失恋了，回来后几乎全身脱了一层皮肉，这辈子唯一一次清瘦得仙气飘飘和小仙女儿似的，令当妈的我见犹怜，难得那个月没吼她。

她怎么把这茬给忘了呢？

花深可是一再嘱咐，这人要是来电话，不能随便把她的号码给他，还要至少骂足他一个小时才行。

连牌友都记起来了："黎海洋？不是那个天天板着脸跟在你们家深深后面的小男孩吗？俩小孩小时候贼好玩，后来也没见着了。"

孟媛媛一拍大腿，朝着牌友使了个眼色："行了，这把我不收你们钱了啊！这事千万别告诉我家深深！咱们打咱们的牌，小孩子的事，大人们别插手！"

牌友们你看我我看你，一面惊喜于一毛不拔的孟媛媛居然舍得放弃到手的财，一面都心知肚明心照不宣地笑起来。

小孩子的事嘛，打打闹闹谈谈恋爱嘛，那都不叫事儿。

又打了几轮，孟媛媛水果店里的帮工阿强来了，来给她送今天的营业账本，完了说自己要出去一下。

孟媛媛接过账本看都没看，说："下次有事电话里说一声就行，不用特地跑过来。"

"好。"阿强憨厚地笑了笑，转身离开。

牌友们又开始互相挤眉弄眼地笑了起来，孟媛媛自然知道这群中老年妇女的秉性。

阿强今年五十多岁了，为人忠厚老实，就是年轻时在工厂做工出了事故，脸毁了，样子有些难看，所以到处找活都被嫌弃。

但是孟媛媛觉得他挺好，店里什么事都能帮上一点，手脚也利索，还能知冷知热。

转眼，阿强在她店里已经帮工了一年多，孟媛媛信得过。

她倒不介意她们的调笑。

她丧夫多年，自己也是个开朗人儿，经得起玩笑，未来真要寻个伴儿过晚年，阿强也未必就不行。

只是这些老妇女，都多大人了，还跟小姑娘似的抱团八卦。

"好了好了，打牌了。"

阿强从茶馆出来，双手塞在口袋，他微驼着背，一路慢慢往前走。

从那个热闹的牌室里出来，才感觉到世界的真实。

是的，这个世界哪里有那个天真的老女人想得那么明亮温暖善良？

大概只是生活给她的教训还不够罢了。

他慢慢地走着，漫无目的地闲逛，这附近有不少老的街区，他专拣人少路黑的地方逛。

城市的夜晚总是灯火璀璨，但也多的是这样逼仄阴暗的地方。

这样的地方他最熟悉，也最安全。

能够让他舒畅地做他自己。

一条偏僻的巷子死角里，放着一个半人高的大垃圾桶，堆满的垃圾已经掉在周围到处都是，恶臭扑鼻，想是清洁车偷懒已经几天没有来过。

墙角有一只出生不久的瘦弱的小奶猫，扒着垃圾袋在觅食。

它的眼睛都没有完全睁开，但是活下去的本能令它张着小嘴发出求救般的叫声，并且努力嗅闻。

阿强缓缓走过去。

他并不怕脏，踩过垃圾，他低头抱起那只小猫。

小猫骤然感觉到人的温暖，下意识地往他怀里靠，似乎是十分渴望怜爱。

阿强轻轻摸了摸它的头，把它揣在怀里，搂着转身慢慢往回走。

这条巷子里的居民已经很少，留守的几户也都在等着拆迁。

阿强走到一户亮灯的人家门前，想了想，把怀里的小猫掏出来，放在门前的台阶上。

小猫还没有弄清楚是怎么回事，就感觉到一只穿着军用钉鞋的大脚突然从天而降，准确地踩中了它小小的毛都没有长齐的脑袋。

它甚至来不及发出一声惨叫。

只有头骨的碎裂声，小而细碎，令人头皮发麻。

阿强看着脚下的尸体，混浊的眼睛里，升起了一道兴奋而嗜血的光。

他无声地扯着嘴角笑起来，大脚在地上来来回回地摩擦着，无数道血痕堆积在一起。

等到这家人无意间打开门，将见到永生难忘的景象。

花深没想到，云商居然在本市寸土寸金的市中心买了两套门对门的房子，一套自己住，一套放租。

　　"你们家有矿吗？"

　　"什么意思？"云商没听明白，但隐隐觉得是夸他有钱的意思，于是假装谦虚地笑，"也还好。这边也就这两套。"

　　这边是什么意思，难不成城市的另一边还有房？这也太腐败了吧！

　　花深在心里大叫。

　　云商非常满意花深现在的表情。

　　从抢包事件里恢复过来后，两人又渐渐恢复了轻松自如的状态。

　　"警察收入这么高的吗？"

　　"怎么可能！"

　　云商耸肩，以他的工资买间卫生间大概都困难，但是奈何他爹他娘不差钱啊。

　　"哦，富二代！"花深秒懂。

　　就算……是吧。

　　云商想了想，觉得这么定义好像也没错。

　　"那你为什么不继承家业，为什么要当警察？"

　　只见云商的眸光忽然沉了一下。

　　他并不是第一次被问到这个问题了。

　　他家境优渥，又是独子。之所以要忤逆所有人的意思来当警察，不过是因为年少时陨落在眼前的一抹星光吧。

　　没有经历过的人，不会知道那是多么冷，多么痛。

花深隐隐觉得自己好像问到了什么不该问的东西，可云商瞬间又恢复到他那个吊儿郎当的表情："报效祖国啊。"

花深没有再就这个话题继续说下去，转而又想起一件很重要的事情："那你把这套租给我，你该不会就住对面吧？"

"不然我住哪儿？"

"我的天！"花深在心里大叫不好，"房东就住对面，那跟考试的时候老师就站自己身边监考有什么差！"

"也对。"云商经花深这么一提醒，"这样的话也方便我监督，我怕你糟蹋我房子。"

要不是因为这低到可以说是廉价的房租，她也不会这么忍辱负重了。

算了，花深倒也想得开，赶紧催他拿了合同出来，生怕云商反悔。

飞快地写下了自己的名字，见云商也签完字，花深才长舒一口气。

花深看着合同上的数字，这比市场价少了一半的房租实在让她觉得太不可思议了。

因此她心情格外愉悦。

于是，她主动邀约："为了庆祝咱俩以后就是邻居了，我请你看个电影吧！"

云商心情也不错，欣然同意。

谁知两人在去电影院的路上，花深忽然想起什么来："我说云商，你这该不会是凶宅吧！"

她开始脑补自己看过的各种恐怖小说剧情，然后一条一条讲给云商听。

在她给自己心爱的房子设计出第十个凶杀案现场后，云商终于有点后悔了。

从这部电影三个月前官宣上映日期的那一天开始，花深就在期待着了，今天终于有空来看，她整个人都兴奋得不行。

云商盯着海报上那团黑黑的东西，只有一口惨白的獠牙，恶心巴拉的。

他皱着眉："你一个女孩子，能不能看点浪漫的感人东西？"

"你看不看，不看你换张票，再给你买桶爆米花你自己坐隔壁影厅看《熊出没》去。"

"算了，我怕你一个人看害怕。"

"喊！"

电影正式开场，两人坐在最中间的位置，犹如两棵柏树，身板笔直又正气。

周围方圆好几米之内全是搂抱在一起的情侣。

娇嗔声和调笑声不绝于耳。

怎么？这是情侣专场吗？

尤其他们前面那两位，简直是用万能胶胶在一起的，从电影开场开始，就忘情接吻，越吻越激动，最后变成了一场抱头互啃的角力赛，中间还夹杂着清楚有力的滋滋作响声。

饶是脸皮厚如花深，也开始有些不好意思了起来，只有不断地吃着爆米花来掩饰自己的尴尬。

云商忍不住轻咳了两声，示意前面的人安静一点。

花深正被前方的口水交换声弄得尴尬癌发作，遂转过头来嘿嘿干笑了两声："这电影挺好吃的嘛。"觉得不对，"不是，我是说这爆米花挺好看的。"

旁边的情侣听见了，转过头来偷笑。

虽然看不清，但是花深能想到云商现在的脸色有多难看。

电影终于步入正轨，花深也很快被电影情节吸引了进去，看得格外认真。这次是云商先推她的。

花深烦死了："干什么，别吵我。"

云商忍了忍，声音从牙缝里钻出来："你电话。"

花深拿起来看了一眼，是个陌生号码，顺手给挂了。可是对方不依不饶，像是有着能把地心钻个洞的固执劲儿似的，又打了过来。

花深只好把头俯低一点，接起来："喂，哪位？"

在电影院3D环绕的轰鸣声和男主的怒吼声中，她居然清楚地听见了那个声音，令她几乎不相信的声音。

明明吵得要死，花深又觉得整个世界都安静了下来。

"深深。"

只是喊了一声她的名字而已，然而几乎是瞬间，花深就有一种天崩地裂的感觉，浑身被抽干了力气，指尖都是冰凉的。

"嗯。"她几乎是下意识地软声回答他。

不，不是这样，她应该骂他，凶他，然后挂掉他电话，像对着镜子演练过千次万次的那样。

但是，她没有，她没有。

她像一只软体动物般，顺着椅子滑了下来，蹲在了前后座位间的狭小缝隙里，把头埋进膝盖，像一只有趣的驼鸟。

她几乎立刻就能想到他是怎样找到她的号码的。

但是为什么他现在才找？

她明明在网上留了那么明显的线索。

所以，他现在找她，是什么意思？

她咬着唇，制止自己再发出多一个音节，怕自己开口就败就错。

一头雾水的云商坐在旁边，把她这一系列怪异的举动尽收眼底，忍不住伸头问："花深，你干吗呢？电影还看不看了，坐好！"

这声音一字不漏地传到了电话那头。

既亲密，又霸道。

黎海洋猛惊了一下，握着电话的手都暴起了青筋。

他瞬间情绪失控，声音里涌起了滔天的愤怒："打扰了。"

花深来不及说话，那边已经是挂断后的长鸣。

"有事？"

"没事。"

云商"哦"了一声，继续看电影。

花深坐起来，眼睛盯着电影屏幕看得无比认真，云商发现，从这一刻开始，这个喋喋不休的碎嘴姑娘，终于安静了下来。

他的耳朵得到了解放。

黎海洋陷在深灰色的沙发里，把手机扔在一边。

他整个人如同霜打的茄子一般，既颓败又愤怒，他脑袋里现在乱成一团。

她居然在看电影，和一个年轻男人看电影。

那个男人是谁?

黎海洋满脑子都是这个问题。

在他因为回到这里却不知道该怎么找到她而坐立难安的时候，她却依然笑语晏晏毫无负担地去和别的男人看电影。

如果说打电话前，他是被自己的情绪搅得快要疯了，那么现在，在听到电话里那个男人的声音后，他已经真的疯了。

电话蓦地响了起来。

黎海洋抬起头，眼睛里乍然而现一簇光。

想克制又无法克制。

他好像在跟自己较劲，仿佛这样花深就会在意似的。

黎海洋深呼一口气，拿过电话，屏幕照亮他的轮廓，可眼里的光却暗了，比起之前，眼神甚至是灰败的。

他接起电话，声音低沉：“妈。”

“海洋啊，回来一周了怎么还不回家? 我让阿姨把房间都收拾好了!”季珍珠的声音在那头响起，温柔又关切。

"妈，和你说了，研究所给我租了公寓，离得近，上班方便。"黎海洋说。

"那也要回家呀！你都这么大年纪了，除了工作，也要会生活，不要像你爸爸，一辈子工作狂，有什么意思呀！"季珍珠埋怨。

黎海洋敷衍着应声。

果然，季珍珠在那边又说道："对了，明天晚上我不管你有什么事，回来吃顿饭呀！明天米妮也会来，你要是不回来我可在人家家长面前没法做人了，养了个儿子请回家吃饭都请不到……"

黎海洋心里烦，妥协道："好，我知道了。"

季珍珠一听他松口了瞬间就得意忘形了起来："米妮比你先回国，这一年呀要不是她经常来陪妈妈，妈妈可要寂寞死了呀。你可要珍惜人家，知道吗？要不是为了你，她早和她爸妈在美国定居了呀……"

黎海洋直接按掉了电话。

季珍珠的声音消失在空气里。

Hao
ShiGuang

Chapter.3

他说："深深，我先找到你。"

电话响起来的时候黎海洋正在处理事情，同研究所的师妹何青苗汇报着他近期需要参加的几个会议。

他重复了几个出来："这几个让周教授去就可以了，他比我熟悉。"

何青苗赶紧记下来："好。"

"对了，还有今天晚上的这场会议也不去了。我有些事情，得回家一趟陪我妈吃饭。"黎海洋说话的时候一直在看手里的文件，却还能分心出来听青苗话里的内容。

这样一心两用大概也只有超级学霸的他能做到了。

何青苗对他一向佩服得很，柔声提醒道："黎老师，您电话响了……"

黎海洋"嗯"了一声，眼睛依然盯着手上的东西。

他的手里是一份海洋生物分析报告，近期国内的太平洋海域发现了一片已经灭绝的珊瑚丛，而这正是他研究的方向之一。

他空出右手去拿手机。

何青苗赶紧乖巧地把手机递到他手上，目光却偷偷瞥到了上面的来电显示。

深深。

思念深深的深深。

爱意深深的深深。

这两个字仿佛天生自带魔力，从舌尖滑出来，从眼里掠过

整个大海如此静谧，
如果你在我身边，
便仿佛只有你的身影；
而你不在我身边时，
大海空无一物，
什么都没有。

Hao
Shi Guang

去，都是满腔的温柔与眷恋。

像海洋那么深。

"谢谢。"黎海洋没有留意到何青苗的表情，他道了谢，眼睛终于从手上那份密密麻麻的报告上移开。

刹那之间，在黎海洋看到屏幕上的名字的时候，何青苗清楚地看到，他那原本幽深的眸子里，有一簇火光被点亮了。

连同刚刚的不耐和认真全都被燃烧殆尽，这个年轻学者的眼里，只剩那个名字。

和它包含的全部意义。

他的深深。

他几乎是瞬间按下了通话键，表情和声音看似和平常没有任何区别，可是，研究过他所有细节习惯的何青苗却注意到他不安分的手指因为紧张而默默捏紧。

她觉得心里好像有什么东西忽然沉了下去。

"你好。"他喉结滑了一下。

"黎海洋，猜猜我在哪儿？"像一片铺天盖地的金色阳光，花深的声音，就那么毫无掩饰地耍着赖皮，扑面而来，暖洋洋地将黎海洋从头到尾包裹。

让他几乎控制不住地战栗起来。

她就是这样，这么随意，这么使坏，这么不按常理出牌。仿佛昨天电话里的尴尬、怒气和沉默，都不曾存在。

这一刻她想对他好，就对他好。

想丢下他，就丢下他。

她就是个彻头彻尾的坏蛋！

花深站在生物研究院的大门口，眼前有三栋高楼，每一栋楼都写着生物研究院。要不是因为不知道是哪一栋，她早站在黎海洋办公室门口打电话了。

黎海洋面色如水，起身走到窗边，拨开一片窗叶，漫天的阳光洒了进来。

"你在哪儿？"

猜都懒得猜，果然还是黎海洋作风。

"在楼下啦，这里有三栋楼……"她有些丧气地嘀咕。

"站着别动。"

黎海洋没挂电话，转身大步往外走去。

何青苗看着他的背影。

一向冷静自持的黎海洋此刻居然像是一个见了新玩具的小孩子一样，每一步都彰显着无法抑制的狂喜和急切。

她眼神渐渐地暗了下去，却不死心，跟了上去。

花深真的就乖乖站着了。

她在太阳下无聊地踩自己的影子玩。

昨天在新租的屋子里一晚上都没有睡着，就是因为黎海洋的那个电话。

那一个电话，什么都没有说，但她就知道，是他回来了。

拿手机上网一搜，年轻的国际生物学者回到家乡的消息果然赫然在目。

他为什么回来，为什么要给她打那么一个电话？

临近清晨的时候花深还没想明白，但是她觉得，许多事情都要在见到黎海洋之后才会知道答案。

她冲动下决定前来见他。

花深举着电话，一直听着电话那边很细微的动静，像一个贪婪的小孩还在留恋手指上的甜味似的。

直到看到一整只棒棒糖。

熟悉的身影从玻璃大门里匆匆而至。

她的小少年，她的小男孩，她的初恋。

几年不见，他似乎又成熟了一些，表情更加深沉，像平静的大海，好看的眉眼间全是故事，但如若不开口，便好像谁也无法靠近他。

这个人啊，好像变了许多，却又跟她无数次午夜梦里出现的身影重合。

花深趁着还有些距离目光贪婪地看了几眼，太不公平了，阳光那么好，全闪耀了他。时间那么坏，全沧桑了别人。

可是……他身后怎么还跟着一个女孩？

长发微束，身形纤弱，面容清丽如水仙花儿的女孩。

她跟着他，脚步匆匆，目光却全在他的后背上。

只一眼，花深便知道，那女孩不光是目光在黎海洋身上，她的心也是。

黎海洋径直走过来，在她面前站定。

花深早就切换好了状态，一脸嬉皮笑脸的老样子，下意识伸爪子想拍他的头，可举起手发现够起来有些吃力，于是改拍在了他的肩上："行啊，小老弟，长高了不少呢。"

黎海洋跟花深同岁，可花深就喜欢叫他小老弟，天知道黎海洋有多讨厌这个称呼。

"闭嘴。"黎海洋面色严峻地捉住她的手甩开，动作却是轻柔的，"不像话。"

"为什么要像画，像画不就贴墙上了。"天知道她脑袋里怎么有那么多冷笑话，简直张嘴就来。

"怎么找到这里的？"他盯着她，生怕眨一下眼，她就会消失。

她更美了，美得艳光四射，美得浑然不觉，美得天真张扬。

她根本不知道她在他心里有多好。

好到她站在他面前，每一分每一秒，他都在生生克制自己，要把她狠狠拥入怀抱。

"你能找到我，我也能找到你。"像是绕口令，但是又是一句他们都懂的话。

黎海洋长长地抽了一口气。

他说："深深，我先找到你。"

何青苗在大楼门口停了一会儿，她远远地看着这两个人。

一开始只是觉得那个漂亮女孩有些眼熟，后来才想起来，她就是当年在学校里唯一和黎海洋走得近的女孩。

她和黎海洋曾是中学同级，那时的黎海洋是出了名的冷酷学霸，满脑袋只有学习，除了学习什么都不理不顾，简直像个机器。

那个女孩，是唯一让黎海洋有了一点人味，看起来像一个正常少年的特殊存在。

学校里原本一直传闻他俩早恋，但又没抓着任何证据。后来黎海洋转学加出国，这个女孩留了下来，也没见情绪有任何影响，依然成天嘻嘻哈哈、乐乐呵呵的，这传闻也就散了。

难道他们竟多年来一直保持着联系？

一念至此，何青苗心里开始一揪一揪地疼。

可是，看到黎海洋面色不悦地甩开那个女孩的手的动作，又让她燃起了一线希望。

他们以前就算有过什么，现在也是那个女孩在缠着黎海洋吧。

看黎海洋的动作，分明是烦她。

她还主动找上门来。

何青苗瞬间在脑海里补充了一幕狗血大戏——

看来黎海洋被缠上了。

何青苗翻了一下自己包，里面刚好放着一沓资料。

"黎老师。"

她犹豫了一秒，鼓起勇气朝着黎海洋快步走去。

"黎老师，这是你刚刚要的资料。"

何青苗把资料递过去，顺势拉住了黎海洋的胳膊，用了一点点力，暗示他快走，这里自己来顶住。

因为花深的笑容，黎海洋刚刚放松下来的心又被何青苗弄得一怔。

他莫名其妙地低头看何青苗紧紧抓住了他衣服的手指，有些纳闷这样的动作是不是有点不寻常。

那姑娘的手指纤白细长，单薄脆弱得有些不像做试验的手。以前他在国外，她就经常写信给他，请教一些学习上的问题，这次回国，发现他们在同一间研究所，又是中学同级同学，他对她也多了几分好感和亲近。

但仅此而已。

他们似乎还没有熟到如此身体接触的地步。

他皱眉："你做什么？"

何青苗被他的语气弄得一僵。

她以为黎海洋过于木讷，没有理解她的意思，不知道顺着台阶下，于是着急的声音用力染上了几分委屈："黎老师，周教授让我叫你回办公室。"

她不善撒谎，脸都红了，眼角也红了。

看上去，确是情真意切的委屈。

花深在旁边不作声地看着，怎么这委屈还能传染？她也觉得心里哪里酸酸的了。

"这些资料我看了。你回去告诉周教授，现在是我的私人时间，不谈工作。"

黎海洋用力拨开何青苗的手。

他现在根本记不起这些资料他看过没有，以及周教授是谁。

他现在不想听到任何有关花深以外的事情，就算是远古海洋生物重现宇宙爆炸也不行。

他可以在其他的时间不分昼夜地看资料做研究，但是，如果这一刻花深跑了，他有预感，他可能就再也找不到她了。

他是一个科学学者，但是，他也是一个有感情的人。

"你先回去吧。"黎海洋开口。

花深以为是在说自己："那我走……"

"花深，你给我站住。"黎海洋暴露了自己的紧张，不等她一句话说完就把人吼住。谁知道被点名的人还没动静呢，没被骂的人却哭了。

何青苗倔强地抿着嘴唇，可是一两滴眼泪还是不争气地从雪白的脸上滚落下来。

她长得本来就清秀白净文雅，自带仙气，这一哭，我见犹怜，弄得花深心里都轻轻一疼，像是欺负了她一样内疚。

是了，连她都心疼的姑娘，黎海洋怎么能不心疼？

哪里像她，成天没个正经，嘻嘻哈哈像个傻子，要说被人捅了一刀，多半人都会以为她在讲笑话。

果然，黎海洋的表情一下子就软了下来，跟刚刚吼她完全不一样。现在的他又无奈又温柔，居然还会别扭地安慰人："何青苗，对不起，我态度不太好，你先回去吧。"

何青苗也有点不好意思，她吸了吸鼻子，一下子就不哭了："那，黎老师，你可以再给我买一份上次的牛轧糖吗，我喜欢那个味儿。"

什么牛轧糖？

黎海洋一时没反应过来。

看着何青苗期待又清亮的眸子，他脑袋用力转了半天，才想起来，上次周教授去机场接他的时候，让他最好能给办公室的同事带点伴手礼。

结果他不知道要买点啥，周教授就自作主张下车给他在街边一家搞促销的甜品店买了几大包糖。

大概就是那个什么牛轧糖吧。

他不想多废话，点了一下头，终于打发走了何青苗。

却不知道，这一幕被花深看在眼里，却又有了些近情情怯的瞎猜想。

何青苗上了电梯，进了办公室。

她看了看表，例行拨通了妈妈的电话，汇报了今天晚上回家吃饭的时间。

但是，妈妈这次没有立马挂电话。

老太太叹着气说："苗苗，你也不小了，该找个男朋友了。"

何青苗愣了一下："妈，怎么突然提这个……"

那一头的声音立刻染上了泪意："如果柚子还在，以她的性子，她应该早找了，说不定婚都结了孩子都生了……"

何青苗蓦然坐直，身体僵硬成了一张绷紧的弓，她几乎是下意识地用最温顺的声音安慰妈妈："妈，我找了！我已经找了，是我们研究所新来的专家！人年轻有为长得好还是我中学同学！我下周带回来给您看！"

挂了电话之后，何青苗呆坐在座位上，半晌才恢复生气。

她打开抽屉，拿出一本老式相册，翻开。

这些年来，这本相册她总是随身携带，在哪里学习和工作就带到哪里，这样就仿佛是姐姐还在身边一样。

她抚摸着一张张老照片。

那些照片上都是一对漂亮的双生女，从小到大，宛若彼此的影子，同样的眉眼同样的衣服，像双生的花朵，一个温婉恬淡一个活泼明朗。

每一张照片上，她们都紧紧地靠在一起，笑得那么甜蜜。

何青苗指尖轻抚着照片上的女孩，眼泪又一次顺着洁白的面颊滑落了下来，她喃喃自语："姐姐，我们该找男朋友了，你原来不是暗恋黎海洋的吗，就他了，好吗？"

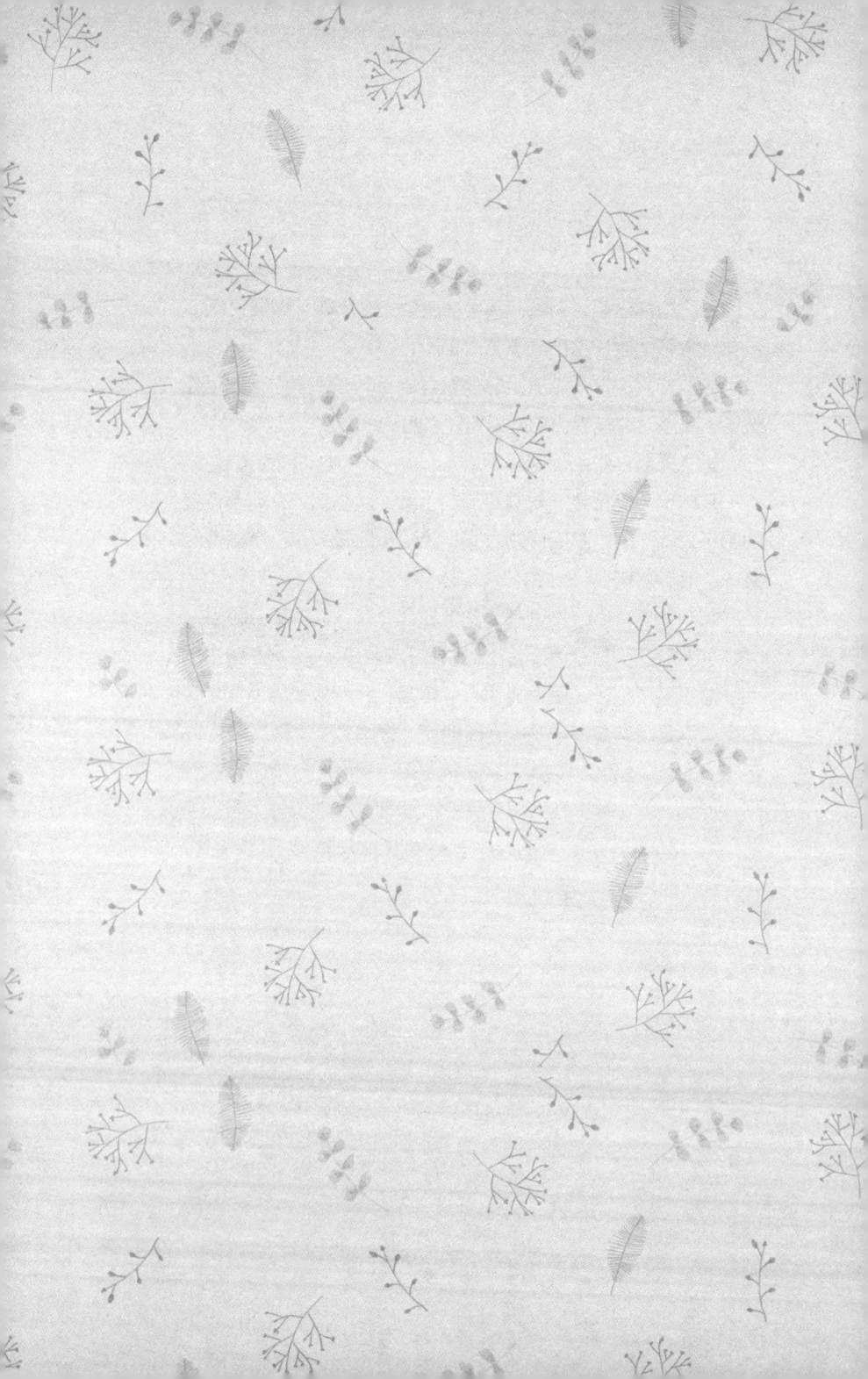

Hao
ShiGuang

Chapter.4

这样的黎海洋，是她的诅咒，
一秒也无法逃掉。

"没想到你还会上网搜新闻。"黎海洋心里一阵甜一阵苦。

花深环着手，绕着黎海洋转了一圈："史上最年轻的海洋生物学副教授黎海洋，国外顶级名校学霸精英，还有着偶像剧男主般的外貌，多少女孩的梦中情人，你知不知道你三围都有人挂在网上啊。"

饶是这么明显了，黎海洋还是没听出来花深语气里的酸味儿，只是对"三围"两个字比较敏感，皱着眉说："我不知道。"

他当然不知道。

如果他关心这些，他就不是黎海洋了。

花深蓦然清醒过来，暗忖自己怎么这么差劲，表现得像个没头脑的小女生，于是赶快暗掐了一下自己的手背。

要优雅，要淡定。

她正佯装淡定地转着圈呢，谁知道转到黎海洋后面时，他突然一转身，手臂撞到了她，于是脚下一个不稳，重心前倾，整个人就歪了一歪。

黎海洋几乎是下意识地一把搂住了她的腰，稳稳地把她带向自己。

他发誓他真的是本能反应，他的身体不需要大脑控制，就能对她的任何举动做出反应。

这令他甜蜜又绝望。

而花深瞬间感觉抓狂，她也太像故意的了，她说自己不是故意的，大概没有人会相信。

她今天来的所有表现，都像末流言情剧的女主角。

她觉得自己大概可以多一条职业选择的出路了。

就在花深绝望地把双眼一闭的时候，黎海洋的心里，像是升起了冲天烈焰。

女孩子柔软的身体靠在怀里，他只觉得两人接触的地方像是瞬间长出无数个小触角一样，挠得人心尖酥麻，继而爆裂出无数耀眼的火花，在他的身体每个角落噼啪作响。

他输了。

赌气这么多年，像个愚蠢的木头一样扎在学海里埋头不起，又有什么用呢?

他的心，他的身体，他的发肤，都记得她。

只要她出现，只要她笑一笑，只要她的任何一寸皮肤触碰到他，无论何时何地，他都会葬身火海，万劫不复。

他的命，都掌握在她的手里罢了。

一念至此，他反而平静了下来，仿佛有一种认命般的解脱和畅快。

花深想挣扎出黎海洋的怀抱，但是黎海洋却加重了手上力道，令她无法离开。两个人都真切地感受到了这股力道的存在，一瞬间，从开始的尴尬无措，突然间变成了暧昧蔓延。

黎海洋心意已定，他真的想通一件事时，往往决定很快，而且从不回头。

"昨天晚上电话里那个陪你看电影的男人是谁？"这一刻，黎海洋不像那个木讷的学者，他像一头猎豹，充满危险的气息，且直奔目标。

花深心里颤抖如同暴风雨中的小舟，这感觉如此熟悉，令她留恋，几乎丧失行动能力。

而且，黎海洋也容不得她有更多的行动和思考。

这是她熟悉的他，也是只有她能看到的他的另一面，在异国同居一室的那一个月里，她无数次了解，他身为男人的一面，有多么诱人和可怕。

她强撑着一点力气，声音却不自觉地带上了一点羞耻的软糯："是我房东。"

在他的怀里，她老实得想要咬舌自尽。

"就是说，不是你男朋友或者老公。"黎海洋的嘴角不易察觉地微微上扬。天知道，最后一点疑虑瞬间打消，他的身体是怎样过了电般激动舒畅。

"以后……也说不定……"花深终于挣脱了黎海洋的手臂，瞬间恢复了一点点理性，兀自想要修补一下自己的溃不成军。

但是，黎海洋已成竹在胸。

"没有以后。"他低声在她耳边说，目光深邃地看着她的眼睛，"以后，只有我。"

救命啊！

花深在心里狂吼。

书呆子的直塞球进攻真的是爱情界的灾难，没有过程，没有解释，没有琢磨，直奔结果。

他什么意思！

什么叫以后只有他！

他们是分开了很多年的恋人好嘛！

他们并不是一直在一起的恋人好嘛！

他怎么就这么自信！

他怎么不问问这些年来她对他曾经的感情有没有变！

他怎么不担心这些年来她过着纸醉金迷招蜂引蝶逍遥快活完全忘了他是谁的美好时光！

啊啊啊啊啊啊！

她简直悲愤欲绝！

到底什么意思嘛！

不远处的保安只觉得今天的眼睛出了故障。

不然他为什么会在这座平日里神圣威严的学术建筑前，看到那个总是眉宇沉默表情刻板的年轻研究员，在耐心地陪着一个疯疯癫癫的姑娘玩各种匪夷所思的小把戏？

更奇怪的是，那个看起来像患有多动症一样叽叽喳喳、蹦蹦跳跳的姑娘，竟然在那研究员转身走向停车场后，突然静下来了。

天边有着大片厚重的黑云一点一点压向太阳，一边是光明一边是黑暗的天空战场，黑的那一面，像是有着无数鬼怪驱使着战车疯狂进攻，让人的心情说不出来的隐隐压抑。

但凡风雨欲来的变数，总让人有一种触目惊心的震撼。

年轻的保安呆呆地看着那个姑娘，不知道为什么，她站在阳光的那一面，红裙灿烂，她的影子却像长在了地上，再没有半分晃动，而她的目光，就那么痴痴地锁定在那个越走越远的清瘦背影上。

有一瞬间，保安几乎以为她要流下泪来。

但她明明还是嘴角上扬的笑模笑样啊。

花深坐在黎海洋的车上，还是觉得有点不真切。

恍然总觉得是做梦，实在是太像做梦了，因为只有在梦里，黎海洋才会这样坐在她的身边。

她偷偷看了旁边的人一眼，侧脸的轮廓在昏暗的光线下却又无比清晰。

她越是看他，就越想他，她觉得自己真是没出息。

嘴再硬有什么用，遇到他，心就是软的，很软很软，连天空飘落一根羽毛都会疼的那种软。

他根本不担心她这些年心里还有没有他，就仿佛直接敲定了破镜重圆的论调，而她呢？她这样冒冒失失站在他的面前，又何尝像分手多年的前女友？

她怎么就不担心他的心另有所属，甚至已经结婚生娃？

直到此时，她才惊觉，自己真的一直没有想过这些问题，就仿佛笃定了，只要她回头，他就会站在那里，充满溺爱和无奈地看着她，等着她。

像年少时的无数次那样。

像相爱时的无数次那样。

可是，当年为什么那么轻易分开？

为什么她可以疼到心在淌血，仍然不回头地走掉？

如果再见一面就能轻易抹去他们之间深深的鸿沟，那么分别后日夜煎熬的这些年，又算是什么？

地球很大，但也很小，他们并不是找不到彼此的痕迹。

分明伸手就能触到的人，却都不曾伸手，那些桎梏，又怎会是她几句假装轻松的笑语就能打破的？

她的心里，五味杂陈。

车子性能极好，在车内几乎听不见车外的嘈杂。

花深静静地坐着，感觉到车子如游鱼般滑过车道，然后渐渐汇入五光十色的街景。

街上熙熙攘攘奔忙着的人们啊，在浩瀚宇宙里宛若一颗颗尘埃，却有着各自那么细致入微的烦恼。

她的这点烦恼，又值得与谁诉说？

大概再努力一点，再多笑一笑，总有一天，终会忘掉。

"你笑什么？"

黎海洋侧过头来，语声温柔。

似乎是从刚才的某一刻起，黎海洋突然卸下了全身所有的装甲，所有的不甘，面对花深，他只剩下无尽的温柔和包容。

这样的黎海洋，是她的诅咒，一秒也无法逃掉。

"没什么。"她别过脸，看向窗外。

黎海洋知道，花深还需要一点时间适应这场突如其来的久别重逢。

她有时候看起来特别勇敢，但其实内心里，特别容易受伤。

她是害怕的，不确定的，年少时父亲的突然死亡令她对世间的一切抱有恐惧，她只是极力在掩饰这种恐惧，用她的开朗和笑容。

她害怕突如其来的改变，有时却会因为害怕，而主动迎上前想要适应它。

就好像今天她会主动来找他，但面对他表现出的感情，又会逃避害怕。

但是，没有关系，他可以抱着她，耐心等着她。

花深是他的命中劫，逃不过，躲不掉，他认命。

他是一个做学术研究的人，他严谨而细致，他希望一切都在计算和掌控中，每一步都走得心安而踏实。

但是，花深总是例外。

她是那么生动、活泼、敏感，甚至野性。

她是他的生命里见过的最多的不确定，不可控，不敢猜，不曾忘。

对于她多年前的绝情离开，他一直有着解不开的心结，觉得她不够爱自己，没有他也能生活得很好。

但是，她主动来找他。

她老实承认，昨晚的男人，不是她男朋友。

这就够了，他多年来苦苦压抑的思念，并不需要更多的证明来催化，已然足够。

他确认她心里有他，很多很多，不是一点点。所以才在如此漫长的经年岁月里，仍没有淡去。在接到他电话甚至他什么也没有说的情况下，她就能翩然而至。

　　她从来都不是一个随便的女孩，除非，他对她而言，始终那么不一样。

　　一瞬间便通过种种蛛丝马迹得出精密推理的结果的他，完全没有了花深此时的惶惶不安。

　　他想的是，等下送她回到住处，他就不走了。

　　黎海洋这个时候才意识到，自己内心潜藏着一只多么疯狂的兽，只对她。

　　"黎海洋。"

　　"嗯。"

　　花深伸了个懒腰，其实只是在隐藏自己的不安而已："你为什么会忽然回来，国外那么多好的机会和老师，如果继续待下去的话应该会很好吧……说不定你的照片都会被印到教科书上。"

　　"深深。"

　　花深心里一颤。

　　他又这么叫她！

　　像以前恋爱的时候每一次抱着她吻着她拥有着她时一样，反反复复叫着"深深"，令她化成水雾，化成云烟。

　　犯规！

　　这是严重犯规！

　　还能不能好好聊个天了！

　　前面的车行越来越慢了，乌压压的黑云已经彻底战胜了阳光取得了胜利，眼看暴雨将至。

黎海洋轻轻笑了一声，说："深深，我只后悔自己犹豫了这么久，我回来晚了。"

他苦笑一声："可是如果不是煎熬了这么多年，我可能也不知道，自己根本不可能放下你。"

乍然一道惊雷，震得人的耳膜嗡嗡作响，也及时地盖过了黎海洋声音里过多的情绪："我很高兴，我还有勇气回来找答案。"

花深的手悄悄地紧紧抓住坐垫边缘。

她用了很大很大的力气，以至于骨节都发白。

她生怕自己稍微松懈一点，眼泪就会跟这场雨一样猝不及防又无法停止。

她觉得自己是真傻。

试探什么呢？解释什么呢？还要问什么呢？

黎海洋是对的。

他清楚地知道他们之间相互吸引的巨大磁场，相遇带来的化学反应般的震撼。

言语可以用无数华美的谎言来装饰，世间人难知真假，但是，那些微妙的强烈的感觉，一定是真实的。

他还爱着她。

而她，也还爱着他。

雨幕里的车子被堵得水泄不通，黎海洋和花深就这样静静地坐着。

手机突然不合时宜地响了起来。

是黎海洋的手机。

季珍珠一连发来好几张照片，说米妮已经到了，让他晚上千万不要迟到。

照片上是美丽的杨潘米妮和容光焕发的季珍珠的合影，两人亲热地挨着头，笑颜盈盈，如同一对亲母女。

黎海洋随手关机。

他知道花深已经看见了，也并没有解释，但是花深有些讪讪地说了句："阿姨还是这么年轻……"

黎海洋刚想说什么。

"啊！"花深忽然叫了一声。

黎海洋吓了一跳，顺着花深手指的方向看过去。

"那里有只小狗。"

黎海洋什么也没看见："哪里？"

"你往前走一点……"

黎海洋无奈，只好顺着她一会儿左一会儿右的指示在拥堵的车流中寸步难行地行驶着。

虽然看起来没走多远，但是他终于看见了花深所说的那只狗。

似乎是受了伤的样子，卧在路边的积水里一动不动。

而那个位置又十分危险，如果路过的司机稍不注意，就可能把它卷入车轮。

"我下去看看它，你等我一下！"

黎海洋一惊，长臂一伸，却仍然扑了个空——花深声音未落，就已经像一只灵活的山猫拉开了右车门跳了下去。

虽然车是在停步状态，但那一瞬间，黎海洋仍然感觉全身的血都涌上了大脑。

他的手指变得冰凉。

这个白痴！要不要命了！

花深冒着雨跑到路边，小心翼翼地把狗抱进怀里："好了好了，不怕了。乖啊。"

正在这时，刺眼的光和尖锐的鸣笛声响起来，花深回过头，一辆摩托车在狭窄的车道里，正朝着自己疾驰而来！

而怀中的小狗也因为受惊，忽然叫了起来，抬起头，狠狠地咬向了她的手臂！

"深深！"

随之响起的是更多汽车此起彼伏的鸣笛声，花深闭上眼睛，被卷进了一个熟悉的怀抱里。遗失的心跳终于回到了胸腔，与此同时还有另一道沉稳的心跳声，在胸口的右边。

黎海洋紧紧抱着她，愤怒的声音从她头顶砸下来："花深，你是不是不要命了！"

花深这个时候还能笑出来，抬起头，看着雨幕里不甚清晰的他，把怀里毛茸茸的狗头冲他的下巴拱了拱："看，小狗。"

黎海洋好气，他的目光在触及她鲜血淋漓的手臂的时候更加愤怒了，就像是一个濒临爆炸的气球一样。

"花——深——"他搂紧她，声音在耳边低沉压抑得可怕。

"好了，我等会儿去打狂犬疫苗。"她索性也贴上去，对着他的耳朵说。

呼出来的热气在冷雨里，带来异样的刺激，连周围此起彼伏的刺耳汽笛和司机叫骂都变得模糊。

黎海洋最终认命般地闭了闭眼睛，然后稍一用力，干脆连人带狗给抱了起来，快步奔回自己的车边。

冰凉的雨水裹挟着残风打在身上，他竟然一点都不觉得冷，大概因为——

他的女孩，在他的怀里。

Hao
ShiGuang

Chapter.5

像是一星火焰，
又像是一树红花。

车里，黎海洋把空调温度调高，前后四个风口出来的空气都变成了暖气。

花深一身火红的衣衫湿透了整个真皮座椅。

她道歉："对不起啊，把你的车弄脏了。"

"你别说话了。"黎海洋侧过身来，欺身而至，从右车门边狠狠抽出安全带，绕过她的身体，"啪"的一声准确地扣住了。

他的下巴擦过了她湿透的头发，冰冷的额角，他甚至感觉到了她突然屏住的那一口紧张气息。

黎海洋看了她一眼，一言不发地拿出一块干毛巾递给花深。

"谢谢啊……"花深说着，把毛巾裹在了小狗身上。

"花深！"语带危险。

花深抬起头："怎么？"

黎海洋一言不发通过后视镜盯她。

花深狡辩："这个可怜孩子还小，我们要对孩子多一点关爱。"

"谁的孩子？"黎海洋突然问。

"我们一起救了它，那就是我们共同的孩子。"生怕他把小狗扔下车，花深使出讨好大法。

"哦。"黎海洋点点头，不再言语。

花深却又觉得，自己好像被猎豹盯着的小动物，好像哪儿不对呢？奇怪。

花深正想着，又遇上了一个红灯。

黎海洋迅速伸手，从她怀里把狗掏出来往后座一扔，小狗倒也老实，在软软的座椅上打了个滚，仿佛弄明白了眼前的两个人对它无害，于是开始拨弄自己的毛玩。

黎海洋则飞快地脱下了自己的外衣，罩在了花深的脑袋上。

花深被罩在宽大的外衣里，什么也看不见，可是熟悉的味道却令她的眼泪唰地冲了出来，简直挡都挡不住。

如淡淡的带着一点苦涩的松树香，明明很冷冽，却能让人的身体涌起不知何处而起的无尽的疯狂热浪。

那是属于黎海洋的味道。

"黎海洋。"

花深没有拿下衣服，任自己的脸闷在衣服里，瓮声瓮气地叫他。

"你研究海洋生物这么多年，你说大海里面都有什么？"

仿佛他们之间重新开始转动的时间。

又都回到了正轨上。

黎海洋没有回答，他飞快地侧过一点身体，隔着他自己的衣服，蜻蜓点水般无比温柔地在她头顶的位置轻吻了一下。

她一定感觉到了什么，瞬间手指绞得发白，微微颤抖。

什么都没有。

他在心里回答：整个大海如此静谧，如果你在我身边，便仿佛只有你的身影；而你不在我身边时，大海空无一物，什么都没有。

花深永远都记得，遇见黎海洋的那一年，她十五岁。

十五岁的花深已经是个引人注目的小美女，性格却野得像是个男孩子。

大家赐予她"斩男女侠"的头衔，不是因为她能成为多少男孩情窦初开的心动对象，而是她能把大部分同龄男孩揍到哭爹喊娘。

花深人缘却出奇地好，她维持正义，爱恨分明，从不无故欺负人，反而经常帮助人。

因此长街短巷都有她的兄弟们，经常和一群少年在大街小巷四处乱窜。

那天，她在街口那家超市门口坐着吃冰棍。经营小超市的是一个六十岁的爷爷，会说书，还能写一手好看的毛笔字。

花深一边吃冰棍一边陪他聊天，眼睛却一直盯着放零食的那个货架旁边的男孩子。

看不出来多大，一副发育不良的样子，瘦瘦小小的，穿着一件肥大的T恤，像是偷穿大人的衣服。

花深把最后一口咬得嘎嘣响，像是一只蛰伏的杀手一般微微眯起了眼睛。

果然，只见那少年拿起一盒蛋卷，然后四处看了一眼，趁人不备，迅速地放进了口袋里。

"爷爷！"花深猛地站起来，一声爷爷喊出了葫芦娃的气势，"他偷东西。"

老爷爷笑了笑，并没有说什么。花深以为爷爷上年纪了跑不动，撸起袖子就要惩恶扬善，替天行道。

却被爷爷拉住了："坐下，坐下。"

"他偷你东西！"

"我允许的，不算偷。"

花深不明白，只听爷爷叹了口气，说："这是个可怜娃，没爸没妈，又是个哑巴……"

花深心里一紧，又看过去，这次那个男孩却对上了她的视线，好巧不巧，他正把一袋巧克力往口袋里塞。

花深觉得老爷爷的善良很感人。

但是，她从小所受的教育告诉她，再穷再苦，也不能做坏事。

她不知道该怎么说清这个道理，但是那男孩当着她的面继续旁若无人地拿着货架上的东西却不给钱，她总是觉得有什么地方不对。

在男孩伸手拿第三样零食时，花深终于按捺不住蹦了起来，指着他大喊一声："你住手！"

她原本是想叫住男孩好好理论一番，谁知男孩一见到她的动作，就如同惊弓之鸟，嗖地朝门外逃去。

他逃，她当然要追。

方圆几里地，她还没见过谁跑得过她的。

好胜心起，她奋起直追出去，连爷爷一叠声的叫唤都来不及理会。

谁知那少年虽然面黄肌瘦，跑起来却毫不含糊，花深从来没有遇见过居然能跑得这么快的同龄人，几条街追下来，她竟然把人给追丢了。

这对于花小女侠来说，简直是奇耻大辱！

就在她气呼呼地准备往回走时，却发现自己误入了一片陌生的破旧居民区。

大院里的玉兰树花开成雪，如诗如画，却不如一场撒开脚丫的疯跑令孩子们感觉更加兴奋激动。

黎海洋的房间里，书桌靠窗而放，桌上堆着一本一本厚厚的习题集，而他坐在桌前的时候，耳朵里却总是涌进窗外的孩子们游戏时的欢笑和尖叫。

自小，他总是得不到允许加入他们的。

渐渐也不抱期望。

他的父亲是专业学术领域赫赫有名的带头人。母亲季珍珠虽然文化程度不高，年轻时却是个美人。没文化的美人嫁给了教授，外人免不了闲言闲语，季珍珠这些年心里也就存着一个大大的心结，堵着一口气。

对于培养唯一的儿子，她便请最好的家教，上最贵的补习班，安排最满当的时间，着实狠下了一番决心，要让人看看她的本事。

大概是有些用力过猛，母子关系便渐渐剑拔弩张。

小小的心里，压抑和叛逆的种子钻出土壤，生出小芽，沾着一点指责辱骂，便疯狂长大。

但季珍珠并不知情。

她一心想在严厉的管束下把黎海洋培养成像他父亲那样的

优秀精英，方显得作为母亲的骄傲。

那一天，黎海洋刚放学回到家中，季珍珠就一把扯过他还没来得及放下的书包，把里面的东西全部倾倒了出来，然后找出月考成绩单，甩在黎海洋面前。

"下午我给你班主任打电话了！说！给我说你怎么回事！我花这么多精力供你读书供你吃喝，你怎么回报我的，啊？我说什么还记得吗？不考第一不准吃饭！第二有什么用，奥运会上谁记得第二名，只有第一名和其他！你懂不懂！"

黎海洋一言不发，抬着眼睛看着季珍珠。

季珍珠顿时来脾气了："你还敢这样看我，怎么是不是恨我了，是不是想杀我！"

她说着，一巴掌拍在黎海洋额头上，少年白皙的额头瞬间红了一大片。

"给我去跪着，跪在书桌前，问问你自己对不对得起书桌上的书和作业！不想明白别给我起来。"

季珍珠说着，随手把黎海洋关在房间里锁了起来。

黎海洋经过了无声的愤怒和发泄之后似乎平静了许多，他从小就擅长把情绪装在肚子里消化掉，父亲常年出差国外做学术交流，一年到头在家的时间加起来也不到三个月，而母亲是与他日夜相伴最多的亲人。

他知道她的心思，虽然儿子那些试卷上的题目，她都看不懂，但是，她只要"第一"和"最好"这个名头，这能令她在那些碎嘴的同乡和牌友面前高傲得毫无软肋。

他觉得母亲幼稚，但又能怎么样呢？

无法改变，只能自己消化愤怒。

他站起来，拍了拍膝盖上的灰，然后脱掉校服换了件衣服。

外面，季珍珠正在给黎教授打电话："你什么时候才回来呀，这次在墨尔本都待两个月了，你不回来管管儿子，我可管不住他了……"

黎海洋觉得烦，走到窗边，推开窗子。

他家住在二楼，是那种单位分的家属楼，目测翻下去不算太难。

他沉默地站了一会儿，突然很想做点从未做过的离经叛道的事儿，吓季珍珠一跳。

这当然也是幼稚的想法，不过，他才十五岁，偶尔幼稚一点，他能原谅自己。

于是，二十分钟后，他就顺着白色的水管和突起的雨檐顺利地到达了地面，离开了那个锁着门的房间。

他漫无目的离开了居住的小区。

乌云越压越低，潮湿的空气包裹着裸露的皮肤，像一张密不透风的大网。黎海洋忽然想到小时候和父亲玩过水的吴水河。

虽然父亲只带他去过一次，他却念念不忘，据说下雨的时候河面上会钻出一种奇怪的鱼，他挺想看看是不是真的。

少年决定往吴水河那边去。

怪鱼没有看到，倒看到了成群的蜻蜓。

放学时他便知要下雨，还加快了步子，后来爬出窗时却忘了带伞，可见当时脑子还是不冷静。

　　他有点后悔走了这么远，看来往回走已经来不及了。

　　说来就来，大雨伴着刺目的闪电呼啸而至。

　　正是夏末，淋湿了也不觉寒冷，但周围的环境还是随着这雨变得有些莫名的阴森。

　　黎海洋决定去找个屋檐躲躲雨。

　　雨来得又急又猛，他的脚步也开始不由得着急。前方有一片很破旧的居民区，一排排低矮灰暗的三层灰砖老楼房在雨里显得更加模糊不清。

　　似乎也没有什么人在外面行走。

　　黎海洋决定跑近点看看有没有哪间房开着门能躲一下雨，幸运的话也许还能借把伞。

　　就在这时，他看到了那片灰色天地里，出现了一点格格不入的刺眼的红。

　　像是一星火焰，又像是一树红花。

　　他甚至怀疑那是幻觉。

　　其实，这是一片正待政府改造的棚户区。

　　棚户区本来就在城市的边缘，一向人烟稀少。这些年不少原住民都搬了出去，现在住的都是一些经济条件很差的租客，难免三教九流都有，卫生习惯也差，于是显得像个巨型垃圾场。

　　而今年这里的原住民终于走运了，这片居民区被政府列为今年的棚户改造项目，很快要面临全面拆迁。

拆迁就意味着有一笔不少的赔款入账，一时间，大家都积极了起来。

只有为数不多的人，担心拿着这笔钱到外面那些商住小区里也买不起同等面积的新居，还担心离开了这片熟悉之地自己无法适应，因此并不太高兴。

傻子牛力便是其中一人。

他小时候生过脑病，脑子不好使，转不过弯来，对于变化，总是充满恐惧。

如果他哥牛强在就好了，哥哥总是什么都能做好。

牛强站在门前，看了看外面瓢泼般的大雨，顺手从门口的铁丝上拽下来一件灰色的老头衫，拿在眼前看了看。

老头衫晾出去还不久，拿在手上半湿半干，他记得这是母亲多年前给他买的，现在前胸后背都已经有了很多细小的虫眼，但因为家境窘迫，所以他还在穿。

算了，不要了。

他这样想着，就抖着衣服进了屋。

屋里没有开灯，大雨天越显昏暗，隐约可见靠墙的床上躺着一个人。

听他进来，床上躺着的女人有气无力地叫："牛力，你死哪里去了，咳咳咳……"

她剧烈地咳了起来，手捂住胸口，一时间似乎痛苦不堪。

牛强站在屋中央，默不作声地看着她。

女人咳了一阵后，稍一平静，又叫了起来："把窗子给我关上……这天杀的雨吵死我了！再给我倒杯水，我咳成这样你是不是想我咳死算了？我告诉你，我就算死了你也别想找别的媳妇，就你这样的傻子，也就我瞎了眼嫁给你……"

女人神神道道的，忽然极其暴躁地吼了一声："我说关窗户你听见没！"

牛强依然没有动弹，他知道女人在昏暗的房间里认错了人，把他当成了弟弟牛力，但是他也没有纠正，也没有按女人的要求去关紧那扇斑驳的木窗。

其实，他们住的这套三居室位于一层，南北不通透，空气一向不好，他更喜欢开着窗，让风进来。

但这该死的病女人恨不得二十四小时门窗紧闭，躺在房间里苟延残喘。

真是一个丧门星，他受够了。

不过还好，这一切就要结束了，彻底地结束。

他也将离开这潮湿阴暗的地方，离开这些像老鼠一样挣扎在生活底层的同类，过上美好新生活。

这念头一闪，他感觉一种油然而生的兴奋感从脚底蹿到了头顶，令他全身都热血沸腾，有什么东西简直想破开胸膛狂啸而出。

他强忍着，抓紧那件灰色的老头衫，一步一步走向床上的女人。

女人感觉到了一丝异样。

她那平日里言听计从打不还手骂不还口的傻男人，竟然有胆子不听她的指挥？

他向她走来的步调，也似有不对……

她努力睁大了混浊的双眼，看向男人。

而男人矮壮的身影刚好遮住了小窗那里投射过来的唯一一片光芒，她只能看到一片黑影越逼越近。

她的心里突然闪过了一线模糊的念头。

难道他不是牛力，而是外出打工两年没有了消息的牛强？

他们俩本是双胞兄弟，除了性格迥异，长相、身材都一模一样，她是最清楚不过的。

她有些惊喜地脱口而出："你……你是……"

牛强迅速点了点头："是我。"

女人那干枯瘦弱的脸上，瞬间焕发出一种奇异的神采来。

明明看不清，牛强却感觉到了她的激动，甚至能够想象有几丝红晕挣扎着爬上了她像风箱一样喘息起伏着的白色胸膛。

他在心里冷笑。

女人却道："强哥，想我了？"

牛强心里的冷笑在扩大。都病成一把枯骨了，还故意捏着嗓子，以为自己魅力犹存。

真是一个贱女人。

本来想直接动手，此刻他心里升起了一股恶意，想让她再多尝几分苦痛。

他慢慢地覆身上去，鼻端混合着浓浓中药味和混浊的肉体香气。

女人以为他要和自己亲近，更加激动起来，带动了胸腔的痒，咳声又起。

她还记得他那凶蛮的力量，充满男性魅力的进攻，和她那个傻子老公脸孔一样，但其他都完全不一样。

曾经的偷情令她久久回味。

但那咳声还只出得半句，便蓦然被一块湿布蒙住了鼻唇，她呼吸受阻，顿时痛苦地挣扎起来。

只是一副病骨，在一个常年从事体力劳动的壮汉手下，力量微弱还不如一片残叶。

她甚至发不出一声尖锐的呼喊，只兀自瞪大了双眼，想看清眼前人的表情，但其实都是徒劳。

牛强一边发狠捂住女人口鼻，一边感受着一个生命在自己手掌下一点点被挤压出这具破败的躯壳，心里竟然升起了一种异样的快感和刺激。

为所欲为的感觉真好。

他"嘎嘎嘎"地笑了起来。

"贱女人，是不是很不甘心？想知道我为什么要你的命？"

他忍不住想要说给她听，像展示一件得意的作品。

手下的女人发出"嗯嗯啊啊"的声音。

"因为我在外边碰到了同村的马大，他告诉我这一片马上要拆迁了，每户会得到一大笔赔偿款，一大笔！这屋子是我家老太婆留给我们兄弟俩的唯一财产，老太婆显灵了，终于要让她的儿子们发财了！为什么我发财了还要分给你这种贱女人？你现在每天耗着药钱，不如早点去死。等我拿到钱，我就可以去找一大堆又白又嫩的女人，谁还要碰你这个恶心的东西……"

女人已经逐渐失去了意识，但悲愤不甘仍让她最后拼尽全力挣扎了一下，这一下差点从牛强的手下挣脱。

她只来得及发出半声受伤母狼般的号叫，便又被牛强狠狠压住。

她软软地蹬了几下腿，终于彻底归于寂静。

牛强过了几分钟才松开手，确认女人已经一动不动，遂把她不肯闭上的眼皮强行拉上，用那件灰衫子开始用力擦起女人口边的几缕鲜血。

他把她摆成了平日里在床上蜷缩的模样，把被子盖好，站起来寻思着要把灰衫子如何处理。

就在这时，他突然听到那扇木窗外，传来了一道清脆的声音。

有人！

牛强的眼睛立刻射出了恶狼一样的凶光，一个箭步冲到房门边，拉开了门蹿了出去！

而外面，大雨渐歇，地上却积了半尺厚的浊水，远近都是一片模模糊糊的灰白色。

就在不远处，有两个身影，一红一白，正手牵着手奋力逃跑。

看起来，竟是两个半大孩子。

刚才的一幕，是不是都被这两个"兔崽子"看在了眼里？

牛强眼里凶光毕露，他拔腿欲追，却听得身后突然传来一声惊喜的叫声："哥哥，你回来了？"

他的胳膊也被人一把拉住，令他不得不转过身来。

映入眼中的，正是他那和他长相一模一样的双胞胎弟弟，笑得无比憨厚的牛力。

未完
待续